园 有 棘

李建永杂文自选集

李建永 著

人民东方出版传媒
People's Oriental Publishing & Media

东方出版社
The Oriental Press

图书在版编目（CIP）数据

园有棘：李建永杂文自选集 / 李建永 著 . —北京：东方出版社，2021.12
ISBN 978-7-5207-2644-3

Ⅰ . ①园… Ⅱ . ①李… Ⅲ . ①杂文集—中国—当代 Ⅳ . ① I267.1

中国版本图书馆 CIP 数据核字（2021）第 266014 号

园有棘：李建永杂文自选集
- -
出版统筹：孙　涵　李耀辉
责任编辑：王夕月　邢　远
责任审校：金学勇　曾庆全
出　　版：东方出版社
发　　行：人民东方出版传媒有限公司
地　　址：北京市西城区北三环中路 6 号
邮　　编：100120
印　　刷：北京联兴盛业印刷股份有限公司
版　　次：2021 年 12 月第 1 版
印　　次：2021 年 12 月第 1 次印刷
开　　本：880 毫米 ×1230 毫米　1/32
印　　张：10.25
字　　数：189 千字
书　　号：ISBN 978-7-5207-2644-3
定　　价：65.00 元
发行电话：（010）85924663　85924644　85924641
- -

目　录

第二编　殷其雷

第三编　思无疆

序：文章论

作为报人，从业二十多年来，我先后主持创办过多个文学副刊；作为作家，写作三十多年来，我的文章九成以上发表在报纸的文学副刊上。虽然文学副刊和它所发表的文章应该归类于文学，似乎是天经地义的；但什么是文学？什么是文章？文章与文学的边界在哪里？报纸文学副刊惯常发表的杂文，究竟应当归类于文章还是文学更为严谨？如此这般的问题，多年来盘旋于我的脑海中挥之不去。

一、汉代以前文章与文学之源流

在中华优秀传统文化领域，文章与文学这两个概念，出现得都比较早。然而，在至少三千多年悠久的历史文化长河中，文学与文章相比较，无论其本身的内涵与价值，还是在历朝历代——特别是明清以前浩如烟海的文学作品中之曝光率和影响力，均不可并日而语。

"文学"一词，在现存历史文化典籍中，最早见于《论语·先进》："德行：颜渊、闵子骞、冉伯牛、仲弓。言语：宰我、子贡。政事：冉有、季路。文学：子游、子夏。"即所谓"孔门四科十哲"——"文学"乃"四科"之一，指通晓西周时期的文献典籍，学问渊博，跟现在所说的文学作品或文学创作并不沾边。战国时期荀况在《荀子·性恶》和《荀子·大略》中均讲到"文学"——"今之人化师法、积文学、道礼义者为君子""人之于文学也，犹玉之于琢磨也。《诗》曰：'如切如磋，如琢如磨。'谓学问也。……子贡、季路，故鄙人也，被文学，服礼义，为天下列士"。荀子所说的"文学"，指的是儒家的各种经典；所谓"被文学"与"积文学"，亦指受到各种经籍的浸染熏陶，增长了学问，提高了修养，与现在所说的文学创作亦不沾边。后世诸如《史记·李斯列传》之"臣请诸有文学、《诗》《书》、百家语者，蠲除去之"，《吕氏春秋·荡兵》之"说虽强，谈虽辨，文学虽博，犹不见听"等，大多指的是儒家学说与文献经籍，同样与今日之文学或曰文学创作不太沾边。

至于汉代在州郡以及分封王国所设置的"文学"，或称之为"文学掾"，或称之为"文学史"；三国时期魏武帝设置的"太子文学"；魏晋以后设置的"文学从事"；以及晋至隋唐时期太子与诸王亦设置"文学"，还有唐初于州县设置"经学博士"，到唐德宗时期改称"文学"等，这些"文学"都是官职名称，与今日之所谓文学或曰文学创作，说有联系吧，有时也略有些"工作上"的联系（偶或谈文论诗），说不搭界吧，也确乎是不完全搭界的。而近现代以来，把文学这一范畴定义为一种语言文字的艺术，或曰以语言塑造形象来反映现实的艺术云尔，则是五四新文化运动前后的事情，到今天也不过一百多年的历史。

"文章"一词，最早散见于先秦典籍《论语》《墨子》《左传》《庄子》等。譬如《墨子·非乐上》之"是故子墨子之所以非乐者，非以大钟鸣鼓琴瑟竽笙之声以为不乐也，非以刻镂华文章之色以为不美也",《左传·隐公五年》之"昭文章,明贵贱",《庄子·胠箧》之"灭文章,散五彩"等,其"文章"多指错杂的色彩或花纹,或指车服旌旗等;也指三代之礼乐制度,如《论语·泰伯》之"巍巍乎其有成功也,焕焕乎其有文章也",《礼记·大传》之"考文章,改正朔"等;还指《诗》《书》《礼》《乐》等文献典籍,如《论语·公冶长》之"夫子之文章,可得而闻也;夫子之言性与天道,不可得而闻也";等等。

细考"文章"一词,"文"之本义,为彩色交错,亦指彩色交错的美丽图形与图案,故《易·系辞下》曰"物相杂,故曰文",《说文》亦解之为"文,错画也";由于"文"多指色彩绚烂美丽,所以后来便引申为文辞、文采与文章,如《孟子·万章上》曰"不以文害辞,不以辞害志",《汉书·贾谊传》云"以能诵《诗》《书》属文,称于郡中"等。"章"之本义,《说文》解之为"章,乐竟为一章。从音,从十。十,数之终也",文词意尽语止,亦谓之一"章",表示告一段落;也有典章制度之义,比如《诗·大雅·假乐》之"不愆不忘,率由旧章";亦有与"文"同义的色彩花纹,如《书·皋陶谟》之"天命有德,五服五章哉";还有美好、显著、明显之义,如《易·坤》之"含章可贞",《书·尧典》之"平章百姓"等。所以,组成"文章"一词的"文"与"章",其语义相近又各有所侧重,"文"侧重于错彩镂金、色彩美丽,"章"侧重于明丽显著、有章有法,即如明末清初思想家、史学家王夫之《读四书大全说》之所谓"异色成彩之谓文,一色昭著之谓章"。

二、文章之典范——"大汉文章"

"室有余香，谢草郑兰窦桂树；家无长物，唐诗晋字汉文章。"这副著名历史佳联，上联说的是人才辈出，下联讲的是文采风流。的确，至晚自西汉以来，文章一词即日渐趋向专指文辞或独立成篇的文字以及著作，与今日之文章概念语义相同或相近。如《史记·儒林列传序》之"文章尔雅，训辞深厚"，《汉书·艺文志》之"凡著于竹帛者为文章"等。需要说明的一点是，自汉代以来所谓文章，上承夏商周三代之风雅，下启魏晋盛唐之风骨。

到六朝时期，文章亦称文笔，细分为文与笔，南朝梁刘勰《文心雕龙·总术》云："今之常言，有文有笔，以为无韵者笔也，有韵者文也。"故唐宋以前之文章也包括有韵的诗骚词赋。唐代大文豪韩愈《调张籍》诗前四句："李杜文章在，光焰万丈长。不知群儿愚，那用故谤伤。""诗圣"杜甫《偶题》诗前四句："文章千古事，得失寸心知。作者皆殊利，名声岂浪垂。"唐宣宗李忱《怀白居易》诗中有句："童子解吟长恨歌，胡儿能唱琵琶篇。文章已满行人耳，一度思卿一怆然。"其文章指的都是诗文，但侧重于诗歌。与刘勰同时代的南朝梁任昉所著《文章缘起》开宗明义讲道："六经素有歌诗诔箴铭之类，《尚书》帝庸作歌，《毛诗》三百篇，《左传》叔向诒子产书，孔子诔，孔悝鼎铭，虞人箴，此等自汉以来圣君贤士，沿着为文章名之始。"从《隋书·经籍志》所录书目可以看到，关于选编并研究文章的专著，比较集中于魏晋南北朝时代。譬如曹魏至西晋荀勖《杂撰文章家集序》，西晋挚虞《文章志》，南朝宋明帝刘彧《晋江左文章志》，南朝梁沈约《宋世文章志》等。可见，历朝历代文体迭兴的高峰，都是由幅员辽阔的高原簇拥而成的。唐诗、宋词、元曲、明清小说，无不如此。正是由于"大汉文章"所形成的文章高峰，才推动汉代以后的魏晋南北朝兴起研究文章体裁乃至创作方法的热潮，才出现了中国古典文艺理论研究的巅峰之作《文心雕龙》。愚窃以为，魏晋南北朝时期之所以对文章之研究兴意盎然，或许与魏文帝曹丕对于文章评价的崇高性与重视度相关联吧。

所谓"唐诗晋字汉文章"，唐诗固然属于文章范畴，而汉代人所说的"大汉文章"则更多指的是大赋。东汉著名史学家、文学家班固在其名作《两都赋序》中所列举汉代文章大家，如司马相如、虞丘寿王、东方朔、枚皋、王褒、刘向以及公卿大臣作家倪宽、孔臧、董仲舒、刘德、萧望之等，其中半数以上为汉赋大手笔，"或以抒下情而通讽谕，或以宣上德而尽忠孝，雍容揄扬，著于后嗣，抑亦雅颂之亚也……而后大汉文章，炳焉与三代同风"。

然而，班固所赞颂的"大汉文章"，与后世所称道的"唐诗晋字汉文章"之"大汉文章"，不完全是一码事。大赋虽然发源于《诗》"六艺"之风赋比，但真正宏富壮大却深受《楚辞》之影响，过分地注重铺陈辞彩、宏大叙事，导致其形式远大于内容，"繁华损枝，膏腴害骨"，诸如《上林赋》《甘泉赋》《两都赋》《二京赋》等篇什，当时之影响何其巨大，但终至于风流而云散，"箫管有遗音，梁王安在哉"！不过，后世特别是明清以后所谓文章的各种体式（与今天的文章定义基本相同），到西汉时期已然众体皆备。诚如清代文学家刘熙载《艺概·文概》所论："西汉文无体不备，言大道则董仲舒，该百家则《淮南子》，叙事则司马迁，论事则贾谊，辞章则司马相如。"

所以后世所津津乐道的"大汉文章",乃是明清之际所定义而沉淀的现代意义上的文章,多指辞气豪迈、元气淋漓、拔山扛鼎、笔力雄健之贾谊《治安策》《过秦论》、晁错《贤良对策》《论贵粟疏》、司马迁《史记》、班固《汉书》等,乃能真正体现"大风起兮云飞扬""箫鼓鸣兮发棹歌"之慷慨沉雄大汉气象!

"盖文章,经国之大业,不朽之盛事。"魏文帝曹丕《典论·论文》关于文章的这一论断,也许是有中华文明史以来给文章下的"最高级"定义。古人尝言,"文章六经来"(黄庭坚诗)。还说,"真学问从五伦起,大文章自六经来"(古联语)。南朝梁颜之推《颜氏家训·文章》说得更具体:"夫文章者,原出五经。诏命策檄,生于《书》者也;序述议论,生于《易》者也;歌咏赋颂,生于《诗》者也;祭祀哀诔,生于《礼》者也;书奏箴铭,生于《春秋》者也。"尽管颜氏讲得并不周严,譬如箴铭亦生于《书》,议论更生于《春秋》,但他却比较早地贡献了一个重要观点——"文章原出五经"。其实,"六经"(秦火之后再无《乐》)或"五经"本身就是大文章,而且对华夏民族近古以来的成长与发展,对"中国人"性格品质的形成与塑造,作用极其重大,影响持久深远,堪称中华传统文化之筋骨与血脉。据《礼记·经解》记载:"孔子曰:'入其国,其教可知也。其为人也,温柔敦厚,《诗》教也;疏通知远,《书》教也;广博易良,《乐》教也;洁净精微,《易》教也;恭俭庄敬,《礼》教也;属辞比事,《春秋》教也。'"所以精研"五经"或"六经",对于古代文章大家而言,具有世界观与方法论、思想性与艺术性、做好人与作好文等多重性典范意义和多维度艺术影响。西汉著名思想家、文学家扬雄在其《法言·寡见》中主张"五经为辩":"说天者莫辩乎《易》,说事者莫辩乎《书》,说体者莫辩乎《礼》,说志者莫辩乎《诗》,说理者莫辩乎《春秋》。"战国著名思想家荀况在《荀子·劝学》中亦讲道:"《礼》之敬文也,《乐》之中和也,《诗》《书》之博也,《春秋》之微也,在天地之间者毕矣。"因而,历代文章大家都会在经典的继承和弘扬上下足功夫。"文起八代之衰"的唐代文章巨擘韩愈在《答李翊书》中自称,"始者非三代两汉之书不敢观,非圣人之志不敢存""行之乎仁义之途,游之乎《诗》《书》之源,无迷其途,无绝其源,吾终身而已矣"。唐代另一位古文大师柳宗元在《答韦中立论师道书》中亦自陈道:"本之《书》以求其质,本之《诗》以求其恒,本之《礼》以求其宜,本之《春秋》以求其断,本之《易》以求其动,此吾所以取道之原也;参之《庄》《老》以肆其端,参之《国语》以博其趣,参之《离骚》以致其幽,参之《太史公》以著其洁,此吾所以旁推交通而以为之文也。"可见,传统经典之"五经""四书"以及诸子百家甚而《左传》《国语》《楚辞》《国策》《史记》《汉书》,乃至于后来者如李杜、韩柳、苏辛、《西厢》、《红楼》,等等,都是中华好文章,均为滋养陶冶历代文章巨子之源头活水!

三、文章之范本——《古文观止》

"《诗》《书》之博也,《春秋》之微也",荀子的这句话颇能概括中华文章的博大精深。然而,站在大多数读者角度来看,博大与精深往往是一个矛盾统一体,精者难博,博者难精,二者很难得兼。这就突显出文章选家与选本的必要性与重要性。中华文化史上几家影响重大的文章选本（包括诗歌），有孔子选编的《诗三百》（《诗》305 篇），西汉刘向编订的《战国策》（选文 497 篇），南朝梁萧统选编的《文选》（诗歌类 434 首，辞赋类 99 篇，杂文类 219 篇，共计 752 篇），清代蘅塘退士选编的《唐诗三百首》（选诗 318 首），还有清代吴楚材、吴调侯选编的《古文观止》（选文 222 篇）等。对后世影响更加持久深远、流传更为广泛普及的则是《诗三百》《唐诗三百首》《古文观止》。究其因，一是选家遴选精当，二是诗文篇数较为适当——大约诗三百首、文二百篇，比较适合阅读且容易流传下来吧。

作为明清以后乃至于现代意义上所谓的文章范本——《古文观止》无疑是一个比较好的选本。之所以说比较好，是因为它存在着"与生俱来"的缺陷。《古文观止》编选于清康熙年间，那时应对科举考试的"统编教材"是"五经""四书"，《古文观止》只是一部"教辅材料"而已；而且，那时儒家之外的老庄杨墨申韩之文均属于"异说"，所以《古文观止》既不收"五经""四书"之篇什，譬如孟子的《生于忧患，死于安乐》《天时不如地利》等雄辩之文；又拒收诸子百家之华章，譬如庄子的《庖丁解牛》《秋水》等哲理之篇，以及韩非子的《说难》《孤愤》等政论之章，如此等等的"先天缺陷"是显而易见的。不过，这些缺憾都是时代的局限性所造成的，不必对其责备求全。而《古文观止》所遴选文章跨越中华文化史长达二千三百五十多年，自清康熙三十四年（1695 年）行世三百多年以来，流布广远，长盛不衰，自有其历史文化意义与大功德在。

诚如前文所述，汉代以来所称文章如《汉书·艺文志》所定义的"凡著于竹帛者为文章",乃广义之文章;唐宋以前特别是魏晋时期以来,将诗词曲赋之类有韵之文与无韵之笔一同归入文章,算是"中义"之文章吧;作为明清以后所称之文章(包含辞赋),已然与现代意义上的文章之外延与内涵基本相同——亦即《现代汉语词典》所定义的"篇幅不很长的单篇作品",乃狭义之文章。《古文观止》属于狭义文章之范本。狭义文章就是我们今天所说的文章。

　　谈到《古文观止》中的文章,如果只让你选出一篇最好的文章,你会选哪一篇呢?我的夫人和女儿不约而同地选择了贾谊的《过秦论》。去年我曾与一位编辑家吃茶,谈起这个问题,他也认为《过秦论》当拔头筹。我手边有一本徐中玉先生主编的《古文鉴赏大辞典》(浙江教育出版社,1989年版),其护封采用的亦是《贾生过秦论》影印古版。可见贾谊《过秦论》在中华文章史上的超绝地位。不过,我品评文章高下,有一把相对固定的尺子——即用魏文帝曹丕所说的"经国之大业,不朽之盛事"来衡量。譬如,读"大汉文章"贾谊的《过秦论(上)》和诸葛亮的《前出师表》,既能够深深地感受到"经国之大业,不朽之盛事"之高格,还会领略到"宣室求贤访逐臣,贾生才调更无伦"和"出师一表真名世,千载谁堪伯仲间"的天地英雄气!然而,当你读欧阳修《醉翁亭记》和苏东坡《前赤壁赋》之类的顶级宋文时,就领受不到"经国之大业"的襟抱风骨,仅能感到"不朽之盛事"的才子气!这就是文章的差级。虽然"唐宋八大家",唐两家,宋六家,但宋文与唐文相较,整体来看多情趣而少骨力,总给人每况愈下之感觉。

　　也许有人会说,一篇文章说明不了问题。那么好吧,谨选择苏东坡颇有代表性的三篇名文,来阐释一下这个问题。当你初读年仅26岁的苏轼写下"天下有大勇者,卒然临之而不惊,无故加之而不怒"的《留侯论》时,你能够感受到"立论超卓"的苏子瞻,也能够隐约地感受到"经国之大业,不朽之盛事"的豪迈气象。而当你读到时年47岁的苏东坡写下"惟江上之清风,与山间之明月……是造物者之无尽藏也"的代表作《前赤壁赋》时,你会感受到"了悟风月不死""令人有遗世之想"的东坡,然而也仅能够感受到才华横溢、辞采华丽的"不朽之盛事"的沧桑感和才子气。但是,当你读到晚年65岁时坡翁写下"文理自然,姿态横生"的《答谢师民推官书》,或许连"不朽之盛事"也感受不到了。就在下之浅薄看法,此文至少有两处文眼和一处瑕疵,文眼固然佳妙,瑕疵则不足为训矣。文眼之一是"大略如行云流水,初无定质,但常行于所当行,常止于所不可不止";文眼之二是"欧阳文忠公言文章如精金美玉,市有定价,非人所能以口舌定贵贱也",这一句是借用其师欧阳修的话来批评扬雄的;而此文的一处瑕疵,恰恰是一大段贬损扬子的文字:"扬雄好为艰深之辞,以文浅易之说;若正言之,则人人知之矣。此正所谓'雕虫篆刻'者,其《太玄》《法言》皆是类也……雄之陋如此比者甚众。"在我看来,扬雄有时的确"好为艰深之辞",但却并不是用来文饰"浅易之说"的;相反,他的《太玄》和《法言》倒是很有些非凡见地和深刻思想的。假如扬子云真如东坡所说的那样不堪,那么由南宋大儒王应麟所编著的小型中华历史文化百科全书《三字经》,就不会有流传七百多年的"五子者,有荀扬,文中子,及老庄",也不会把扬子与老子、庄子、荀子和文中子相提并论。别的且不说，就连"天子呼来不上船"的"诗仙"李白都会称赏"谁能书阁下，白首《太玄经》"（《侠客行》）；就连东坡同时代著名政治家、史学家、文学家司马光，对于《太玄》亦自谓"疲精劳神三十余年，讫不能造其藩篱""屏人事而读之数十过"，然后喟然置书叹曰："呜呼！扬子云真大儒者邪！"然后潜心为《太玄》作集注若许年（见《太玄集注序》《读玄》）。这样一部大书，竟被东坡斥之为"好为艰深之辞，以文浅易之说"，是耶？非耶？或曰，这只不过是"一家之言"罢了。但如此这般含混不清的"一家之言"，是颇有瑕疵的。所幸《古文观止》共收录苏轼17篇文章，却并未收入此文，不愧文章范本之美誉。

《易》曰："观乎人文，以化成天下。"这大概就是文章的现实意义和历史价值之所在吧。唐代著名诗僧皎然《诗式》云："夫文章，天下之公器，安敢私焉。"唐代大诗人刘禹锡《唐故相国赠司空令狐公集纪》亦云："笔端肤寸，膏润天下；文章之用，极其至矣。"正是这类"文载公道""膏润天下"的大文章，方称得上"经国之大业，不朽之盛事"。倘如《宋史·欧阳修传》所谓"文章止于润身"，仅只是吟风弄月，抒写个体之性灵与悲欢，其所谓妙文佳构如欧阳文忠公《秋声赋》与《醉翁亭记》，如苏文公前后《赤壁赋》与《石钟山记》之俦，还能够称得上"不朽之盛事"。等而下者，连流布广远的"不朽之盛事"都谈不上，更何谈"经国之大业"！这倒并非说风月悲欢不可谈，《诗》三百篇每每吟咏风雪花草之物，"设如'北风其凉'，假风以刺威虐也；'雨雪霏霏'，因雪以愍征役也……皆兴发于此而义归于彼"（白居易《与元九书》）。这也并非强调每一篇文章都要关乎家国情怀，都要书写"经国之大业"，都要展现强劲的"汉魏风骨"。文章应该也必然是多姿多彩多元化的，能够流芳百世称得上"不朽之盛事"者，当然都是好文章。然而，"修辞立其诚"（《易·乾·文言》)，假如一个时代的文章与文风，长时间而且大面积地游离于大环境大时代，不关心民瘼疾苦，不开辟有益于世道人心之大境界，只抒发个人小情小调，过分地强调小自我与艺术感，其文章便会日益沦为供人清赏把玩的艺术品与小摆件，而文章与文人的作用和地位也就愈来愈无足乎轻重。

四、新时期文章之正脉——杂文

我读《古文观止》，更偏爱有思想有锋芒有文采有力道的杂文。粗略点数一下《古文观止》经典杂文篇什，像《周郑交质》《叔向贺贫》《邹忌讽齐王纳谏》《过秦论》《阿房宫赋》《杂说四（马说)》《种树郭橐驼传》《五代史伶官传序》《留侯论》《读孟尝君传》《卖柑者言》等将近半数。比重很大，分量超重，金声玉振，篇篇精品。不过，我所说的杂文，是以今天的杂文标准来衡量的。

其实，杂文品种，古已有之。《晋书·干宝传》即记载："注《周易》《周官》凡数十篇，及杂文集皆行于世。"《文心雕龙·杂文》则将战国末期宋玉的《对问》、西汉以来枚乘的《七发》、东方朔的《客难》、扬雄的《解嘲》、班固的《宾戏》、张衡的《应间》、蔡邕的《释诲》、曹植的《客问》等归类于杂文，并总结杂文的一些特点为"发愤以表志""致辨于事理""杂以谐谑""讽一劝百"……还真有些今天杂文的味道。实际上，以今天的杂文标准来看，其最早出现的时代还可以向前追溯。譬如，《周郑交质》出自春秋时期的《左传》，《叔向贺贫》出自春秋时期的《国语》；譬如，战国时期孟子《天时不如地利》《鱼我所欲也》、庄子《庖丁解牛》《濠梁之辩》和韩非子《矛与盾》《郢书燕说》等，均为极品杂文。《文心雕龙·杂文》还对杂文文体品类的多样性做了归类："详夫汉来杂文，名号多品，或典诰誓命，或览略篇章，或曲操弄引，或吟讽谣咏，总括其名，并归杂文之区。"《隋书·经籍志》所录魏晋南北朝书目已有杂文专集，诸如《梁武帝杂文集》九卷、《文章志录杂文》八卷（谢沈撰，又名《名士杂文》）、《杂文》十六卷（为妇人作）、《梁代杂文》三卷等。唐宋时期科举考试项目中经史之外的应试时文亦称杂文。据《新唐书·选举志上》载："进士试杂文二篇，通文律者然后试策。"《续资治通鉴·宋真宗天禧元年》亦载："诏：'自今特旨召试者，并问时务策一道，仍别试赋论或杂文一首。'"像东坡《与谢师民推官书》"所示书教及诗赋杂文"之杂文，指的就是此类应试时文。

刘勰《文心雕龙·时序》讲得好，"时运交移，质文代变""文变染乎世情，兴废系于时序""故知歌谣文理，与世推移；风动于上，而波震于下者也"。《诗经》如此，《楚辞》如此，"大汉文章"如此，唐诗、宋词、元曲与明清小说，莫不如此。那么，急剧变革的五四新文化运动以来，又有哪一种与时代相适应的新文体应运而生了呢？在我看来，既不是繁华了数千年的诗歌、散文，也不是后来居上者的戏剧、小说，而是已然存在几千年却又从未显山露水的——以鲁迅先生为杰出代表的新文化巨匠所改良创新而焕发出勃勃生机的杂文！

既然"大文章自六经来"，那么杂文源出哪里？首先，杂文是立论的文体。颜之推认为"序述议论，生于《易》者也"，扬子云认为"说理者莫辩乎《春秋》"，刘彦和认为"昔仲尼微言，门人追记，故抑其经目，称为《论语》；盖群论立名，始于兹矣，自《论语》以前，经无'论'字"（《文心雕龙·论说》）……其实，"五经""四书"，诸子百家，《国语》《国策》，《史记》《汉书》，莫不立论。所以说，杂文本来之于"杂"，更立之于"文"。《汉书·艺文志》对儒家、道家、阴阳家、法家、名家、墨家、纵横家、杂家、农家和小说家等十家做过简要概括。其中"杂家"之来源与特点，确乎与今日之杂文及杂文家有些渊源，"杂家者流，盖出于议官。兼儒、墨，合名、法"。"议官"以立论为主，"兼""合"则打破藩篱，兼收并蓄。在下不揣浅薄，曾在一篇小文中讲过："什么是杂文？杂文是诗的政论、政论的诗。首先是诗，然后政论才有意义。两千多年前，孔子提出'诗可以兴，可以观，可以群，可以怨'的著名美学观点。今天，以'兴观群怨'说来概括、衡量杂文的特点和功能，仍是十分恰切而准确的。"（《杂文的"兴观群怨"》，发表于1992年11月11日《人民日报》）三十年前我之所以撰文强调杂文的"诗性"，主要是针对当时有些杂文家只一味强调"敢说"，并不在意"说得好"，不注重杂文的文学性和艺术性。这就涉及文章的文与质这个根本性问题。好文章在题材和表现上都是和谐般配的，其内容与形式也是尽善尽美的。关于文与质的关系，《论语·颜渊》载子贡语讲得很到位："文犹质也，质犹文也。虎豹之鞟，犹犬羊之鞟。"刘勰又将此语的文与质之辩证性和统一性，有机地融合起来，特别地强调出来："虎豹无文，鞟同犬羊。"就文章而言，无论内容大于形式，还是形式大于内容；不管表现得过于朴拙粗鄙，还是过分地花里胡哨，都是不恰当的，也是不美的。作文作人，同一理也。因而《论语·雍也》载孔子语："质胜文则野，文胜质则史。文质彬彬，然后君子。"或许有人会搬出老子的格言"美言不信，信言不美"来反驳，然而《道德经》五千言句句精妙，何尝须臾离开"美言"哉？所以《左传·襄公二十五年》才讲："言之无文，行而不远。"所以《庄子·渔夫》亦云："不精不诚，不能动人。"

其次，杂文是批判的武器。没有批判就没有杂文，没有讽刺就没有杂文。即如《周郑交质》《过秦论》《读孟尝君传》彰显的是批判精神，而《庖丁解牛》《邹忌讽齐王纳谏》《卖柑者言》体现的则是讽喻之旨。其实，批判精神也好，讽喻之旨也罢，都是中华优秀传统文化——特别是"五经"、"四书"、诸子百家的核心价值观所在，也是古往今来好文章最重要的价值、意义和标识所在。荀子所谓"《诗》《书》之博也，《春秋》之微也"，《诗》《书》"博"中有讽喻，《春秋》之"微"即批判。《诗》最本质的属性是"诗言志"，其思想价值乃"思无邪"，其社会意义和文化作用则是"兴观群怨"——亦即启迪人生、观察社会、团结民众（或曰凝聚人心）、鞭挞丑恶，所以《诗》最基本的表现手法"赋比兴"中无不包含"怨刺"成分——亦即批判精神和讽喻之旨，所以《文心雕龙·时序》称道"幽厉昏而《板》《荡》怒，平王微而《黍离》哀"。《诗》最本质的属性"诗言志"，则又来自《书》。孔子的高足子夏赞《书》曰："昭昭如日月之明，离离如星辰之行！"赞美其通篇讲的都是人间正道、光明大道。谚云："说人的不是尽人的忠，甜言蜜语陷马的坑。"所以陈大道的《书》中，充满着格言式的哲理性的批判精神。譬如《书·太甲中》云："天作孽，犹可违；自作孽，不可逭。"譬如《书·旅獒》亦云："不役耳目，百度惟贞。玩人丧德，玩物丧志。"譬如《书·周官》还讲："作德，心逸日休；作伪，心劳日拙。"《孟子·离娄下》讲："王者之迹熄而《诗》亡，《诗》亡然后《春秋》作。"因而《春秋》之"微"，乃特指"微言"，即《汉书·艺文志》所谓"昔仲尼没而微言绝，七十子丧而大义乖"，是专门用来形容孔子的述圣之辞——特别是指作《春秋》所使用的"隐微不显""精微要妙"之言辞，故称"春秋笔法，微言大义"。在下亦曾在一篇文章中对此做过专门论述："孟子讲过：'孔子作《春秋》，而乱臣贼子惧。'因为，'《春秋》之中，弑君三十六，亡国五十二，诸侯奔走不得保其社稷者不可胜数。察其所以，皆失其本已'（《史记·太史公自序》）。故孔子著《春秋》，本着寓说理于叙事之中的理性主义，字里行间体现着鞭恶扬善的批判精神，以'春秋大义'震慑'乱臣贼子'，以'微言大义'刺痛昏君小人，以历史经验来启迪和警示后人。这就是为后世所称道的'春秋笔法'。人们常说，'春秋笔法，微言大义''行之无愧天地，褒贬自有春秋''一言之褒，荣于华衮；一字之贬，严于斧钺'，等等。'褒贬'二字，正是'春秋笔法'的精髓所在，也是杂文笔法的全部精义所在。所以说，杂文作为'批判的武器'，其使命与'春秋精神'是一脉相承的。"（《中国古典文学名著中的杂文笔法》，发表于 2011 年第 10 期《语文建设》）

作文不易，流传更难。二千五百多年时光流转，雄伟英迈如左丘明、孟轲、庄周、韩非、贾谊、司马相如、司马迁、班固、曹操、诸葛亮、陶潜、韩愈、柳宗元、欧阳修、王安石、苏轼等中华文章巨擘，每人又能有多少篇精美华章传世？五四新文化运动以来，西风劲吹，崇尚西学、主张西化的中国新文化旗手和文学史家们，照搬西方的"文学四分法"，把流传数千年的中华文章拆分为小说、诗歌、散文、戏剧"四大家族"；然而毕竟"猪肉贴不到羊肉身上"，古希腊悲剧诞生于什么时代？中国的戏剧产生于什么年代？所以很多文章方枘圆凿，不好入门归类。被尊为"民族魂"的思想家、文学家鲁迅先生，一生著作等身，小说集三部《呐喊》《彷徨》《故事新编》，散文集一部《朝花夕拾》，散文诗集一部《野草》（被归入散文门类），故小说、散文还好入门归类；可是作为"重头戏"的杂文集共有《坟》《热风》《华盖集》《华盖集续编》《而已集》《三闲集》《二心集》《南腔北调集》等十六部之多，可谓巍巍昆仑，体大思精，但却迈不进"四大家族"的门槛。尽管先生也曾放言，"杂文这东西，我却恐怕要侵入高尚的文学楼台去的"（《徐懋庸作〈打杂集〉序》），然而，要想"侵入高尚的文学楼台"，就得附庸于"四大家族"之散文门类。也难怪，从来卖什么吆喝什么，不卖什么便排拒什么，诚如《汉书·艺文志》所谓："安其所习，毁所不见，终以自蔽。此学者之大患也。"问所从来，杂文之源远而流长。然而，五四新文化运动以来，以鲁迅先生为杰出代表所创作的海量杂文，是伴随着那个时代的新生事物——中国的报纸副刊而浴火重生大放异彩！发表在报纸副刊上的作品，一般都称之为文章。在我看来，杂文倒也未必非要钻进什么"高尚的文学楼台"，回归中华优秀传统文化之文章谱系，岂不是天经地义、名正言顺、不忘初心、得其所哉吗？

"大雅久不作，吾衰竟谁陈。"本来只是为我的杂文自选集作一篇小序，不期然拉拉杂杂涂抹成万字长文。这就难免会招人诘问——阁下的杂文想要攀比中华大文章吗？岂敢岂敢！罪过罪过！如上之所述，只是在下对中华好文章的一点肤浅认识，虽不能至，心向往之。至于我的杂文以及自选集，谨借用两句古诗来概括：一句是杜工部的"岂有文章惊海内，漫劳车驾驻江干"，一句是龚定庵的"著书不为丹铅误，中有风雷老将心"。是为序。

李建永

2021 年 12 月于北京通州果园寓所

第一编

遵大路

欣　赏

生活像美丽的花朵，需要世间人来欣赏。

我们欣赏大千世界的一草一木、一啄一饮、一男一女，首先要从欣赏身边的朋友和同事开始；欣赏朋友和同事，率先要从欣赏朝夕相处、休戚与共、"一个锅里搅稠稀"的家人开始。

记得女儿读小学二年级时，用"辛苦"一词造句。她写下：我们上学最辛苦。老师给了她一个大大的红叉，女儿很伤心。我问，为啥说上学最辛苦？女儿说，我早晨起床上学，爸爸还在睡觉；我放学回家晚上写作业，爸爸躺在床上随意看书。我觉得我比爸爸辛苦。我哈哈大笑说，说得好，我手写我心，老师给你红叉，爸爸给你红花。

上小学四年级的时候，女儿写暑假见闻类作文，写到奶奶家的鸡栖息在院子里的梨树上，老师朱笔一批："只有你奶奶家的鸡才会上树！"女儿既委屈又沮丧。我耐心地对她说，爸爸认为你这篇作文真实生动，写得很棒；但是，由于老师的闻见所限，不知道农村的真实生活，也不知道古诗词中"鸡鸣树颠"所在多有，比如汉代《鸡鸣》诗即有"鸡鸣高树颠，狗吠深宫中"，三国魏阮籍《咏怀》诗有"晨鸡鸣高树，命驾起旋归"，西晋陆机《赴洛道中作》诗云"虎啸深谷底，鸡鸣高树颠"，以及后世最负盛名的（其实完全是抄来的）东晋陶渊明《归园田居》诗句"狗吠深巷中，鸡鸣桑树颠"等等，所以老师少见多怪，不足为训。女儿诧异地问，老师也有不知道的？我摸着她的小脑瓜说，知识是无穷尽的，莫嫌知事少，只欠读书多，你要好好读书。

教育是爱，欣赏也是爱。欣赏家人的一言一行一善一美，就是对其最好的教育、最大的鼓励和最高的奖赏。达·芬奇说，欣赏就是对一个事物本身的爱好，没有其他理由。这是一位艺术家对艺术品之审美欣赏的精妙概括。而我以为，作为人对人的欣赏，则根源于爱、爱心与仁爱。爱不能偏于溺爱，欣赏更不能流于虚美骄纵。欣赏孩子，就要给她压担子，俗话不是说了吗，"重担压快步"。爱孩子，更要耐心地引导她，长远地教诲她，孔子不是说了吗，"爱之，能勿劳乎？忠焉，能勿诲乎？"我的女儿长大后对我说，童年时，我每次给她读完泰戈尔的小诗，或者读罢屠格涅夫的精短散文，都会说，真美呀！女儿说，那时候她太小，根本不理解什么是美，但每一次听我说"真美呀"，心里便暗暗记下："这，就是美。"一点一滴地培育女儿欣赏真善美，憎恶假恶丑，这大概就是所谓的熏陶和美育吧。

前几天，我家老戴拿着一幅饶宗颐先生的篆书，问我这几个字怎么念？我说，应该是"曾三颜四，禹寸陶分"吧。她问，啥意思？我说，前者讲"克己复礼"，后者说"爱惜光阴"。孔门弟子曾参云："吾日三省吾身：为人谋而不忠乎？与朋友交而不信乎？传不习乎？"同为孔门弟子的颜回亦云："非礼勿视，非礼勿听，非礼勿言，非礼勿动。"——是为"曾三颜四"。《淮南子》记述："圣人不贵尺之璧，而贵寸之阴，时难得而易失也。"《晋书·陶侃传》记载："（陶侃）常语人曰：大禹圣者，乃惜寸阴；至于众人，当惜分阴。岂可逸游荒醉，生无益于时，死无闻于后，是自弃也。"——是为"禹寸陶分"。老戴感叹道，原来如此啊，短短八个字，包含这么多思想内容。

其实，老戴原本是不喜欢提问的。也许是年轻时太爱面子吧，她当年对不知道的东西从来不问，即使我问她"这说的是啥"，她也会用"你说呢"反客为主，试图"蒙混过关"。当然，蒙混是过不了关的。那时，我经常借用朱子的话对她说，学如叩钟，小叩则小鸣，大叩则大鸣，不叩则不鸣；心里有疑问，却疑而不问，疑问永存心中，怎么可能释疑明道呢？就这样"婆婆妈妈"地说教着，长期生活在一起，日就月将，渐次影响，老戴知道我心下喜欢和欣赏的是提问者，才慢慢地启齿发问，才有了长足的进步，才尝到了提问的甜头。

"相看两不厌，只有敬亭山。"也许一个欣赏的眼神，即可化作一种莫大的鼓舞。由于我对提问者特别欣赏，鼓励了老戴提问的积极性，乃至探索其他技能的可能性。不认识的繁体字，她问；不知道的典故，她问；不了解的草木虫鱼等百科知识，她问；不理解形而上的哲学命题，她问……遇到我所不知道或不能够确切解答的，就及时查阅，现场作答。多少年走过来，老戴与我"问答相长"，释疑解惑，共同进步。她已经从原来的临渊羡鱼者，变成后来的退而结网人。当初，她觉得能写一手好文章的作家，啊，那是高山仰止，何等了得！而今，她已然成为一名中国作家协会会员。当初，她看着我和女儿一起练习毛笔字，万般艳羡不已，只是怎么都不肯拿起笔来写下一撇一捺；而今，她天天提笔临帖写字，而且已经写得有模有样，把我和女儿甩了不止几条街。这些点点滴滴的进步，都是和日常生活中家人的陪伴、赞赏和鼓励分不开的。

其实，我们身边的每一个人都需要不同程度的欣赏和鼓励。只要你适当地给予家人、亲戚、朋友和同事以赞许和肯定，他们就能从你的善意中获得鼓舞和力量。歌德说过，最真诚的慷慨是欣赏。千万不要忽略了欣赏的价值和意义，正确的欣赏可以给人以正能量。欣赏不同于逢迎、乡愿和护短，也不仅仅是赞美、祝愿和鼓励；欣赏还可以发掘乃至充分发挥被欣赏者的潜能，甚至可以塑造人。

当然，能够坦然地欣赏别人，首先要坦率地欣赏自己。老子曰，知人者智，自知者明。能够正确地欣赏自己并且从容地欣赏别人的人，必然是一个明智的人，自信的人，宽厚的人，担当的人，谦逊的人，优雅的人，同时还是一个向上向善向美的人。不然的话，一个心胸褊狭、鼠肚鸡肠、喜欢搬弄是非见不得人好的人，怎么可能颔首微笑慷慨大方地去欣赏别人呢？"自恨风尘眼，常看远地花"，在这些小鼻子小眼睛们的心目中，除他阁下而外，值得赞赏的"好人"，不是在古代就是在国外，至于天天共事的身边同事嘛，"没有一个好东西"！

俗话说，尺有所短，寸有所长。我们只有睁开眼睛看到他人的"寸长"，欣赏他人的美善，才有可能补足自身的"尺短"，补齐自身的短板。一个人能够经常看到别人细微的长处，本身就是一个了不起的长处，这是一种境界和能力。让我们优雅而真诚地去欣赏别人吧！欣赏他人，本来就包含着学习与借鉴的因素。从这个意义上讲，我们不仅要爱护和欣赏自己的家人与朋友，还要学会尊重和欣赏自己的对手与敌人。三国末期，由魏入晋的名将羊祜和东吴晚期名将陆抗，在荆州前线两军对垒，本是仇敌；但他俩又发自内心地敬重和欣赏对方的人品与才华，成就了一段历史佳话。敢于欣赏对手，是一种雅量和品格；而且懂得欣赏他人，本身就是在成就自己。孔夫子说得好："君子成人之美，不成人之恶；小人反是。"

（原载于 2019 年 11 月 6 日《人民日报·大地》，原题为《学会欣赏》，发表时有删节）

拿得起，放得下

死生契阔，与子成说。

执子之手，与子偕老。

每当面对手机的时候，《诗经·邶风·击鼓》中的四句诗，便盘旋于我的脑海中挥之不去！本来是赞美爱情的诗句，怎么就"移情"到了手机上呢？不过想想也是，如今手机对于人们来说，可不是"死生契阔，与子成说"，交情那叫个深啊；可不是"执子之手，与子偕老"，一刻也不能分啊！

近日，我与女儿手机视频通话，讨论手机到底对人有哪些好处。她说，第一个好处就是通信便捷，让人真切地体会到什么叫"天涯若比邻"。女儿回忆，她在国外留学的数年时间里，由于有手机视频可以跟我们随时"见面"沟通，并没有太强烈的山川阻隔、远涉重洋的思念之情与悲伤之感。她说，即使回国工作这段时间里，如果没有手机，与爸妈分别生活在千里之外的两座城市，难免也会有"思亲如流水，无时不悠悠"的阔别之情。但是现在并不，随便什么时候打开手机，就可以跟爸妈"见面"唠嗑儿，实在是太方便了。即使是天南海北的好朋友之间，也不会再有古人的那种"浮云一别后，流水十年间""聚散苦匆匆，此恨无穷"之遗恨悲叹。这都是托手机的福。

　　她还历数了手机的诸多好处，比如做科研一刻也离不开的信息收集啦，参加远程视频会议时多地点全天候的交流功能啦，听学术演讲可以随机录音录像啦，开展线上工作可以随时拉出 N 个小群啦，疫情期间即时鉴别健康码变绿变黄的安全监护啦，以及商场乃至网络购物的便捷支付啦，水电煤气之类的生活缴费啦，随时随地的约车约饭约宾馆约就医啦，寻找陌生地方的导航定位啦，"到此一游"时的拍照摄像啦，上下班通勤期间的网上阅读啦，还有忙里偷闲瞄几眼动漫也是超开心的啦，等等。女儿说，手机的这些实用性功能和娱乐性功能，都是现代人所须臾不可或缺的。

　　我说，手机的好处自不待言，特别是在我们中国，现在几乎可以达到"一部手机走天下"的地步。然而，正如孟子所言："赵孟之所贵，赵孟能贱之。"手机给人们带来舒适便利的诸多好处的同时，随之也产生了不小的副作用，甚而可以说给人们带来了许多坏处。

　　首先是时间的空耗。无论何时何处，地不分东西南北，人不分男女老幼，只要一部手机在手，人们似乎真的像《阴符经》所说的那样"宇宙在乎手，万化生乎身"，世界上大大小小的事件瞬间聚焦于这块小小的屏幕上，瞄一眼钻进去再难抽出来；也似乎真的像"革命成功"后的阿 Q 那样"我要什么就是什么，我喜欢谁就是谁"，你喜欢的、想要的、想知道的或者更多是你不想知道的许许多多"未知的""有趣的"人和事，以及花样翻新的各种游戏和短视频，通过大数据、云计算一股脑儿地"喂"给你，于是乎你的眼睛和脑子便乖乖地被它牵着鼻子东游西逛狂欢极乐……就这样，一小时、两小时、大半天、一整天，你的时间被手机伶伶俐俐地偷走了，你的日子被手机快快乐乐地霸占了。但是，当你回过头来仔细盘点这过往的一小时、两小时、大半天、一整天从手机里得到的收获时，却是微乎哉其微也！也就是说，在这一小时、两小时、大半天、一整天的时间里，你的生命几乎在空转。鲁迅先生在《门外文谈》中讲过："时间就是性命。无端地空耗别人的时间，其实是无异于图财害命的。"的确，生命是用时间来计算和换算的。看上去，手机空耗的是你的时间，实质上"谋杀"的却是你的生命。

其次是健康的损害。长期刷手机的人，脖子、腰椎、拇指、手腕都会患上一些特定的"手机病"。特别是眼睛，长时间一动不动盯着手机屏幕，必然会感到干涩、灼热甚而视觉模糊，故眼药水便成为"拇指族""低头族"的日常必备品。对于学生——尤其是中小学生来说，爱护眼睛何等重要！南宋大诗人陆游《高秋亭》有句："从今惜取观书眼，长看天西万叠青。"且放下手机，抬起头看看远处的风景养养眼吧。说到健康，大家自然会想到身体健康，其实心理健康同样重要。我认为，人的智商亦在心理健康的范畴之内，至少心理健康与否，是会影响到人的智商变化的。现在人们过度依赖手机，以为一机在手便将一切搞定，根本用不着动什么脑子，久而久之，大脑就会萎缩，智商也会降格。譬如，开车的司机不用记路，手机里有定位导航；做作业的小学生不用背公式、记例题，手机里有"小猿搜题"；以笔为生的记者、作家和机关写材料的公务员，也不必"死记硬背"什么范文和古诗词，反正百度一搜就得；甚至连家庭消费都不用动脑子做计划，各类"商城"搜一圈便会给出"标配"，你只需要"剁手"就是了……记忆、背诵、计算、计划，这些人类所必需的基本技能，正在日益地弱化退化。毫不夸张地讲，手机正使人加速"白痴化"。我在上下班路上，还会经常看到一些司机边刷手机边开车，把车子开得左摇右晃弯弯扭扭，极其危险！与我同行的朋友形象地称之为"画龙"。这些对手机迷恋到成瘾性的"画龙"者们，已然丧失了基本的自制力和自控力，他们已经不是什么损害健康的问题了，而是"惊险"地、"玩命"地行走在祸人害己的犯罪之悬崖边上！

再次是亲情的淡漠。我上下班一般选择两种交通方式，早晨上班搭乘顺风车，可以节省时间；下班时选择乘坐地铁，一来方便看点闲书，二来可以观察芸芸众生，"体验生活"。当你每天下班匆匆走进地铁车厢，一眼望去，无论男的女的老的少的坐的站的，绝大多数属于"低头一族"，他们几乎步调一致，保持同一姿势，手捧手机，目不转睛，"埋头苦干"。我还时不时从一些碎片化信息或文章中看到，有些"低头族"回家后又变成了"躺平族"，一机在手，六亲不认！这种现象在整个社会中究竟占多大比例，没有做过专项调查，不敢妄下结论。不过近来听到一首《爸爸妈妈请把手机放下》的儿歌，却是扎心啦！"手机有魔法，感觉很可怕。抢走了爸爸，抢走了妈妈！爸爸和妈妈，像中了魔法，一天到晚拿着手机他们在干吗？爸爸妈妈请把手机放下，陪我一起玩游戏，一起画画。爸爸妈妈请把手机放下，跟我讲讲故事，伴我快乐地长大。"我相信，"被手机抢走的"不仅是孩子们惊恐的感觉，也是某些"亲爱者"和长辈们失落、失望的感觉。他们完全可以再续写两首歌：《亲爱的，请把手机放下》和《儿子女儿孙子孙女外孙外孙女以及你们的配偶和孩子们,请把手机放下》。要知道,节假日回家看望长辈,他们稀罕的不是你带回多少钱物,盼望的是你本人的归来;他们多么希望抓着你的手,看着你的眼睛,叙一叙寒温,唠一唠家常。而你的双手恰好捧着手机腾不出来,你的眼睛也正好盯着视频拔不出来,嘴里虽然也着三不着两地支吾着,可是心不在焉。《礼记·大学》有言:"心不在焉,视而不见,听而不闻,食而不知其味。"这得多伤长辈们的心啊!

谈到这里,女儿补充说,我觉得还有一点也挺重要的——如今连微信点赞也成了一种负担。小朋友们每天 N 次巡回"朋友圈",给谁点赞,不给谁点赞,对谁"青眼",对谁"白眼",好像成了一种特殊待遇。有的小朋友之间,因为谁谁没给点赞而急赤白脸,搞得特累。本来网络是一个虚拟世界,但现在却很现实,似乎渐渐地由虚拟化、娱乐化而转向了世俗化、势利化,"点赞之交"已然成为一种虚应故事和社交负担。这也应该属于手机的一个坏处吧?

我说,手机固然是造成这些"坏处"的重要因素,但决定性因素是人而不是物。人们对手机的过度依赖性和成瘾性,是由于人的内在欲望与外部诱惑的共谋而达成的。诱惑何时没有?何代没有?《尚书·伊训》记载商朝开国元勋伊尹告诫商王太甲破家亡国的"三风十愆"——诸如"淫风"中的"殉于货色,恒于游畋",亦即求财货、贪美色、喜游玩、好畋猎,等等,"惟兹三风十愆,卿士有一于身,家必丧;邦君有一于身,国必亡"。虽然不能把三千五六百年前的致命诱惑"货色游畋"(其实这些仍然是现代人的致命诱惑),简单地等同于今天手机对人所构成的诱惑，但是手机的成瘾性和诱惑力，又确确实实给许多现代人造成了深刻的伤害。印度大文豪泰戈尔曾经告诫世人："顶不住眼前的诱惑，就会失掉未来的幸福。"就手机而言，如果人们顶不住眼前的诱惑，那就会失去当下的幸福，遑论未来！

北京有句俗话："用着了朝前，用不着朝后。"这本是指斥批评那些势利而实用主义的人际关系和处世哲学的；但是今天把它运用于对待手机上，则是一种再恰当不过的态度。而今的手机已然成为"人体器官"，无论工作、生活和学习，都不可能完全脱离开它，那你就尽管"用着了朝前"，尽情地享用吧。但是像前文谈到的诸如空耗时间、损害健康、淡漠亲情，特别是有些"画龙"者把手机固定在方向盘上，于行车途中痴迷"追剧"，一旦造成"追尾"乃至"追命"的悲剧，则悔之晚矣！如果在这些情况下还要把手机比作"人体器官"的话，那就是"悬疣附赘"，甚至是"恶性肿瘤"，那就应该把它切掉，你就得采取"用不着朝后"的方针，能朝多后朝多后。

我们经常说："拿得起，放得下。""用着了朝前"就是"拿得起"，拿起的是手机的实用性与必要性；"用不着朝后"就是"放得下"，放下的是手机的诱惑性与危害性。不过，这话说起来容易做起来难。历史地看，人世上，红尘中，诱惑总是层出不穷的，而且还是"与时俱进"的，并每每伴随着"新生事物"出现。古人云："欲败度，纵败礼。"故不可放纵欲望而毁败礼仪法度，走歪了人生的路。这就需要用心鉴别，识破各种诱惑，控制自己的欲望，把握好"拿得起，放得下"的尺度，方能有效抵制各类"新事物"所带来的负面影响。

《诗经·大雅·思齐》云："刑于寡妻,至于兄弟,以御于家邦。""刑"即型也,模型也,示范也,榜样也。"寡妻"指国君之正妻。全句讲周文王姬昌在家庭中,给妻子大姒在各方面做出榜样,并影响到家族中的兄弟,进而淳化整个邦国。孔子曰："见贤思齐焉,见不贤而内自省也。"如果在抵制手机诱惑的问题上,每一个家庭都有"拿得起,放得下"的家长,为家人特别是孩子做出好的榜样,长此以往,言传身教,即可达致诗之所谓"成人有德,小子有造"。

试问各位看官,掂量掂量阁下的手机,可否真心做到"拿得起,放得下"呢?

（原载于 2021 年 10 月 25 日《中国社会报·孺子牛副刊》）

谈理想

——新年试笔

当你五岁半的孩子刚上小学一年级不到一个半月的时候，被班主任老师两次"送"回家，说这孩子有点弱智，并且要求自动退学，你会如何面对孩子，和孩子谈点什么呢？

我的经验是，谈理想。

1996年我刚到北京当起了"北漂"，夫人暂时还在山西省阳泉市公安局上班。我先把五岁半的女儿带过来，托人帮忙在租住地西城区东养马营胡同附近某小学就近入学。由于是借读，当时户口尚未进京，无须办理入学手续，只交了一笔借读费。校长问孩子几岁了，我说六——还没等我说完六虚岁，帮忙者便赶忙说六周岁整。校长看看女儿个头挺高的，便点头同意了。

但女儿入学后"状况"频频。数学课上，女儿不会数数，数到20就返回11、12、13……再数到20，怎么也突不破21到30这个"瓶颈"，更别说40、50、60乃至100往上了。在语文课上，女儿知道自己叫什么名字，却不会写自己的名字。女儿在课堂上坐不稳，不停地左顾右盼东张西望充满好奇……这跟北京的同龄孩子相比，真的很"弱智"。二十年后女儿写文章说，当时老师说我弱智，我自己也以为我是弱智。

我跟班主任老师反复申明女儿并不弱智。这位大约五十开外的女老师说，你们这些家长啊，就是不能面对现实，我教了一辈子书，还能看错吗？我对老师说，请再试一个月，如果女儿还是跟不上，我就把她领回来。老师要求写下保证书，我说不必了，我的女儿对您班来说只是几十分之一，对我来说却是百分之百，请您相信我的承诺。

送走老师，面对女儿。

我问女儿，你能跟得上吗？女儿战战兢兢地直摇头。

我再问女儿，你觉得自己聪明吗？女儿还是摇头。

我心中涌起一股莫名的悲伤！我知道幼小心灵的自卑会伤到她。

我把女儿抱在膝上，心里酸酸的，过了好一阵儿才慢慢地说，宝儿，你知道自己四个月零一天开始叫爸爸吗？女儿点点头（这当然是听大人说的）。我又说，你知道自己半岁以后就能简单说一点儿话吗？女儿又点点头（这也是听大人说的）。我接着说，你一周岁那年跟爸爸妈妈回奶奶家过年，路过县城住在亲戚家里，晚上睡下后你不停地哭啊哭，哭个没完没了——你出生以来是从不哭闹的，当医生的大姨起初还怀疑你痛觉神经迟钝，故意掐你一下，你哇的一声大哭，我们这才放心——听到这里，女儿嘿嘿笑出了声。我接着说，那天夜里你哭啊哭，原来是新房子煤气泄漏，大人太劳累昏沉睡去，小孩子"赤子之心"，口腔、鼻腔和肚子里都很干净，闻不得一点儿烟熏火燎的味道，终于把爸爸哭清醒了——"啊！煤气中毒！"爸爸打开窗户放进新鲜空气，你的妈妈又吐又泻，已经软得站不起来……当爸爸将一切处理妥当后，你已安然入睡，爸爸推你一把看看有没有事，你睡梦中嘟囔着说"讨厌"，你还记得不？女儿欢欢地点头说记得（这当然也是听大人讲过的）。

我摸着女儿的小脑瓜说，宝儿从小很聪明。你现在不会数数，不会写自己的名字，是爸爸妈妈没有教过你，是我们的失误，不能怪你。这些年爸爸一直在外地读书和工作，妈妈一个人又要工作又要带着你去上班，每天做三顿饭加上为你洗澡洗衣服搞卫生，天天忙到深夜，只顾你吃好喝好玩好洗漱得干干净净，却没顾上教你学习。你从未上过幼儿园和学前班（去过两次，大病两场，我们便决定不再让你去了），不懂得听课，不会数数认字，这都没什么，这些都很简单，只要你现在上课好好听老师讲课，聪明的宝儿很快就能学会。有哪些不会的，爸爸每天晚上教你，怎么样？我攥紧拳头举了举说，宝儿，你要有争当好学生的目标和理想啊！这应该是我第一次跟五岁半的女儿郑重其事地谈理想。

我分明地记得，女儿两只眼睛由黯淡而渐渐地转出了明亮的光。

多年后女儿还跟我说，千万不要小看小孩儿的感受力与接受力。

此后，我每天早晨踏着一辆破自行车，到十公里外位于蒋宅口的《战略与管理》杂志社上班，五点多下班后骑行十公里回到家已过六点，第一件事就是做炸酱面（也只会做一种炸酱面），跟女儿坐在小桌旁呼噜呼噜吃完面，喝一碗面汤，说说话，晾晾汗。然后，我拿出老房东积攒的已经作废了的无数盒火柴中的一盒，把100根火柴棍排成一条长队，让女儿10根一组、10根一组地数，经过几次反复，终于打通21到30这个"瓶颈"，很快便40、50、60……轻松地数到100，女儿是那么开心！然后，教她认字、写字。晚上睡下后再给她讲故事，念童话，读泰戈尔和屠格涅夫的散文诗和精短散文。对于女儿的学习，再也不敢掉以轻心。

小学二年级上半学年结束前，女儿的班主任老师已到退休年龄。在该学期的家长会后，班主任老师专门当着我的面，轻轻地抚摸着女儿的头说，这个小脑瓜呀，真聪明！这算是班主任老师给女儿的一次非正式"平反"吧。我一点也没有责怪老师的意思，相反，我很感谢这位老师，是她让我把注意力集中在关心女儿的成长和学习上。

在后来二十多年的日子里，初期是我跟女儿谈理想较多，谈谈我的理想，启迪她的理想；但是后期——在女儿初高中以后，越来越多的时候，是我耐心地倾听女儿谈她的近期计划和打算，谈她的中期目标和追求，更多的是畅谈她远大而宏伟的理想。只有在女儿受到挫折之时，才是我傍晚时分抓着她的手散步激励她的时候，也才是我和她深谈现实与理想既相辅相成又相反相成的绝佳时机。女儿这一代90后青年，多数对毛泽东主席的印象是模糊或曰淡漠的。但是女儿却在很小的时候就能脱口说出："我们的同志在困难的时候，要看到成绩，要看到光明，要提高我们的勇气。"我们一家人无论遇到什么挫折和困难，受到任何失败和打击的时候，我都会朗声背诵这则"毛主席语录"，以提高我们面对困难和失败的勇气！

女儿长大后多次跟我说，小学以前的有些事情记得不是很分明，好多都是听爸爸后来讲述的。俗话常说，好记性不如烂笔头。

所以我建议她要记日记，尽量把雪泥鸿爪的有趣之事和吉光片羽的点滴之思留在纸上。作为"榜样"，率先垂范，我跟女儿之间一些有意思的谈话我都会随手记下来，名之为《随手录》，已然积有大大小小十几个本子。2020年12月30日晚上7点38分，女儿从刚工作不久的外地某研究院打来电话，说只能利用实验的"等样"间隙，在今年——2020年底以前，还能跟爸爸讲一个小时的话。

我悄悄把闹钟定在8:30，以提醒她"等样"时间到。

然后，我说，今天就"复盘"谈一谈从前的理想吧。

女儿说，小时候她的理想并不远大，甚至有点平庸。也不想当啥画家、表演家、艺术家什么的，总觉得那不是体面职业（这小心心到底是咋想的呢）。她当时最想做一名图书管理员，工作轻松，环境宽松，还可以随便挑拣看书，觉得这份工作真是好！而且爸爸还说过，毛主席青年时期也曾当过北京大学的图书管理员呢。但是后来她发现这个职业不太受人尊敬（这又是咋想的呢），慢慢地这份渴望也就淡了。不过——她强调，小学阶段给予她最真切最深刻的教益是：经过从"弱智"到"聪明"的转变这件事，她深深地明白并记住一个"硬道理"——只要通过自己不懈努力，可以做到原以为做不到的事情。

女儿还说，她初高中时期的理想，多少有些"白日梦"的成分，老想着北京市联考时能考个"状元"，但成绩总是相去尚远。从初中二、三年级直到大学，非常敬慕数学家和物理学家，每想到牛顿、伽利略和笛卡尔等人都很激动，那时的理想是成为理论数学家或理论物理学家。由于报考北京大学物理系落榜，失去了这个机缘。第二年考上北大医学部，有些沮丧，但在上一门《新药研究与药物靶点》的选修课时，有一位教授讲到中国至今（2009 年）连一个自主研究的新药都没有，深受刺激。泱泱大国怎么连一个新药都没有！于是决然转入药学系，然后在这条路上努力前行，包括到牛津大学化学系攻读博士，以及现在所做的"药物前体小分子的酶催化研究"，等等，均与药物研制相关，并未偏离当初设定的"理想"的轨道。最后女儿特别强调说，有理想使人非常自律，每一个早晨叫醒我的都是理想——我一直在为理想而奋斗！

她的妈妈走进来说，你们俩还在谈理想啊，"等样"的时间到了。

我说，理想本来就是用来谈的，或者说，很多理想都是谈出来的。

是啊，我是一个喜欢谈理想的人，曾跟少年时期的同学谈理想，跟青年以后的挚友谈理想，跟整个家族中的子侄外甥们谈理想，四十多年迤逦谈将过来，虽然可谈者的范围愈来愈小，但却从未停止过畅谈理想。在我看来，有理想可谈的人生，是健康快乐的人生，也是积极向上的人生。只是与人谈理想的最大危险，就是极易被看成一个"喜欢吹牛的人"。唐代大诗人李白就曾自谓"世人谓我恒殊调，闻余大言皆冷笑"，原因即是展露了自己的宏伟理想"大鹏一日同风起，扶摇直上九万里"！所以孔夫子有言："可与言而不与之言，失人；不可与言而与之言，失言。知者不失人亦不失言。"由此可见，能与你谈得来理想的人，多是志向高远的智者更兼知友。

人生在世，"不如意事常八九，可与语人无二三"。不过，在我的"可与语人"之二三四五六七个知己当中，既有知友，也有家人，我的夫人和女儿亦在其中。夫人与我朝夕相伴三十余载，灿烂的青春与美好的理想，就蕴涵在共同生活共同奋斗的点滴之中。我们的女儿，是此生与我"理想互动"最勤的人。她出生之后，我就跟夫人说，孟子讲过"君子有三乐"，其中之一即有"得天下英才而教育之"。咱们虽不敢说自己女儿是"天下英才"，但把她当作"英才而教育之"，却是做父母的本分和责任吧。在女儿小的时候，我跟她谈理想比较多，以期引导她向善向上向好。当女儿上大学以后，谈理想时的"互动"和"碰撞"日益增多，更多时候是女儿长篇大论地跟我大谈理想。不过，我曾语重心长地提醒女儿，有远大理想的人，自然是有目标、有追求的人，同时也是敢怀疑、敢追问的人；但是归根结底，谈理想不是为谈而谈——理想从来是不尚空谈的，理想是为了实现的。

（写于 2021 年 1 月 1 日。

原载于 2021 年 2 月 12 日《谚云》公众号）

蝙 蝠

早晨推窗一看，院子里下雪了，洋洋洒洒的，一地洁白无瑕。俗话说，一场冬雪一场财，一场春雪一场灾。虽说庚子鼠年春节已过八九天，但按夏历讲，立春（2月4日）之日进入庚子年戊寅月，才算真正步入春天。大疫当前，这场春前好雪，来得正是时候。我欣然坐在书桌前，随手翻阅《本草纲目》，想看看古人是怎样认识蝙蝠、孔雀、穿山甲和果子狸等"野味"的。于是便有了《蝙蝠》这个题目。

——2020 年 2 月 2 日题记

蝙蝠在我国古代学名叫伏翼。它的别名还有天鼠、仙鼠、飞鼠和夜燕等。记得有个童话故事讲过，鸟国的国王凤凰召集禽类开会，蝙蝠未到，凤凰问它为何不来？蝙蝠说，我是兽类。不久，兽国的国王老虎召集兽类开会，蝙蝠亦未到，老虎问它为何不来？蝙蝠说，我是禽类。后来，凤凰和老虎见面，聊起蝙蝠的事来，都摇头叹气对它奈何不得。

只是，不知中华药王李时珍依据什么把它归入禽类呢？

《本草纲目·禽部第四十八卷·伏翼》记述："〔恭曰〕伏翼者，以其昼伏有翼也。〔时珍曰〕伏翼，《尔雅》作服翼，齐人呼为仙鼠，

《仙经》列为肉芝。"一说到"肉芝"，必然是令人垂涎的养生极品之美味也。谨节录几条如下：

　　"〔弘景曰〕伏翼非白色倒悬者，不可服。〔恭曰〕伏翼即仙鼠也，在山孔中食诸乳石精汁，皆千岁，纯白如雪，头上有冠，大如鸠、鹊。阴干服之，令人肥健长生，寿千岁；其大如鹑，未白者已百岁，而并倒悬，其脑重也。〔颂曰〕恭说乃《仙经》所谓肉芝者。然今蝙蝠多生古屋中，白而大者盖稀。〔宗奭曰〕伏翼白日亦能飞，但畏鸷鸟不敢出耳。此物善服气，故能寿。冬月不食，可知矣。"

　　本来，蝙蝠在中华传统文化中，是一种吉祥符号。譬如，把一只蝙蝠镌刻在一枚外圆内方的铜钱上，叫作"福在眼前"；把一只蝙蝠印制或镌刻在一枚红木乃至金银美玉质地的寿桃上，叫作"福寿延年"；把蝙蝠与梅花鹿、寿桃、喜鹊拼在一个图案里，叫作"福禄寿禧"，等等。历代之文人骚客，亦以蝙蝠（特别是白蝙蝠）为吉祥之物。诸如唐人李颀有诗"当有岩前白蝙蝠，迎君日暮双飞来"，白居易亦有"千年鼠化白蝙蝠，黑洞深藏避网罗"等句。只可惜这蝙蝠还有一个被人当作"美味"享受的用处。尤其是那种认为活到数百年至上千年的白蝙蝠，服食之后可以延年益寿的邪说由来已久。持此说者，以东晋著名道学家、炼丹家葛洪的《抱朴子》对后世影响甚巨。

　　所以，作为具有科学精神的明代大科学家李时珍对此驳斥道："《仙经》以为千百岁，服之令人不死者，乃方士诳言也。陶氏、苏氏从而信之，迂矣。"时珍还列举了古书中记载的两个因服食白蝙蝠而毙命的例子："按：李石《续博物志》云：唐·陈子真得白蝙蝠大如鸦，服之，一夕大泄而死。又：宋刘亮得白蝙蝠、白蟾蜍合仙丹，服之立死。"因而他大声疾呼："呜呼！书此足以破惑矣！其说始载于《抱朴子》书，葛洪误世之罪，通乎天下！"痛斥葛洪之流误尽天下苍生！

当然，生于500多年前的时珍，自有其认识上和理论上的局限。即如今天常识性的知识——蝙蝠属于兽类而不是禽类，它是翼手目动物，是一类演化出真正有飞翔能力的哺乳动物；所以它身体里所积累携带的各种病毒，更容易传播给同为哺乳动物的人类。

但这并不影响时珍对蝙蝠等各种动物以及其他生物在药用方面的经验积累和理论研究。时珍说："蝙蝠性能泻人，故陈子真等服之皆致死。观后治金疮方，皆致下利，其毒可知。《本经》谓其无毒，久服喜乐无忧；《日华》云久服解愁者，皆误后世之言，适足以增忧益愁而已。治病可也，服食不可也。"

诸君请听仔细，作为湖北蕲春籍的中华药王李时珍，其实早已得出科学结论：不管是黑蝙蝠，还是白蝙蝠，"性能泻人""其毒可知"；用于治病可也，作为"野味"享用，则万万不可也！

同样，穿山甲（学名鲮鲤）作为一味传统催乳药，是颇见效的。俗话说，穿山甲，王不留，妇人食了乳长流。但不可作为"美味"过食。《本草纲目·鳞部第四十三卷·鲮鲤》记述："肉〔气味〕甘，涩，温，有毒。〔时珍曰〕按：张杲《医说》云：鲮鲤肉最动风。风疾人才食数脔，其疾一发，四肢顿废。时珍窃谓此物性窜而行血，风人多血虚故也。然其气味俱恶，亦不中用。"还有，孔雀肉能解百毒，但它的副作用也是明显的，"人食其肉者，自后服药必不效，为其解毒也"（《本草纲目·禽部第四十九卷·孔雀》）。为了"尝鲜"吃几块孔雀肉，从而导致以后服用所有的药都会失效，何苦来哉？

话说回来，即使是美味如果子狸，人们也应该与之和谐相处，而不是滥捕滥食。《本草纲目·兽部第五十一卷·狸》曰："〔颂曰〕南方有白面而尾似牛者，为牛尾狸，亦曰玉面狸，专上树食百果，冬月极肥，人多糟为珍品，大能醒酒。"不过，问题已经来了，现代科学实验证明，果子狸是 SARS 病毒的中间宿主，吃它会吃出病来，甚至还会传播病毒，"吃掉"许多无辜者的性命。

俗话说，犯病的不吃，犯法的不做。穿山甲、果子狸和孔雀等许多"野味"，多是国家级保护动物；蝙蝠亦已是省级保护的珍贵或有益动物。非法贩卖和"享用"它们，是要触犯刑律的。《尚书·大禹谟》有言："刑期于无刑。"《易经·系辞下》亦云："小惩大诫，此小人之福也。"先圣们本着悲悯的情怀制定法律，就是为了通过惩罚使人恪守规矩和法律，从而达到最终废弃刑罚的目的。要知道，人类制定《野生动物保护法》，首先也是为了保护自己。

人有病，天知否？

（原载于 2020 年 2 月 12 日《中国社会报·民政文化》）

谈　猫

　　女儿爱猫。前几天看到某地疫区有些人因为害怕被传染，把猫从高楼扔下摔死的视频和图片，很是悲伤。

　　今天她忽然问我，有人说猫是外来物种，爸爸觉得对吗？

　　我说，也对，也不对。因为我不认为猫全部是"舶来品"。

　　对于当下各种长相奇异的猫咪来说，可能大多是从境外引进的。但是，那些在老辈人手里早就喂养的黄白斑纹的猫，或者灰黑色夹杂着白色斑纹的猫，在咱老家都叫狸猫，它们应该是土生土长的"国货"。

　　现存文献记载，由孔子编定的《诗经·大雅·韩奕》就有"有熊有罴，有猫有虎"。汉代毛亨《毛诗传》："韩奕，尹吉甫美宣王也，能赐命诸侯。"尹吉甫是周宣王时代诸侯国尹国（今山西隰县一带）的国君，也是西周时期著名的贤相，他还是《诗经》之《烝民》《江汉》《韩奕》等诗篇的作者。

　　《韩奕》开篇写道："奕奕梁山，维禹甸之。有倬其道，韩侯受命。"大意是说，雄伟高大的梁山，在尧帝时曾遭受洪水之灾，大禹治水把它开辟出来，成为良田美薮；兹有韩侯能遵行周王之仁厚开明的大道，因而宣王就把韩侯分封为韩国的侯伯。就是在韩国梁山的良田美薮之中，"有熊有罴，有猫有虎"。当然，在距今两千七八百年前的尹吉甫生活之时代，猫也许还只是野生的狸猫。

另有《孔丛子》记载：有一天，孔子在屋里弹琴，他的学生闵子在外面听到，觉得很奇怪，便对曾子说，老师以前的琴声"清澈以和，沦入至道"，而今天的琴声却是"幽沉之声——幽则利欲之所为发，沉则贪得之所施"，不知道老师为什么会弹出这样的贪欲之音呢？二人去问孔子。孔子说，你们说得很对，"向见猫方取鼠，欲其得之，故为之音也"。原来孔子是在用音乐"助猫捕鼠"呢！从这个故事可以推知，在孔子生活的时代，可能已经有了驯养的家猫。

不过，也有宋代以来的学者鸿儒如朱熹等人，质疑《孔丛子》是一部伪书。主要"证据"是《汉书·艺文志》没有收入书目，而在《隋书·经籍志》却有收录，故"证明"它不属于先秦典籍。这样的逻辑并不靠谱。就算是吧，其他文献史料依然可以证明猫（亦称狸狌）被人驯养古已有之。比如，《庄子·秋水》即有"骐骥骅骝一日千里，捕鼠不如狸狌，言殊技也"；《尹文子》也说"使牛捕鼠，不如狸狌之捷也"；《史记·东方朔传》亦有"天下之良马也，将以捕鼠，不如跛猫"，等等。古谚亦云，猎犬捕鼠不如猫，骏马耕田不如牛。

对于"猫"的诠释，《毛诗传》："猫，似虎浅毛者也。"唐代慧琳《慧琳音义》引南朝梁、陈时期顾野王语："猫，似虎而小，人家畜养以捕鼠也。"明代药王李时珍《本草纲目·兽部·猫》解释："猫，捕鼠小兽也，处处畜之。有黄黑白驳数色，狸身而虎面，柔毛而利齿。以尾长腰软，目如金银，及上颚多棱者为良。"

俗话说，猫一冬，狗一夏。最是猫狗难熬的季节。因为狗怕热，猫怕冷，"〔时珍曰〕其鼻端常冷，惟夏至一日则暖，性畏寒而不畏暑"。所以呀，老猫炕上睡，一辈传一辈。猫咪不仅爱蹭热炕头，还酷爱钻人的热被窝呢。东晋大画家顾恺之说过："传神写照，正在阿堵中。"猫的精神情态乃至神秘变化，亦集中于它的眼睛。李时珍在《本草纲目》中还饶有兴味地介绍了"猫眼定时"的功能，"其睛可定时：子、午、卯、酉如一线，寅、申、巳、亥如满月，辰、戌、丑、未如枣核。"俗话也说，猫眼一线日正午。对此，有兴趣之宠猫爱猫的"铲屎官"，不妨仔细端详研究一番。

至于女儿咨询的"猫为什么被命名为猫"，时珍亦给出很好的解释：一是因为猫自呼"苗"（喵），"〔时珍曰〕猫，苗、茅二音，其名自呼"；二是因为猫能捕鼠护苗，"〔陆佃云〕：鼠害苗而猫捕之，故字从苗。清代专攻《毛诗》的经学家、藏书家陈奂，为《诗经·大雅·韩奕》"有猫有虎"作注亦云："《说文》无'猫'字，古字本'苗'。"

正是因为猫的捕鼠护苗之功，古代才有了祭祀"猫神"的仪式，即《礼记·郊特牲》所谓"迎猫"："古之君子，使之必报之。迎猫，为之食田鼠也；迎虎，为之食田豕也，迎而祭之也。"祭祀之义，讲究"仁之至，义之尽"，有功必报。迎请猫神，是因为猫帮助农民捕食田中之鼠；迎请虎神，则由于老虎帮助农民捕食田中之野猪，故一并请来祭祀。

猫是人类的功臣和朋友。俗话说，猫狗识温存。养猫不仅可以逼鼠，亦可作伴为友。宋代大诗人陆游晚年常以猫为伴，昵称其为"狸奴"，有时还不免戏谑数语，浑如腻友也。谨撷取放翁晚年所作"猫诗"几句："我老苦寂寥，谁与娱晨暮？狸奴共茵席，鹿麑随杖屦"(《冬日斋中即事》),"听雨蒙僧衲,挑灯拥地炉。勿生孤寂念,道伴大狸奴"(《独酌罢夜坐》),"甚矣翻盆暴,嗟君睡得成!但思鱼餍足,不顾鼠纵横"(《嘲畜猫》),"朱门漫设千杯酒,青壁宁无一把茅?偶尔作官休问马,颓然对客但称猫"(《初归杂咏》),不禁莞尔!

但历来人们对猫的风评不佳。说什么"猫认屋,狗认人""猫巴富,狗守贫""猫跟饭碗,狗跟主人""猫奸狗忠"以及"猫有粮"(相当于"有奶便是娘"),等等,大给差评!无非是说,猫是喂不熟的"白眼狼",不像狗那样不嫌家贫,护主忠诚。其实,不应该一概而论,猫也有重感情的。清代袁枚《子不语》记述:"江宁王御史父某,有老妾,年七十余,畜十三猫,爱如儿子,各有乳名,呼之即至。乾隆己酉,老奶奶亡,十三猫绕棺哀鸣。喂以鱼飧,流泪不食,饿三日,竟同死。"你还能说它们是"猫有粮"吗?

谈到这里,女儿对我说,猫科动物和犬科动物是不一样的烟火。她不无夸张地说,猫可是小老虎啊,有王者之风范,它有自己独特的想法和行为准则,岂肯臣服于人!

女儿说,她上高中时,在《新概念英语3》读过一篇题为《飞猫》(Flying cats)的文章,说猫有属于自己神秘的生活方式,它们不像狗和马那样对人顺从,结果是人们学会了尊重猫的独立性。

《飞猫》中还谈到"猫有九条命"。文章介绍说,纽约动物医疗中心对 132 只猫进行了为期 5 个月的综合研究,所有的猫都曾从高层建筑摔下来过,但只有 8 只猫跌伤或死于脑震荡。有一只猫从 32 层楼上掉下来,只摔折了一颗牙。那是由于猫从高层建筑上高速跌落的过程中，有时间放松自己，它们伸展开四肢，就像飞行中的松鼠一样。这样就可以加大空气中的阻力，并减小它们着地时的冲击力……

说着说着，女儿突然沉默了。过了好一会儿，才喃喃地说，怎么会摔死那么多猫呢?

（原载于 2021 年 2 月 9 日《谚云》公众号）

说　怨

俗话说"怨无大小",又说"怨亲不怨疏"。的确,怨不在乎大小,也不在于亲疏,只要由怨生恨,仇恨入心要发芽,那就会变得异常狰狞可怕。

《左传·宣公二年》载:"(鲁宣公)二年春王二月壬子,宋华元帅师及郑公子归生帅师,战于大棘(今河南省睢县南)。宋师败绩,获宋华元。"

谁能料到,华元之败,竟然缘于一碗羊肉。

详情如是:决战之前,宋国统帅华元杀羊犒赏将士,但没有赏到他的车夫羊斟。决战之日,羊斟说,昨日分羊你做主,今日赶车我做主。随即便将主帅的指挥车赶入敌人阵营,华元束手就擒,做了郑国的俘虏。后来华元被宋国高价赎回。他见了羊斟问道,你不是故意的吧,是马不听驾驭所致吧?羊斟却硬生生地回答,不是马的缘故,而是人的缘故!羊斟丢下这句狠话,便一溜烟儿逃到鲁国。

临敌之际,少吃一碗羊肉,这算多大一丁点事啊!然而羊斟却为此不惜背叛他的主人,不惜背叛他的祖国!可见小怨之深,足以害大。俗话常说"怨废亲,怒废礼",还说"伤心人别有怀抱"。也许在羊斟看来,羊肉事小,尊严事大,咱车夫就永远低人一等吗?可是在华元看来,自己身边的人嘛,你不吃亏谁吃亏,一边凉快去吧，还咧咧什么呀！双方长此以往，难免积下心结。《韩非子·用人》对此剖析得十分精辟，"古之人曰：'其心难知，喜怒难中也。'……如此，则怒积于上，而怨积于下，以积怒而御积怨，则两危矣。"

同样，在一个单位或公司里，如果上司总对下级发泄不满，下级又总对上司心怀怨恨，上积怒而下积怨，双方必将处于两危境地。

如何才能解决好"上积怒而下积怨"这对矛盾？

作为单位或公司的领导，处于工作关系"上游"，更便于主动去化解怨恨。《尚书》有言："怨不在大，亦不在小。惠不惠，懋不懋。"因为大的怨恨，多由小的怨气积累而成，故小怨足可以长成大恨。解决问题的关键就在于，领导者能否做到"惠不惠，懋不懋"。这里的"惠"训为"顺"，"懋"训为"勉"。领导的艺术，就体现在有能力、有手段把不顺的事情理顺，即所谓"惠不惠"；把不甚勉力、不想努力的员工之积极性调动起来，即所谓"懋不懋"。这样，情绪顺了，干劲有了，要"怨"哪得工夫！

总之，不管是谁，只要心中有怨毒，于人于己，都是有害无益的。所以老话说"怨家怨家，但怨自家"。人一旦懂得自我反省，自我批评，主动地"惠不惠，懋不懋"，其心中之怨气，就会渐渐地瓦解冰释，拨云见日。

（原载于 2010 年 5 月 18 日《新民晚报·夜光杯》）

说 "正"

　　每一个汉字的组成结构部分，往往都包含着丰厚的意蕴。"正"字由"一"与"止"构成，故其本义乃"守一以止"。东汉许慎《说文》讲："正，是也。从止，一以止。徐锴曰：'守一以止也。'"

　　那么，"一"是什么？何以守"一"？

　　关于"一"的解释，《说文》讲："一，惟初太始，道立于一，造分天地，化成万物。"其大意与老子《道德经》之"道生一，一生二，二生三，三生万物"相近。然而，对于"正"字头上的"一"来说，这个解释似乎有点玄奥抽象。我倒觉得，由于《易·乾卦》的六个阳爻，是由六个"一"组成的，因而"一"体现的正是《乾卦》的意象和精神，即《易·乾卦·文言》所阐释的"大哉乾乎！刚健中正，纯粹精也"。故愚以为，"一"的本义乃"刚健中正"。

　　"天地有正气，杂然赋流形"，对生长于天地之间的人来说，"刚健中正"的"正"来之于"中"，正气来自中气，中气源自养气，诚如孟子所谓"我善养吾浩然之气"！儒家讲正心诚意，修齐治平，就是从自身的"养中持正"做起，蕴藉涵养胸中之正气，氤氲醇化为道德、智慧和力量，不仅德润自身，裨益家庭，而且成就事业，造福人民。《易·坤卦·文言》描摹的便是这一美好愿景："君子黄中通理，正位居体，美在其中，而畅于四支，发于事业，美之至也！"

然而，美则美矣，须尽善也。理论不能只停留于理论阶段，理想也不能仅止于理想化。迄今为止，在我塞北老家的许多村庄，每逢村干部换届选举以及其他事宜的投票活动，仍然沿用老辈人办法，用毛笔或者粉笔，在木板抑或黑板上，画下一个个"正"字来计票。这种计票方式，至今在基层选举中依然运用得很普遍。倒不完全因为"正"字恰好五画方便记数（田地的田字和公平的平字，不也都是平平正正的五画嘛），其注重并寻求的正在于"正"字所蕴含的传统政治文化意义。

孔子曰："政者，正也。"政治的全部要义，就在于一个"正"字。而"正"者"守一以止"，当"止"于"刚健中正"。"刚健"乃精诚坚守，一以贯之；"中正"乃公平正义，一身正气，故《公羊传·隐公三年》曰："君子大居正。"至于"守一以止"的"守"，对为政者来说，既要求秉持公道正义，不越雷池半步的操守与坚守；亦包含我疆我理守土有责，对岗位事业的担当与使命。特别是各级机关单位的"一把手"——尤其是主政一方或一个方面的主官，"一"与"正"一身双荷，担子艰巨，责任重大，位高权重，影响深远，在其能否"守""止"之间，不仅关乎一己之荣辱，同时还关系到一项事业的成败，关系到一方土地乃至一个系统的安危。《诗·小雅·小明》有言："嗟尔君子，无恒安息。靖共尔位，好是正直。"叮咛为官者，不敢躺在椅子上偷安享乐，尸位素餐，要郑重地对待自己的位置，虔敬地守护好自己的位子——怎么才算得"好"呢？换言之，"好"的标准和标志是什么呢？最根本最核心的两个字就是"正直"。自正为

"正"，正曲为"直"；既要正己，又要正人；自身不正，何以正人？

《说文》讲，"正，是也""是，直也"。"正直"乃人间康庄大道。《诗·小雅·大东》云："周道如砥，其直如矢。君子所履，小人所视。"前两句讲公平正直，后两句讲自正正人。正直与正义是行动中的真理。既然"正"者"守一以止"，就应当真真正正不折不扣地"守"住底线，"止"于界限，这对为官施政者来说，尤为重要。因为"政"与"正"相较，多了一个反文旁——该偏旁古字写作"攴"，音义皆如"扑"，甲骨文像以手持杖，意为敲打、敲击、打击。所以，监督、约束、制约乃至惩治、法治、制裁，等等，本来就是"政"字题中应有之义。

俗话说："出家如初，成佛有余。"可见"止一"不易，"守一"更难；更何况有人是明知故犯，"知易行难"。倘若有的人——特别是官员，不甘"守"，不愿"止"，不肯"养中持正"以厚德载物，不能"刚健中正"以自强不息，必然失之毫厘，谬以千里！现实中有太多反面教材给人以警示：迷失航向、偏离正道、贪赃枉法、行险侥幸者，不仅如《易》之所言"不恒其德，或承之羞"，还会像谚之所云"一失足成千古恨，再回头已百年身"！车尔尼雪夫斯基在《怎么办》中讲过："人一正直什么都好了。这一条简明的原则，便是科学的全部成果，也是幸福生活的全部法典。"

其实，做人做官，一个道理。

（2016 年 12 月 20 日《人民日报·大地》）

说　靠

世界上最不靠谱的事就是靠人。

"靠"字原本是违背的意思，但后来不知为何——也许是咱中国人想依靠人的思想太根深蒂固，太源远流长了吧，后来竟演变成依靠、倚凭、凭恃、凭靠，等等，前后意思满拧。

《说文》解："靠，相违也。从非，告声。"《广韵》和《集韵》亦曰："靠，相违也。"《玉篇》："靠，靠理相违也。"清人钱大昕《十驾斋养新录》："靠，相违也。今借为依倚之义。"清人段玉裁《说文解字注》："今俗谓相依曰靠，古人谓相背曰靠。"

我们耳边常常能听到这样的讽旨：那个谁谁靠上谁谁谁抖起来啦！

如果一个人，他真的有本事有品格有能耐，正好碰到谁谁谁——或亲戚，或朋友，或者其他什么能够联系起来的人，慧眼识才，顺手拉扯一把，乘势崛起，亦即抖起来了，那很好，很幸运，也很正常。我们身边这样的事例不在少数。

问题是，从盘古到如今，社会上总有那么一类人，老想着自己啥也不干，就是想沾亲傍友，倚人靠人，沾光讨便宜捞油水，总梦想一人得道鸡犬升天！这是一种没骨气没出息的懒汉二流子思想。最终，不仅让"靠山"左右为难没法做人，自己也因为"希望"落空而失望甚至悲观绝望。更有甚者，从此而变得愤世嫉俗，骂骂咧咧。

如果阁下恰好也抱着一种想靠人的思想，而且觉得你想靠的这个亲戚或朋友，不够仗义疏财，很不够意思。甚而你还会摆出身边一大堆啥能耐都没有，光凭靠山抖起来的"成功事例"。我深信不疑。

然而，我只想为阁下推荐一则历史故事——战国时代魏国的开国之君魏文侯，与王子狐（狐卷子）专题讨论有关"靠"的问题。

东汉韩婴《韩诗外传》记载："魏文侯问狐卷子曰：'父贤足恃乎？'对曰：'不足。''子贤足恃乎？'对曰：'不足。''兄贤足恃乎？'对曰：'不足。''弟贤足恃乎？'对曰：'不足。''臣贤足恃乎？'对曰：'不足。'"

对于同时拥有卜子夏、田子方、段干木、李悝、翟璜、乐羊、吴起等谋臣如云战将如雨的魏文侯所问到的所有"可靠资源"，狐卷子均摇头摆手说靠不住靠不得。那雄才大略的魏文侯听了能高兴吗？

果不其然。"文侯勃然作色而怒曰：'寡人问此五者于此，一一以为不足者，何也？'对曰：'父贤不过尧，而丹朱放；子贤不过舜，而瞽瞍拘；兄贤不过舜，而象放；弟贤不过周公，而管叔诛；臣贤不过汤、武，而桀、纣伐。'"

王子狐面对勃然作色的魏文侯，用铁的历史实证：父子靠不住，兄弟靠不住，君臣同样靠不住。所以他的结论是："望人者不至，恃人者不久。君欲治，从身始，人何可恃乎？《诗》曰：'自求伊祜。'"

将狐卷子的结论，置换成谚语来表述："靠墙墙会倒，靠娘娘会老，靠了大哥有大嫂。"亦曰："爹娘广有，还得张口；哥嫂富有，不敢伸手。"并说："爹有娘有，不如自有；哥有弟有，等于没有。"还说："夫妻有，隔层手。"一言以蔽之："望山跑死马，指人都是假！"

　　所以阁下，别老想着求人靠人。实言相告吧，靠是最靠不住的。

　　还是俗话说得好，"靠张靠李，不如靠己""靠儿靠女，不如靠胳膊靠腿"。《诗》曰："自求伊祜。"

（原载于 2019 年 1 月 6 日《谚云》公众号）

说 贼

偷、窃、盗、贼四个字，在古语中均表示偷盗之意。但从语义上细加分辨，偷、窃较轻，盗较重，贼最重。

贼，伤害、杀人为贼。《说文》："贼，败也。从戈，则声。"贼指败乱之人，所谓"胜者王侯败者贼"，亦曰"成者王侯败者寇"。《荀子·修身》："害良曰贼。"《国语·周语》："奸勇为贼。"《左传·昭公十四年》："杀人不忌为贼。"《玉篇》："贼，盗也。"又曰："贼，伤害人也。"

盗，窃人财物为盗。《说文》："盗，私利物也。"《榖梁传·定公八年》："非其所取而取之，谓之盗。"盗跟贼的最主要区别，就在于窃物与害命。《周礼·秋官·朝士》有"凡盗贼军"，贾公彦疏："盗，谓盗取人物；贼，谓杀人曰贼。"《荀子·正论》有"盗不窃，贼不刺"，杨倞注："盗贼通名。分而言之，则私窃谓之盗，劫杀谓之贼。"盗、贼常与寇联系在一起，如盗寇、贼寇。《说文》："寇，暴也。"强取为寇，窃取为盗。强聚为寇，杀人为贼。盗、贼一般多指个体，而寇则多指群体。《尚书·舜典》有"寇贼奸宄"，孔安国传："群行攻劫曰寇。"孔颖达疏："寇者，众聚为之。"

窃与偷，比之于盗，语义又要轻一些，故有"江洋大盗"之称，而没有"江洋大窃"或"江洋大偷"之说。偷和窃，有小打小闹、小偷小摸的意思。在这一点上，繁体窃（竊）字最为形象：一个偷儿背着米，从洞穴里钻出来。所以《说文》讲："竊，盗自中出曰竊。从穴，从米。卨声。"虽然《庄子·胠箧》有"彼窃钩者诛，窃国者诸侯"一语，但是窃国之窃，亦属于偷米钻穴隙之类。偷与"苟"同，指苟避于事。《集韵》："偷，苟且也。"偷亦泛指盗与窃。《淮南子·道应》："偷者，天下之盗也。"

盗、贼、偷、窃四字，既是名词，又是动词。不过在今天，已无须分别得那么精细。它们或者单挑，或者两两搭配，或者前后加一个词缀，分别构成了新的组合。诸如盗贼、窃贼、偷盗、盗窃、偷窃、扒窃、剽窃、窃取、窃夺、盗匪、盗寇、强盗、强贼、贼寇、蠹贼、小偷、偷儿和贼，等等。对于这一"特种身份"来说，现在最普遍的称呼是小偷、扒手和贼，三者相较，贼仍是最具量级的。我妈常说："做贼的人就两条：胆大，不要脸。"这的确是贼人最主要的两大特征。然而仔细研究，贼还有一些更深层次的特质与内蕴，故略加剖析陈说之。

一、贼人往往智商颇高。当然，"贼上一百，形形色色"，呆头笨脑的贼自然也是有的。《吕氏春秋·自知》载："范氏之亡也，百姓有得钟者，欲负而走，则钟大不可负。以椎毁之，钟况然有声，恐人闻之而夺己也，遽掩其耳。"这则"掩耳盗钟"的故事，后来由于朱熹《答江德功书》中的一句"此与掩耳盗铃之见何异"，而演变成了一条成语。不过，像这类"笨贼偷碾子"的非专业化的贼，毕竟是少数。古往今来，人们通常所听到和遇到的，大多是"道高一尺，魔高一丈"的职业化的智贼。就说同样是盗一口钟吧，智贼与笨贼的手法却是天地悬隔。明·江盈科《雪涛谐史》记载，"语云：贼是小人，智过君子。余邑水府庙有钟一口，巴陵人泊舟于河，欲盗此钟铸田器，乃协力移置地上，用土实其中，击碎担去。居民皆杳然无闻焉。"该书还记下了另一个智贼的故事："又一贼，白昼入人家，盗磬一口，持出门。主人偶自外归，贼问主人曰：'老爹，买磬否？'主人答曰：'我家有磬，不买。'贼径持去。"这叫作"贼人计谋深"，也叫"贼精鬼机灵"。

二、贼人心理素质特好。具体表现在：（一）"贼无赃，硬似钢"。明明知道他就是贼，但他铁嘴钢牙骨头硬，咬死不承认，并说："'捉贼要赃，捉奸要双'，拿出证据来呀！"只要没有起获贼赃，贼就会大摇大摆逍遥法外。因为贼知道，"大盗沿街走，无赃不定罪""贼在当门坐，无赃没奈何"。（二）"背上牛头不认赃"。那一回，阿Q翻墙跳进静修庵的菜园里偷萝卜，被小尼姑逮了个正着。阿Q且走且说："这萝卜是你的？你能叫它答应你吗？"你瞧瞧，这厮心理素质有多过硬！（三）"贼喊捉贼"。常言："有理胆自壮，负屈声必高。"贼人在情急之下往往会反其道而行之，突然大喝一声"捉贼"，既可分散注意，又能洗刷自己，必要时还可以脚底抹油呢。（四）"贼咬一口，入骨三分"。都说"贼心似铁，官法如炉"，但贼人即使"落炉"，也不会轻易"熔化"；他会无中生有，反咬一口，屈死好人笑死贼。

三、贼人最善把捉机遇。谚云："不怕贼偷，就怕贼惦记。"又云："防贼一宿，贼偷一更。"那么，贼偷哪一更呢？一夜分五更，半夜是三更。19～21时是一更，21～23时是二更，23～1时是三更，

1~3时是四更，3~5时是五更。就算是世上最勤快的人吧，也无非是起五更、睡半夜，睡得最安稳踏实的就是四更天，而贼偷便在四更天。俗话说"贼无冤家，但偷便家"，又说"贼瞅一步空"，还说"贼人操的是贼心"。因而贼娃子最善于捕捉、拿捏和把握一切有利时机，静如处子，动如脱兔，抓住机遇，发挥自己。比如，"月黑风高贼作案，雷狂雨急狼出窝"，又如"偷风不偷月，偷雨不偷雪"。

四、贼人自有贼人的道。《墨子·兼爱上》："盗爱其室，不爱异室，故窃异室以利其室；贼爱其身，不爱人，故贼人以利其身。"不过，虽然贼不爱人，但贼却爱贼。因为贼人深知，"鼠要鼠捉，贼要贼拿，铁要铁打"。所以贼与贼讲义气，贼对贼够哥们儿，贼跟贼攻守同盟。据说，古来成大盗者，必须具备"圣人之道"。《庄子·胠箧》记载了春秋时的大盗柳下跖和他手下的一段对话："跖之徒问于跖曰：'盗亦有道乎？'跖曰：'何适而无有道邪？夫妄意室中之藏，圣也；入先，勇也；出后，义也；知可否，知也；分均，仁也。五者不备而能成大盗者，天下未之有也！'"

尽管贼也被称作"梁上君子"，然而，做贼毕竟不是什么光荣的事业。俗话说"贼名难受，龟名难当"，又说"偷个鸡蛋吃不饱，一生贼名背到老"，还说"一日为贼终身寇，世代儿孙做马牛"。更何况，法网恢恢疏而不漏，久走冰桥哪有个摔不倒的，贼娃子身陷囹圄只是早晚的事。所以老话才说："宁缺一只手，不当三只手。"因此啊，劝贼人，还是在金盆里早些洗了手吧！

（原载于 2008 年 4 月 18 日《中国社会报·社会周末》）

说　驴

　　生而为驴，是一件十分不名誉的事情。驴、秃驴、驴脾气、驴脸瓜搭、瘦驴拉硬屎、驴唇不对马嘴、好心当作驴肝肺……有哪一个是褒义词呢？即使是骂人的话罢，只要暗含一点好的意思，也是轮不到驴的。比如，一朵鲜花插在了牛粪上。宁愿将鲜花插在稀不啦叽的牛屎上，也不肯插在仪表光泽的驴粪上。而且，还丢下一句特伤感情的话：驴粪蛋，表面光。

　　最可恶的是，有些人在社会上混得没起色、不如意，便拿驴子来打趣儿说事儿。说什么："别人骑大马，我独骑驴子。回看担柴汉，心下较些子。"本来心理失衡得一塌糊涂，还硬是装作若无其事的样子，真够阿 Q 的。还有人说什么："不骑马，不骑牛，骑个毛驴随大流。"嗨嗨，小子！你够不着马，又看不起牛，却拉着个毛驴做垫背，瞧你那点儿出息！

　　人常说，马背上出英雄，驴背上出诗人。可是，诗人们似乎对高头大马总是青眼有加，对驴子却恶声恶气并不领情。在中国古代文坛上，李、杜、苏、陆四人，堪称唐宋两代的顶尖诗人吧？你看那个李白，写马则"银鞍照白马，飒沓如流星"，写驴却"骅骝拳踞不能食，蹇驴得志鸣春风"（得志也是个"蹇驴"）；还有那个杜甫，写马则"落日照大旗，马鸣风萧萧"，写驴却"江湖凡马多憔悴，衣冠往往乘蹇驴"（骑驴便辱没了"衣冠"）；再是苏东坡，写马即"弄风骄马跑空立，趁兔苍鹰掠地飞"，写驴却"往日崎岖还记否？路长人困蹇驴嘶"；还有那个陆放翁，写马便"夜阑卧听风吹雨，铁马冰河入梦来"，写驴则"此生合是诗人未？细雨骑驴入剑门"……他们只要写到马，便精神抖擞，笔墨灵动，虎虎有生气；一旦写到驴，就鄙夷贬损，冷言冷语，一肚子没好气。其实，他们中的哪一位没有得到过驴的恩惠呢？尤其是老杜，"骑驴三十载，旅食京华春"，在驴背上辗转了三十多个春秋，跟驴子应该是很有一份深厚的阶级感情的；然而事实上，他却对"朝扣富儿门，暮随肥马尘；残杯与冷炙，到处潜悲辛"中的"肥马"情有独钟。唉唉！这不能不说是个势利眼吧？

另一个唐代文人柳宗元，也不知是哪根筋抽的，写了一篇题为《黔之驴》的杂文，并得出一个"黔驴技穷"的结论。如果可能的话，俺真想揪住他的耳朵问一句：老兄，你说驴应该以什么为技啊？如果以诳骗诡诈为技，它天生就不如狐狸；如果以残暴嗜血为技，它连豺狼鬣狗都比不上，更不用说熊狮虎豹；如果以胁肩谄笑为技，它生就一副深沉严肃的长脸子，整日里像是有谁欠了它二百吊，根本不懂插科打诨疏通关系这一套；如果以吹牛拍马为技，那它首先比不上的就是人。但是，如果以吃苦耐劳、忍辱负重、勤劳奉献为技的话，它谁都不输。

驴，哺乳纲，马科。性温顺，富忍耐力，但颇执拗。堪粗食，易饲养，抗病力较其他马属动物强，寿命比马长。《本草纲目》说它"长颊广额，磔耳修尾，夜鸣应更，性善驮负。有褐、黑、白三色，入药以黑者为良"（因驴的妊娠期为 12 个月，故民间常用炖驴肉汤为孕妇保胎）。驴的工作岗位（工种）一般是挽、驮及拉磨，亦可供人骑乘。乡里小儿谚云："马骑脖盘，驴骑凸蛋（凸，音 du，指臀，屁股），骡骑当腰，两头忽颤。"说的是骑乘没有鞍鞯的牲口时，骑马要骑在马的前盘，骑驴要骑在驴的后边，骑骡子则要骑在中间，腰身柔软，颤悠悠的，十分受用。

　　乡间还有几条有关驴子与马牛相比较的谚语。一条是"耕牛战马磨道驴"，说的是驴马牛的工种和岗位。一条是"牛筋马力驴骨头"，说的是驴马牛的优长和特点（驴子脾气倔，骨头硬）。还有一条是"金马铜牛铁驴子"，说的是驴马牛的价格和价值。不过，从综合指标和性价比来看，"铁驴子"并不比"铜牛"和"金马"的使用价值差，或许是"金"和"铜"都很金贵而且娇贵吧，反倒没有"生铁"经磨损耐摔打。先说"铜牛"吧。牛的工作岗位一般是拉车耕田，跟驴子也差不了许多，但是，它一生的工作时间却比驴子要短得多。一头牛的寿数只有十来年，高寿也不过十四五岁，尽管它也很努力——"老牛明知夕阳晚，不待扬鞭自奋蹄"，然而终究熬不过十来年这个大限，最后，"老牛必定刀尖死，将军难免阵上亡"，是个必然归宿。再说"金马"。马当然要比驴子英武风光得多，"宝马雕车香满路""车如流水马如龙"，那叫个气派；"一朝马死黄金尽""门前冷落车马稀"，走的是背字。有马，则要风是风，要雨是雨；无马，则靠山山倒，靠水水流。如果说马属上流社会，那么驴属草根阶层；马是贵族，驴是贫民，是个不折不扣的草字头老百姓。但"老百姓"的贡献未见得就小。别的不说，仅从工作时间的长短来看，马的寿命一般是四五十年，而驴的寿命一般为五六十年。如果都从三岁扎牙开始参加工作算起，驴比马的平均工龄要多出十来个年头，那要多干多少活儿啊！所以乡下老农常说，驴子皮实，不挑嘴，好饲养，一头驴能干五六十年的活儿，足足交割了一个庄户人的一辈子。

或许是应了"寿则多辱"的古训吧，对人类贡献巨大的驴子，在人世间并没有落下个好名声。首先，在人类的祖先精心"选秀"选拔出来的"六畜"中，驴子没有占一个正式编制，属于"黑户"，不仅不能跟马牛羊相提并论，连鸡犬豕都没法比。据一位畜牧学学者研究，这是受了"不孝有三，无后为大"的骡子株连，因为骡子是驴的子嗣嘛。有个老农气不忿，说，无论是驴骡（学名驮騠）还是马骡，都是马和驴杂交生出来的，凭什么只让驴单方面承担责任呢？你猜那个畜牲学学者怎么说来着？他说，驴怎么能跟马攀比呢，马是贵族嘛！其次，由于一些没口德的人经常用"毛驴"来骂人，以致"毛驴"一词比"流氓"还要低一个档次。《水浒传》第五十一回"插翅虎枷打白秀英"，就因为白玉乔骂了一句"甚么雷都头，只怕他是驴筋头"，不仅被雷横打得唇绽齿落，还搭上了女儿白秀英的一条小命。其实，所谓"驴筋头"，就是王婆为西门庆说风情时传授的"潘驴邓小闲"中的那个驴物件，也就是今天的富豪猛人们在火锅里涮来涮去的驴鞭。据说，"天上的飞龙地下的驴"，那叫个香啊！

千百年来，驴始终是一个受侮辱受损害的悲剧形象。就拿驴子的高寿来说吧，不仅没有让它笑到最后且笑得最美，反倒使它本身也变成了十足的笑料。明末清初的刘继庄在《广阳杂记》中写道："驴鸣似哭，马嘶如笑。"这倒并不是说生活中真的存在驴哭马笑，而是这个明的遗民在变着法子拿驴开涮。不但中国的舆论氛围如此，外国的文化环境对驴子也好不到哪里去。古希腊的《伊索寓言》里，与驴相关的寓言有二十四五条之多，驴大多是些愚蠢卑劣无知可笑的反面角色。只有一篇《驴和狼》例外：驴看见狼走过来，便装成一瘸一拐的样子，狼问怎么啦，驴说脚上扎了刺，请狼先给它把刺拔出来，免得吃它的时候卡住喉咙。狼正要给驴拔刺，被驴猛踹一脚，门牙全落！狼懊悔地说："我真是活该！我本来是个屠夫，干吗偏要行医呢？"在印度的佛经里也有一则关于驴的故事：某国的人从未见过驴，但听说驴乳甚美，一日得到一头公驴，一群人忙着挤奶，有的捉驴足，有的捉驴尾，还有一位捉驴根的，大呼挤出了驴奶——诸位明白，这小子喝了一泡热喇喇的驴尿！呵呵，总算驴子这个"倒霉蛋儿"也有几个扬眉吐气的故事！

让驴子更加扬眉吐气的，是清人王士祺《祖香笔记》的两则材料："王兆云《湖海搜奇》：在陕西民家有千里驴，腰有肾六。又，张翁言有友人省亲山东，亲家以一驴至，曰：'此千里驴也。'乘之倏忽抵家。"据说，千里马日行千里夜走八百，想必千里驴亦当有此能耐。不然的话，山东"亲家"何以风驰电掣"倏忽抵家"？从前只听说陕西的"关中驴"最负盛名，但谁敢相信它能抵得上千里马？想一想啊，来自陕西的那头身上揣着六个腰子的千里驴，该有多大的力道和派头，大概相当于今天最高档的

12 个缸的"顶级奔驰"吧?

正是:世上岂无千里驴,人间难得九方皋!

（原载于 2006 年 10 月 13 日《中国社会报·社会周末》）

说反省

俗话说："待人三自反，处世两如何。"这是设身处地的待人处世之金科玉律。所谓"两如何"，就是"将心比自己，何必问旁人"，就是"前半夜为自己想想，后半夜为别人想想"；所谓"三自反"，就是"日勤三省，夜惕四知"，亦即曾子所说的"吾日三省吾身"。或许有人说，孔子的高足曾参所提倡的"吾日三省吾身"，既烦琐，又烦难，恐怕不是一般人所能学得来的。

其实，曾子的"吾日三省吾身"，第一个省察、反省的问题是："为人谋而不忠乎？"讲的是工作问题。曾子是孔门弟子从政者中官阶比较高的。东汉韩婴《韩诗外传》记述："曾子仕于莒，得粟三秉。后齐迎以相，楚迎以令尹，晋迎以上卿。"无论是先在莒国做小官，还是后于齐国、楚国、晋国"得尊官"，对于生活在春秋末期历史风云剧变中的曾子而言，从他所从事的工作岗位之角度作出检视反省，出于"职业道德"，决不可以"吃谁的饭，砸谁的锅"，那自然是"食君之禄，忠君之事"——"为人谋"是否忠于职守、尽心尽力？第二个省察、反省的问题是："与朋友交而不信乎？"讲的是交谊与诚信的问题。曾子所反思的是在日常社交生活中是否出于良知、恪守信义？第三个省察、反省的问题是："传不习乎？"讲的是学习问题。曾子所反思的是对老师传授的知识与学问，理解、吸收、巩固、运用得如何？由此看来，曾子的"吾日三省吾身"，只是从每天的工作、生活和学习这三个方面，作了例行性的回顾和检点，无非是盘点、审视这些方面可能存在的错误和问题，以及反思这些错误和问题为何发生？怎样解决？如何修正？——这，又有何难哉？

《礼记·中庸》有言："君子所不可及者，其惟人之所不见乎？"的确，君子之所以胜于常人者，乃多于日常、日用之私底下用功夫。知道"吾日三省吾身"的重要性和必要性并不难，难能可贵的是把自己摆进去不断地"三省吾身"。所以说，曾子"吾日三省吾身"的文化价值和典型意义，就在于其直面错误和问题的勇气与格局，在于其坚持不懈地进行检视、反省的诚意与良知。

没有良知就没有反省

反省，与自省和反思语义颇相近。《现代汉语词典》解释："自省：自我反思、反省。""反省：回想自己的思想行动，检查其中的错误。""反思：思考过去的事情，从中总结经验教训。"简而言之，反省就是反躬自省，就是扪心自问，就是良心拷问。问谁？问自己。问什么？拷问自己身上存在哪些错误和问题。为何自我拷问？出于本心本性，出于良知良能，出于道义责任。《孟子·尽心上》："孟子曰：'人之所不学而能者，其良能也；所不虑而知者，其良知也。孩提之童无不知爱其亲者，及其长也，无不知敬其兄也。亲亲，仁也；敬长，义也；无他，达之天下也。'"在孟夫子看来，良知良能是人之与生俱来的天性本能，与爱亲敬长的"仁义"之行，皆为正

常人之本心本性所具有的通行天下之"达道"——亦即具有本源性
与普遍性、公理性与普世性。因而明代大儒王阳明提出著名的"致
良知"心学理念，认为"知善知恶是良知"。对于良知，《现代汉语
词典》的解释是："良知：良心。""良心：本指人天生的善良的心
地，后多指内心对是非、善恶的正确认识，特别是跟自己的行为有
关的。"天性善良是"仁"，辨别善恶是非是"义"。所以说，良知或
曰良心的核心是"仁义"，其重心则在于"仁"。孔子曰："仁者，人
也。""仁"字由"人"和"二"构成，"仁"不仅呈现一个人的本心，
同时也体现着对待他人的态度——即人与人之间的关系。所以仲弓
问"仁"，孔子曰："其恕乎！己所不欲，勿施于人。"用俗话来说就
是"若要公道，打过颠倒"，就是将心比心，换位思考。所以孟子又
把"仁义"解释为："仁，人心也；义，人路也。"（《孟子·告子上》）
也就是说，人要有人心，人要走人路。

　　也许有人会问，既然良知良能是人之天性本能，为什么还要去
"发现良心"，还要去"致良知"呢？《尚书·大禹谟》记载舜帝禅
位于大禹时口授的"十六字心传"——即"人心惟危，道心惟微，
惟精惟一，允执厥中"。其中"人心惟危"，是说人心始终处于变化、
变动之中，很容易为私欲所蒙蔽，从而危殆难安。故舜帝告诫大禹，
必须精诚专一，信执其中，要守护好"道心"——也就是良心、初
心与正道。成语"利令智昏"与"丧心病狂"，最早出自《史记·平
原君虞卿列传》和《宋史·范如圭传》，分别讲述战国时期赵国的平
原君赵胜和南宋大奸相秦桧的故事，有兴趣者可以查阅《史记》和
《宋史》，看一看赵胜和秦桧在利欲、威势和国家利益面前，是怎样

地丧失理智、出卖良知的？又是怎样地"利令智昏""丧心病狂"的！无论历史上还是现实中，有些人的良知或曰良心，在面对声色、势利、威福、怒爱的遮蔽、诱惑或围猎之际，是很有可能丧失和泯灭的。守护好良知或曰良心，需要不断地进行真诚的自我反省，需要批评与自我批评——自我批评同样也是自我反省。自我反省就是面对自己良心的自白，是自我"良心发现"的心路历程。良知或曰良心，说小点关乎一个人的是非观和价值观，说大点关乎一个人的人生观和世界观。一个人一旦泯灭了良知，丧失了良心，那还有什么"昧良心"的事情做不出来？所以俗话说："神仙难治没良心。"

没有反省就没有自觉

鲁迅先生写过一篇很有名的杂文《恨恨而死》："古来很有几位恨恨而死的人物。""我们应该趁他们活着的时候问他：诸公！……您在半夜里可忽然觉得有些羞，清早上可居然有点悔么？四斤的担，您能挑么？三里的道，您能跑么？""他们如果细细地想，慢慢地悔了，这便很有些希望。"为什么"悔了"便很有希望？因为惭愧与懊悔，是反省反思的结果，也是自觉自律的开始。《易经》讲到人的过错时，经常用"悔吝厉咎"四个字来概括表述，而这四个字所表述的错误程度却是不一样的。譬如，"悔"，表示懊悔、忏悔、悔恨，是认识到错误、对待过错的态度——这样，人与事的发展态势便趋于"吉"；而"吝"则表示恨惜、遗憾、艰难，其面对错误的心态是"能有多大点事啊"，摇头晃脑，满不在乎——这样，人与事的发展态势则趋于"凶"。所以《尚书·大禹谟》强调："惠迪吉，从逆凶，惟影响。"

由此可见，从"悔""吝"到"吉""凶"，不过是人的"一念之差"。《尚书·大禹谟》还讲："满招损，谦受益，时乃天道。"其中《损》和《益》也是《易经》中的两个卦：给人造成损失的主要根由多因火气与欲望，故《损》卦讲究"惩忿窒欲"，得力在一个"忍"字，即不要过分地放纵自己的欲望和脾气；为人带来补益的重要缘由多向善而改错，故《益》卦讲究"迁善改过"，得力在一个"悔"字，诚如古谚所谓"迷而知返，得道未远"。

不过，反省，悔悟，揭开自己的伤疤，往往是沉痛而且沉重的。相反，把错误一股脑儿地推到他人身上，问题和责任都是别人的了，那么自己便满脸无辜，无比轻松。然而，《左传·庄公十一年》说得好："禹汤罪己，其兴也勃焉；桀纣罪人，其亡也忽焉。"我们经常会看到一些最应该反省和忏悔的人，要么是大言炎炎欺世盗名，要么是振振有词埋怨别人，要么是巧言令色诿过于人，毫无愧悔之心，更无改悔之意。孔子曰："小人行险以侥幸。"然而一直心存侥幸、铤而走险，最终还是"行"不通的。子夏亦云："小人之过也必文。"但是始终文过饰非、自欺欺人，终久也是"过"不去的。《韩诗外传》记载，"曾子曰：'君子有三言，可贯而佩之：一曰无内疏而外亲，二曰身不善而怨他人，三曰患至而后呼天。'子贡曰：'何也？'曾子曰：'外亲而内疏，不亦反乎？身不善而怨他人，不亦远乎？患至而后呼天，不亦晚乎？'"不懂反省的人身上大多具有这种典型的"三不亦现象"：第一种是在内部搞内卷，却到外边去贴热脸，这不是正好搞反了吗？第二种是自己做得不好，却总是去埋怨别人，这不是扯得太远了吗？第三种是等到祸患临头，才去求告"老天爷啊"，岂不是太晚了吗？其实，这三种现象是一种密切关联的递进关系，而导致"三不亦现象"的根本原因，就是这种人从来不懂得反省，不懂得悔悟。俗话说得好："人劝不如自悔。"悔悟是人的一种心灵自洁功能和自我救赎功能。悔悟悔悟，一"悔"就离"悟"不远了——"悟"就是觉悟与自觉。由"悔"到"悟"是反省的出发点和落脚点，也是反省的全部价值和意义所在。所以英国谚语讲："忏悔可以把堕落的因素赶出灵魂。"法国谚语也说："悔过永不迟。"

没有自觉就没有自新

我国古代的"六艺"（礼、乐、射、御、书、数）中有一种"射礼"。《礼记·射义》讲："射者，仁之道也，求正诸己而后发，发而不中，则不怨胜己者，反求诸己而已。"射箭射不中靶子，只能怪自己技不如人，只能从自己身上找原因，而不是去埋怨比自己射得更准的人。所以古代把"射"作为一种礼，就是为了培养人们"发而不中，反求诸己"的反省错误、认识错误和改正错误的自觉性和道德律。《新唐书·冯元常传》记载，冯元常做眉州刺史时，剑南有"光火盗"武装团伙，昼伏夜出，为害乡里，"元常喻以恩信，约悔过自新，贼相率脱甲面缚"。就算是作恶多端的贼寇，一旦有了自觉的反省和悔悟，也会"苦海无边，回头是岸"，争取到"悔过自新"的机会。与之相反，《史记·吴王刘濞列传》记载，汉文帝刘恒屡次宽恕吴王刘濞的罪行，希望他能够"改过自新"，然而刘濞却是面从心违、不思改悔，"乃益骄溢，即山铸钱，煮海水为盐，诱天下亡人，谋作乱"，最终自取灭亡。可见，没有反省和悔悟的主动性与自觉性，即使给他再多的机会、再优厚的条件，他也不会真正地"改过自新"。

没有自觉，谈何自律？没有自律，谈何自新？对于自新，《现代汉语词典》的解释是："自觉地改正错误，重新做人。"《左传·宣公二年》有言："人谁无过？过而能改，善莫大焉。"对于"过而能改"，也要一分为二地看待：一方面，犯错者能够认识到错误，并自觉地改正错误，那自然是"善莫大焉"；另一方面，在有些情形下，"能叫醒真睡的人，叫不醒装睡的人"，犯错者不肯自觉、自律地自新，那就需要规则和规矩来管教约束，需要运用"批判的武器"（批评教育）乃至于"武器的批判"（法律制裁）。《易经》里有一个专论法制的卦《噬嗑》。《噬嗑》卦初爻爻辞是相对宽大的"屦校灭趾"，即对于初次犯下轻微过错者，要进行批评教育，且加以轻微惩戒，教他如何做人。正如孔子在《易经·系辞下》所阐释的那样："小人不耻不仁，不畏不义，不见利不劝，不威不惩。小惩而大诫，此小人之福也。《易》曰：'屦校灭趾，无咎。'此之谓也。"而《噬嗑》卦上爻爻辞则是非常严厉的"何校灭耳，凶"，即对怙恶不悛、恶贯满盈者，必须严惩不贷。亦如孔子所阐释的那样："善不积不足以成名，恶不积不足以灭身。小人以小善为无益而弗为也，以小恶为无伤而弗去也，故恶积而不可掩，罪大而不可解。《易》曰：'何校灭耳，凶。'""屦校灭趾"和"何校灭耳"的"校"，均指木制刑具（如枷），都有规范、校正的法律意义。所区别者在于，"屦校灭趾"的"灭趾"，是受到批评惩戒、缩足不行之意，就是在错误的道路上被"点醒"和"惩戒"之后自觉地停下来，吸取教训、改邪归正，"浪子回头金不换"，那真可谓"小惩而大诫，此小人之福也"；而"何校灭耳"的"灭耳"，则是善言不入、油盐不进，"劝了耳朵劝不了心"，拒绝接受惩戒教育、治病救人之帮助，在错误的道路上越走越远，在犯罪的泥潭里越陷越深，那自然是"恶积而不可掩，罪大而不可解"，最终必然是一条道上走到黑，没有回头路可走。其结果亦必将如《诗经·王风·中谷有蓷》所云："啜其泣矣，何嗟及矣！"

俗话说："年好过，月好过，日子难过。"相对而言，年和月是抽象的概括的，而一天一天的日子却是具体的实在的。也许人生倏忽而过，然而每一个日子却是具体而实在的。精彩人生，由每一个精彩的日子组成。作为社会人，有谁不生活在"比较"之中？问题是跟谁比？怎么比？比什么？孔子的教诲是，贤与不肖正反两方面的"范例"都要比照——"见贤思齐焉，见不贤而内自省也"（《论语·里仁》）。皋陶的忠告则是——"屡省乃成"（《尚书·益稷》），翻译成现代汉语就是：经常自我反省，保准做啥啥成。倘若真能把两位圣人的"金句"内化于心，外化于行，那就有可能将人生中的诸多隐患、错误和问题，消灭在萌芽状态，不让"虎兕出于柙"，那该有多美好！

汤之《盘铭》曰："苟日新，日日新，又日新。"反省，自新！之所以反复强调反省的价值和意义，并不是为反省而反省，而是为了开创未来美好的人生。一切诚挚而深刻的反省，都不单单是为了追悔昨天的失误，也不仅仅是为了凭吊过往的伤痛，而是为了更好地审视并总结今天的自己，挥手告别昨天的所有错误和弯路，开拓明天的道路！

（原载于 2021 年 7 月 30 日《谚云》公众号。

2021 年 8 月 13 日发表于《中国纪检监察报》，

题为《谈中国文化中的自省精神》，发表时有删节）

说逆境

谁愿意在逆境中生存呢？如果一个人未来的生活、学习、工作乃至整个命运，可以任由自行抉择；我相信百分之九十九甚至更多的人，会毫不犹豫地选择顺境而拒绝逆境。

但是，如果你已然走过逆境，行到水穷处，坐看云起时，细细地咀嚼回味过往的生活，你不禁会摇摇头，莞尔一笑。

你会惊异地发现，顺境之顺，固然可以顺风顺水地做成不少事情；然而在很多时候，顺境之顺，看似红火热闹，实则空虚苍凉，看似忙忙碌碌，实则无所事事；而且，顺境中的日子就像抹了油似的，又是那么滑溜溜地不经"过"啊——今年欢笑复明年，秋月春风等闲度，回眸一望，空空如也。孟子叫它"死于安乐"。

逆境则大不相同。逆境中人，往往受到了环境和逆势力的极限考验。深深地领悟到什么叫生杀予夺，什么叫指鹿为马；什么叫薏苡明珠，什么叫忧谗畏讥；什么叫床头黄金尽，壮士无颜色；什么叫既在矮檐下，怎能不低头；什么叫君子得时如水，小人得时如火；什么叫嘴里念的金刚经，怀里揣的豺狼心；什么叫山重水复疑无路，柳暗花明又一村；什么叫尔曹身与名俱灭，不废江河万古流！

俗话说，力是压大的，胆是吓大的。逆境使人痛苦而深思，沉静而坚毅；抗击逆势力，又使人学会了制敌本领和斗争哲学。小自个人家庭，大到民族国家，逆境往往蕴藏着重大机遇，机遇本身又充满了严峻挑战。先哲云，不愤不启，不悱不发；恩生于害，害生于恩。逆境与逆势力，实乃强者之"恩公"也。柳宗元《敌戒》说得好："秦有六国，兢兢以强；六国既除，訑訑乃亡。"只要你坚守的是正义的，只要你的内心足够地强大，只要你具有顽强的耐受力与生命力，诚如庄子所谓"举世誉之而不加劝，举世非之而不加沮"；那么，逆境和逆势力愈是丧心病狂，就愈能激发出你的巨量潜能与惊人的爆发力，同时还会额外地赐予你一笔丰厚的精神财富。对于一个作家来说，还有比这更宝贵的收获吗？

尽管如此——逆境对人确实具有淬砺和磨炼的特殊功能，但是在正常的工作和生活中，如果可以避免，我是绝不会选择逆境的。

从1996年春天，我挈妇将雏来到北京工作，屈指算来，已然走过二十个春秋。细数这二十个年头，时而顺畅，时而坎坷，一路迤逦走来，如人饮水，冷暖自知。然而，令人欣慰的是，却顾所来径——尤其是所经历的逆境，不管是我、夫人还是孩子，也不管当时的逆势力出于何种考量设计，但最终的结果却是出乎意料的：家人更齐心，孩子更用功，朋友更纯粹，自己更本真，连平日波澜不惊的工作和生活，也变成了活色生香的文章本身。总之，春来遍是桃花水，不辨仙源何处寻！

这部《我与女儿》，记录了我们和女儿这二十年的泪与笑。那些悲伤，那些欢欣，互相砥砺，互相支撑，共同走过，共同提升，遍历风雨，迎来彩虹！曾经有不少人问过我们，你们怎么调教出那么优秀的女儿？我不想伐功，更不愿矫情，我真不知道该如何作答。

我只知道，在我人生最难最难的时候，当我长期失业窝在家里的时候，每天傍晚女儿放学进门欢快地叫一声爸爸，我是无比欣慰的；当我看见那一双明亮而纯洁的眼睛定定地望着我，我丝毫不敢怠惰，力量沛然而生！能够拥有一段充裕的时间，教女儿读书，给女儿做饭，送女儿上学，陪女儿散步，听女儿倾吐心事，为女儿答疑解惑，替女儿弹掉脸上的泪珠，跟女儿一起规划未来美好人生，相信这是普天下父母最幸福的时光。孩子经历过逆境能够迅速长大成人，大人亦可能在逆境中积攒成"富翁"。人生在世，遇人之不淑，遇人之艰难，可以将一天又一天过得不容易，一点一滴地积累成日后生活的全部成就和美好；而毁人不倦作威作福者的日子，则恰恰相反。《尚书》有言："作德，心逸日休；作伪，心劳日拙。"而今，回顾检视我这大半生，如果敢说略有小成的话，确乎于逆境中获益多多，于顺境中收成寥寥。

究其因，逆境挤压人反省反思反求诸己，会让你瞬间变得沉稳而成熟。逆境所特有的凌厉刚性，较之庸常生活中温吞水大道理式的说教，更令人感受深切，刻骨铭心。逆境是人生最好的导师。孔子曰：己所不欲，勿施于人。阳明亦云：千圣皆过影，良知乃吾师。走过崎岖方明白，逆境不仅能激发你的智慧和力量，同时也会唤醒你的良知与善良，使你油然而生发出更多更大更美好的希望！

（原载于 2016 年 2 月 29 日《人民日报·大地》，发表时有删节）

说禽兽

打小生活在农村，不仅对家禽家畜乃至大牲口（驴骡牛马）的生活习性知晓颇多，而且对它们的"性事"也有所了解。对于面朝黄土背朝天的庄户人而言，鸡兔猪羊牛马的繁殖力，是一个家庭的经济收益与生产力，没什么可忸怩忌讳的。

在我的老家塞北，说到家禽家畜和大牲口的发情交配，都有约定俗成的专用名词。譬如，鸡叫喳蛋，猫叫吼春（也叫嚎春），兔叫走羔，猪叫走夜，羊叫漫群（也叫走羔），狗叫恋蛋，牛叫打漫（也叫漫群），驴和马的自交或杂交都叫配……老家雁门关外，是桑干河发源地，水草丰茂，牛羊成群，史载"天苍苍，野茫茫，风吹草低见牛羊"的作者斛律金就是俺朔州老乡。如今，老乡们牵着一匹马或者两头牛去配种，街坊邻居问他干啥去呀，牵牛的会说漫牛去，拉马的则说配马去，自然而然。此乃农村人生产生活的自然组成部分。

所以，有时听到人们用"禽兽"或"畜生"来骂人，多少觉得禽兽们有些无辜。举个史书上的例子吧。

《汉书·景十三王传》记载的是汉景帝刘启的十四个皇子中，除汉武帝刘彻之外的另十三个王子及其继承人的功业乃至行状。其中，河间献王刘德"修学好古，实事求是"，多有嘉言懿行，是个异数。其余不是庸辈，就是变态的下流坏子。庸辈如中山靖王刘胜（刘备的祖先）"乐酒好内"，整日里花天酒地，专事"造人"，生子一百二十多人。狂悖变态之最，当数江都王刘非之子刘建。这个在父王死后继任江都王的刘建，做太子时就把梁蚡献给其父的美人截留，只因梁蚡说了一句"子乃与其公争妻"，便派人杀掉梁蚡灭口泄愤。在其父大丧期间，与前来奔丧且已为人妇的妹妹征臣通奸鬼混。把有"过失"的宫人裸体置于树上，时间最长者三十日不给穿衣服；或者放狼将她们啮咬致死，"观而大笑"；或者关禁闭，把她们活活饿死……用此类暴虐手段惨杀无辜者三十五人。他还命令人与兽交配生子；并强迫宫人裸体，让四人按住她（们）的双臂双腿，"与牂羊及狗交"……这都是严谨严肃有凭有据的堂堂正史所记载。

试问，古今中外，谁见过禽兽、畜生对自己的同宗同类做出过这样丧心病狂、暴戾淫虐、草菅生命、灭绝天理的事情？

所以，《汉书》的作者东汉兰台令史班固在《景十三王传》的"赞曰"中讲道："亡德而富贵，谓之不幸。"并说："汉兴，至于孝平（汉平帝刘衍为西汉第十四位皇帝），诸侯王以百数，率多骄淫失道。"可见，"骄淫失道"者在西汉数以百计的诸侯王中，不在少数。

为什么说无德而富贵谓之不幸呢？

富贵之人，占有各种资源，有德者想做对社会对人民有益之事，是方便的，也是能够的。譬如有德而富贵像河间献王刘德者，"身端行治，温仁恭俭，笃敬爱下，惠于鳏寡"，且酷爱文献古籍，对民间献书者多赐予金帛，"故得书多，与汉朝等"——可与当时国家的藏书相媲美！而且所获多属秦始皇焚书坑儒之后绝版的"古文先秦旧书"，诸如《周官》《尚书》《礼》《礼记》《孟子》《老子》等，"皆经传说记，七十子之徒所论"，对后世发掘、继承和发扬传统文化作出不可磨灭的贡献！故其逝后的谥号为"献"——谥法曰"聪明睿智曰献"。

同样，富贵之人，占据各种资源，无德者想做危害社会祸害人民之坏事恶事，也是方便的，而且是完全有条件做到的。即如前文所述无德而富贵的江都王刘建之所作所为，就是很好的反面教材。变态而狂悖的刘建最终走上"谋反"之路，汉武帝颁诏"与列侯吏二千石博士议"，议皆曰"所行无道，虽桀纣恶不至于此。天诛所不赦，当以谋反法诛"。尽管刘建在伏法之前自杀，但他的存在，对国家对社会对人民来说，是不幸的；对他自身的命运、声誉乃至家庭、后妃（"后成光等皆弃市"）、子女来说，则更为不幸。总之，"变态魔王"刘建短暂而无耻的一生，对"亡德而富贵，谓之不幸"，做出绝好的诠释。

"衣冠禽兽"这个贬义词，最初原本是一个令人羡慕的褒义词。据史料记载，明朝的规制，文官官服绣禽，武官官服绘兽，根据品级不同，绣绘禽兽也不同：文官一品绣仙鹤，二品绣锦鸡，三品绣孔雀，四品绣云雁，五品绣白鹇，六品绣鹭鸶，七品绣鸳鸯，八品绣黄鹂，九品绣鹌鹑；武官一品二品绘狮子，三品绘虎，四品绘豹，五品绘熊，六品七品绘彪，八品绘犀牛，九品绘海马。到明朝中晚期，宦官当道，政治腐败，故老百姓将祸国殃民道德沦丧的文官武将称为"衣冠禽兽"。明朝末年陈汝元在其三十六出戏《金莲记·构衅》中，借诬陷宋代大文豪苏东坡的下作文人贾儒之口道出："人人骂我做衣冠禽兽,个个识我是文物穿窬。"哦!"衣冠禽兽"——一种衣冠楚楚的"牲口"!一下子点中命门,霎时间一炮蹿红,从此多了一个经久不衰的流行词!

这世上"衣冠禽兽"有多种,然而"亡德而富贵"如刘建之流,则是其最重要的组成部分。《孟子·滕文公上》曰:"人之有道也:'饱食暖衣,逸居而无教,则近于禽兽也。'"

是啊,"养不教,父之过"。"教"既有教诲教育之旨,亦含管理管教之义。《礼记·学记》曰:"教也者,长善而救其失者也。"不仅富贵子弟从小未受到良好教育,不加以严格管教,无礼无德,无知无畏,极易突破做人的底线;而且大红大紫大富大贵的名角巨富高官们,一旦不注重品行修养,不加以道德约束,无恶不作,无耻下流,同样会滑向深渊,变成任人唾骂的"衣冠禽兽"。

咱们生活在农村的人,经常可以在大街上看到狗狗们"恋蛋"。可是有谁曾见过狗狗对狗狗们轮奸施暴,而且还在身上脸上眼睛上狂咬猛踹、往乳房或生殖器上烫烟头、向指爪上钉牙签,等等——就像孙某果那样穷凶极恶地残害少女呢?这样的"渣渣",能比得上"兽"吗?

咱们生活在农村的人,经常可以在院子里看到公鸡和母鸡"喳蛋"。可是有谁曾见过大公鸡通过收买母鸡为之物色引诱小鸡雏并向小鸡雏"喳蛋"——就像千亿富翁王某华那样丧心病狂地向9岁幼女伸出罪恶的手呢?这样的"渣渣",能比得上"禽"吗?

鸡狗不如!禽兽不如!

其实,禽兽的本义是鸟类和兽类的统称。禽兽们混乱的"性事"，既是本能的自然态，也是繁衍生息的需要。禽兽们弱肉强食的"丛林法则"，也是物竞天择优胜劣汰的自然法则。而人类号称"万物之灵长"，是讲礼仪知廉耻能言语并且还是"会脸红的动物"。所以历史上很早就把卑鄙无耻没人性的恶人称作"禽兽"或"畜生"。《礼记·曲礼上》云："鹦鹉能言，不离飞鸟；猩猩能言，不离禽兽。今人而无礼，虽能言，不亦禽兽之心乎？夫惟禽兽无礼，故父子聚麀。是故圣人作，为礼以教人，使人以有礼，知自别于禽兽。"

"知自别于禽兽"，乃正常人的一种人性与良知。"知自作于禽兽"，则是人之于"禽兽"的一道分水岭。西汉时期的江都王刘建，以及今天的王渣渣、孙渣渣以及其他大大小小的什么渣渣们，他们是明确知道自己"自作于禽兽"的，是故连禽兽皆不如。俗话说：自作孽，不可活！

看看这些年道德崩溃人设崩塌衣冠楚楚道貌岸然的各色人等吧，看一看他们"知自作于禽兽"的无耻行径吧！与其说是用"禽兽"骂某人，还不如说是用"某人"骂禽兽呢。禽兽何辜！两千四百年前的孔子就曾追问过："虎兕出于柙，龟玉毁于椟中，是谁之过欤？"

（原载于 2019 年 7 月 15 日《谚云》公众号）

说江湖

1. 前些时看到一则资料，说有一个外国青年因看了中国功夫片，觉得"江湖"十分好玩，并对"江湖"十二万分向往。他粗粗学了点中文，便来到中国寻找"江湖"。他逢人就问："江湖"在哪里？他把"江湖"当作与西湖、长城、五台山、云冈石窟、少林寺等同一类的名胜景点理解了。

2. "江湖"一词最早见于《庄子·大宗师》："泉涸，鱼相与处于陆，相呴以湿，相濡以沫，不如相忘于江湖。"又曰："鱼相忘乎江湖，人相忘乎道术。"这里的"江湖"，指的是大自然中的"江湖"，即具体的江河湖海。"江湖"的这一含义，后世一直沿用下来。春秋时期的大富豪范蠡携西施五湖泛舟，《史记·货殖列传》即记载："(范蠡)乃乘扁舟浮于江湖。"孟浩然的"日出气象分，始知江湖阔"，白居易的"与君何日出屯蒙，鱼恋江湖鸟厌笼"，指的就是大自然中的江河湖海。

3. 后来，"江湖"的外延逐渐扩大，泛指四方各地、大千世界、五湖四海。赵嘏的"岁月老将至，江湖春未归"，陆游的"利欲驱人万火牛，江湖浪迹一沙鸥"，黄庭坚的"桃李春风一杯酒，江湖夜雨十年灯"，以及俗话里的"走江湖""闯荡江湖""落拓江湖"，都是这个意思。"江湖"有时也指三教九流各色人等（多含贬义），如"江湖郎中""江湖骗子""江湖混混儿"和"老江湖"等。

4."江湖"又是与"庙堂"相对而言的。范仲淹《岳阳楼记》写道:"居庙堂之高则忧其民,处江湖之远则忧其君。"这里的"庙堂"与"江湖",只是"在朝"与"在野"之分。古代的不少文士,或无意于仕途,或在仕途失意之后,往往会找个安静的所在,栖居林野,放情山水。这是文人士大夫的"江湖"。苏轼的"江湖久放浪,朝市谁相亲",陆游的"身处江湖如富贵,心亲鱼鸟待朋俦",李商隐的"永忆江湖归白发,欲回天地入扁舟",白居易的"昔为京洛声华客,今作江湖潦倒翁",咏叹的便是文人"江湖";当然,此中不乏"撒娇"的成分。其实,纯粹意义上的文人"江湖",是作为对抗"庙堂"而存在的,至少要与"庙堂"保持一定的距离。这就注定了它的"非正统性",以及被边缘化的命运。

5."情难消受美人恩,仗剑江湖为红颜。"金庸等人的武侠小说,营造了一个绿林豪杰、红颜枭雄们的理想栖居之地——"江湖";在那里,看英雄"笑傲江湖",看狗熊"笑凹江湖",倾倒了无数众生。中国向来就有崇尚英雄和侠客的传统,从"风萧萧兮易水寒,壮士一去兮不复还"的荆轲,到"我自横刀向天笑,去留肝胆两昆仑"的谭嗣同,都让人感受到天地英雄气,千秋尚凛然!有道是,千古文人侠客梦。瘦的诗人贾岛用纤笔抒写了不朽的《剑客》:"十年磨一剑,霜刃未曾试。今日把示君,谁有不平事!"最典型的要数李白在《侠客行》中所描绘的:光彩照人的侠客——"赵客缦胡缨,吴钩霜雪明;银鞍照白马,飒沓如流星";敏捷的身手及行藏——"十步杀一人,千里不留行;事了拂衣去,深藏身与名";已诺必诚的信义与豪情——"三杯吐然诺，五岳倒为轻；眼花耳热后，意气素霓生"；值得永远铭记与歌颂的任侠精神——"纵死侠骨香，不惭世上英"！侠客，在诗人笔下寄托着一种行侠仗义、伸张正义的高贵精神。

6. 一部《水浒》写尽了游民的"江湖"。鲁迅指出，"水浒气"就是"流氓气"。其实，"江湖气"又何尝不是"流氓气"。看看《水浒》第二十八回是怎样描写武松和张青谈心的："两个又说些江湖上好汉的勾当，却是杀人放火的事。"再看看大头领"呼保义"宋江吧，打着"替天行道"的幌子，却一再与由"江湖流氓"摇身变成"政治流氓"的高俅之流媾和，把最讲"江湖义气"的好兄弟李逵亲手毒死，竟为的是扫清投降赵官家的"障碍"（金圣叹"腰斩"《水浒》——砍掉了"江湖流氓"向"政治流氓"投降的部分，清王朝便"腰斩"了他）。这是怎样的"江湖义气"！难怪龚自珍一声浩叹："吟到恩仇心事涌，江湖侠骨恐无多。"

7. "江湖"虽也存在带有黑社会性质的帮派体系，但更多的情形是一种"隐形社会"——"江湖人"能感觉到它的存在。盗亦有道。"江湖人"讲"江湖黑话"，"江湖"上有"江湖规矩"——亦即"潜规则"。比如，旧时代的黑暗官场买官鬻爵、包揽词讼，遵循的就是"收人金银钱财，替人纳福消灾"的"潜规则"。不然的话，光收银子不办事，你不帮人家"摆平"，人家就会把你给"摆平"。这也许就是人们说的"人在江湖，身不由己"的深层原因吧。古典小说和戏剧里常说："未晚先投宿，鸡鸣早看天。江湖多风雨，仔细听人言。"道尽了小民百姓面对"险恶江湖"临深履薄的情状及心态。俗谚也说，"不入江湖想江湖，入了江湖怕江湖""江湖走老了，胆子吓小了"。正是由于"江湖险恶"，人心难测，所以才有人感慨："出来混还得是韦小宝！"

8."江湖"，只是一个文化符号。有人说它代表的是"自由和欢乐"，也有人说它是"混混世界"，还有人说"江湖就是糨糊"，然而不管怎么说，它却又是一种实实在在的存在。对于不同的人来说，自有不同的"江湖"；即使是同一个人的"江湖"，在不同时间、不同地点和不同的心情下，也有着不同的含义。不仅老杜（杜甫）的"江湖多白鸟，天地有青蝇"，不同于小杜（杜牧）的"落魄江湖载酒行，楚腰纤细掌中轻"；就是老杜自己的"鸿雁几时到，江湖秋水多"与"关塞极天有鸟道，江湖满地一渔翁"中的"江湖"，也是不尽相同的。可见，"江湖"的符号意义具有相当的丰富性和复杂性。

9.据说，那位寻找"江湖"的外国青年，最后遇到了一位文化学者，学者告诉他："'江湖'无处不在。所谓'江湖'，其实就在你的心里。"然而，这个外国青年最终也没有弄清楚什么是"江湖"。中国文化"江湖"这潭老水，汇聚、积淀了两千多年，广阔而又幽深，哪里是一个老外能探得到底的！学者的话其实是有道理的，"江湖"的确无处不在，试想，世上有哪一个人不是老死"江湖"的呢？这倒正好应了一句"江湖"老话："少年子弟江湖老，多少英雄白了头！"

（原载于 2006 年 4 月 10 日香港《大公报·大公园》）

说风流

1. 说风流，其实有说不尽的风流。仅风流两个字就非常有趣。风，是空气流行；流，是水体流动。风使空间有了向度，流使时间有了量度，即所谓风行天下，时光如流。风与流一结合，就洒脱了，奔放了，就有了大自在、大自由。然而，过分洒脱奔放脱缰野马也不行，否则，风流就会蜕变为末流乃至下流。

2. 早期将风流二字连用，是指自然界风的流动；进而引申为"像风一样流行"，多指教化、风化之流行。指教化流行的，如《汉书·董仲舒传》即有"风流而令行，轻刑而奸改"，《后汉书·王畅传》亦有"士女沾教化，黔首仰风流"。指自然风流动的，如王粲《赠蔡子笃》诗云："风流云散，一别如雨。"风吹过，云飘散，了无踪影，多么潇洒惬意，又何其飘忽怅然！这种高远之意境，奇妙而美好，故一直风行后世。宋之问赋云："未穷观而极览，忽云散而风流。"李商隐诗曰："风流大堤上，怅望白门里。"王安石亦有诗云："云散风流不自禁，天涯无路蓋朋簪。"

3. 风流，从自然界风的流动，自然地过渡到赞赏大自然的美丽风景。李清照《满庭芳》词曰："难言处，良宵淡月，疏影尚风流。"辛弃疾《鹧鸪天》词亦云："书咄咄，且休休，一丘一壑也风流。"陈与义《山中》诗亦有："风流丘壑真吾事，筹策庙堂非所知。"简斋还另有一首《微雨中赏月桂独酌》诗云："人间跌宕简斋老，天下风流月桂花。一壶不觉丛边尽，暮雨霏霏欲湿鸦。"一壶浊酒，微雨赏桂，远离尘嚣，放情山水，是多么悠然自得！

4."两晋崇玄虚，风流变华夏""衣冠重文物，诗酒足风流"。风流，在风一样流传的过程中，已然凝结为一种美——既状风景美，亦喻人物美。王谢子弟，玉树临风；潘安杜乂，神仙中人。魏晋风流人物，在《世说新语》多有记述，他们风雅飘逸，爽朗清举，吃"药"饮酒，谈玄说理，可谓真性情中人。《晋书·刘毅传》云："六国多雄士，正始出风流。"戴复古诗曰："风流晋人物，高古汉文章。"杜牧亦有诗云："大抵南朝皆旷达，可怜东晋最风流。"当然，风流也是有条件的。俗话常说："马行无力皆因瘦，人不风流只为贫。"秦韬玉《贫女》诗云："谁爱风流高格调，共怜时世俭梳妆。苦恨年年压金线，为他人作嫁衣裳。"贫穷与风流，的确是风马牛。设若诗翁孟浩然衣不蔽体食不果腹，纵然是诗仙李白，亦难写出"吾爱孟夫子，风流天下闻；红颜弃轩冕，白首卧松云"这样潇洒优美的诗句吧？

5.而且，风流不啻优美，亦饱含壮美；它不仅可以品题风雅标致的美好人物，亦可譬喻惊天动地的豪杰英雄。"天下英雄谁敌手？曹刘，生子当如孙仲谋！"三国，是一个需要英雄、同时也是英雄辈出的板荡时代。苏东坡《念奴娇·赤壁怀古》写得好："大江东去，浪淘尽、千古风流人物。故垒西边，人道是、三国周郎赤壁。乱石穿空，惊涛拍岸，卷起千堆雪。江山如画，一时多少豪杰！"然而，世事沧桑，人生如梦，生前富贵草头露，身后风流陌上花。对此，辛稼轩《永遇乐·京口北固亭怀古》写得精绝:"千古江山,英雄无觅、孙仲谋处。舞榭歌台,风流总被、雨打风吹去!"

6. "英雄割据虽已矣,文采风流今尚存。"《易》之《涣》大象辞曰:"风行水上,涣。""风行水上"不就是"风流"吗?"涣"乃水面扩展开来的波纹,比喻富有文采。文采风流与风雅、风骚,意旨颇相近。有道是,三光日月星,四诗风雅颂。风雅本是《诗经》中《国风》与《大雅》《小雅》之合称,而风骚亦是《国风》与《离骚》之璧联。故风流、风雅、风骚多喻指翰墨诗文乃至风格流派。高适有诗:"晚晴催翰墨,秋兴引风骚。"杜甫有句:"摇落深知宋玉悲,风流儒雅亦吾师。"黄庭坚诗云:"千古风流有诗在,百忧坐忘知酒圣。"杨万里亦云:"传宗传派我替羞,作家各自一风流。"倘有哪一位高士的诗文,意境幽远,超逸佳妙,便配得上司空图《二十四诗品·含蓄》之评价:"不着一字,尽得风流。"

7.《易》云:"巽为风。"《序卦》亦云:"巽者,入也,入而后说(悦)。"风的本性无孔不入,且令人舒畅,故风隐喻性。《尚书》有"马牛其风",《左传》有"风马牛不相及",此处"风"当发情讲,故孔颖达疏:"牝牡相诱谓之风。"推而广之,情侣之间的争风吃醋,亦称风醋。风流的风,便是风马牛的风,风醋的风,风情的风,风月的风,风俗的风。风关乎性,俗近乎欲,故风俗每与食色相关。食与色是人的最根本需求,也是最搔人痒处的兴奋点。这也正是"话须通俗方传远,语必关风始动人"的深层原因所在。需要分辨的是,风流虽有时亦当风气、风尚、风俗讲,如《汉书》即有"(孝文帝时)风流笃厚,禁网疏阔"以及"(山西之地)歌谣慷慨,风流犹存"之语;

然而，风流与风俗，"风"相近也，"俗"相远也，因为风流毕竟是一桩"韵事"。而且，风流二字，有主有次，风有骨，流无形，风流风做主，有流亦有止；不然的话，红尘滚滚，随波逐流，流散人心，流荡人性，便会导致"风流俗败""礼崩乐坏"之乱局。

8. 风流一词，涵义多矣。风流，本来就是一个意蕴深远、境界阔大的"开放型美学体系"。除以上种种而外，它还譬喻青春年少倜傥风流。花蕊夫人诗曰："年初十五最风流，新赐云鬟便上头。"方干亦有诗云："虽将洁白酬知己，自有风流助少年。"韦庄《思帝乡》词亦云："春日游，杏花吹满头。陌上谁家年少？足风流。妾拟将身嫁与，一生休。纵被无情弃，不能羞！"风流之美，还特别喻指美人风情万种美丽动人。简文帝《美女篇》："佳丽尽关情，风流最有名。"《金瓶梅词话》："（美女楚云）端的风流如水晶盘内走明珠，态度似红杏枝头推晓日。"风流亦可隐喻情爱与相思，即所谓"花前月下种风流"。戴式之有诗："当时一段风流事，翻作相思一段愁。"元稹《莺莺传》有句："风流才子多春思，肠断萧娘一纸书。"陈师道《踏莎行》词亦云："重门深院帘帷静，又还日日唤愁生，到谁准拟风流病。"

9.《警世通言》云："蛾眉本是婵娟刃，杀尽风流世上人。"这话只针对男性。其实，"风流吴中客，佳丽江南人"，无论男人还是女人，风流都是一把双刃剑。一方面，男欢女爱，快活风流，玩的都是心跳，所谓"宁教花下死，作鬼也风流"。李涉诗云："含情遥夜几人知，闲咏风流小谢诗。"刘言史词曰："梦中无限风流事，夫婿多情亦未知。"柳三变《鹤冲天》词亦云："且恁偎红倚翠，风流事、平生畅。青春都一晌。忍把浮名，换了浅斟低唱。"另一方面，风流过度，风流成性，庶几等于流氓成性，此风流即下流。《水浒传》里的高衙内，《红楼梦》里的灯姑娘儿，《金瓶梅》里的西门庆、潘金莲一干人等，不也都号称"风流人物"吗？实则尽是些粗鄙下流的"风淫人物"。风淫，《周礼》所谓鸟兽行也。

10.《红楼梦》有诗："只因占得风流号，惹得纷纷口舌多。"风流，既是一个常说常新的古老话题，也是一个令人深思的人生课题。然而，不管是风流文、风流事、风流人——真正的风流本质上是天然的，本真的，就像自然风流过一样，自然而然，本色天真，来不得半点装腔作势，或者头摇尾巴晃。风流更是一种内涵与品质，正谓是"风流不独占才名，水镜冰壶表里清"。因而白居易诗云："时世高梳髻，风流淡作妆。"《菜根谭》亦曰："唯大英雄能本色，是真名士自风流。"黄昇亦有诗云："风流不在谈锋胜，袖手无言味最长。"

（原载于 2011 年 1 月 11 日、12 日香港《大公报·大公园》）

谈表现

　　如果你打算在某个机关工作相当长的一段时间，那么，摆在你面前的两个现实是："熬"和"表现"。

　　被动一点的是熬。从二十出头大学毕业分配到机关，兢兢业业熬年头，一直熬到发苍苍而视茫茫而齿牙动摇，临到退休回家抱孙子时分，还没有混出个人模狗样的小干事者，大有人在。想想古人大放"三十功名尘与土"之厥词——三十郎当即功名赫赫，还流露出那么一丝丝的倦意来，不禁令人由羡生嫉，感叹唏嘘。——这个熬字，不说也罢。

　　主动一点，进取一点，积极一点的，就是表现了。所谓表现，也还离不开熬，是在熬之基础上的表现，或者说是抱着边熬边表现的态度，尽人事而听天命，胜固可喜，败亦欣然。临死的时候，他可以平静地面对妻儿，说：我已经尽心尽力了。

　　也有那特别积极、进取、主动表现的，为表现旌表，为表现献身，不成功便成仁，同志们行为可感，精神可嘉，不屈不挠，孜孜以求。为此，在下斟酌再三，觉得有必要对表现作一点粗浅的探讨与研究。撮其要旨如下：

　　一、何为表现？ 表现者，表面现象也（俗称耍眼前花）。耍眼前花嘛，不管骨子里盛的是什么货色，端出台面给人看的，总是赏心悦目光艳照人的一面。但耍家们从不说"耍"，为严肃起见，名之为表现。"周公恐惧流言日"，说明表现尚未成功，周公仍需努力；"王莽谦恭未篡时"，乃是表现圆满成功的绝佳范例。（关键词：表面现象。）

二、为何表现？为了利益。同志们的表现欲之所以强烈，是因为表现与利益挂钩。提干，入党，调资，分房，选先进，评职称，无不与表现相关。我们乘火车旅行，经常可以看到这样的景象：一些女士和先生——尤其是先生们，萍水相逢，便放言无忌海阔天空大吹其牛皮。其实，平日在自己的单位里，他们未必那么谈锋雄健不着边际，也许恰恰相反——活得谨小慎微战战兢兢。没有利益所系，便没有了作真诚状的表现，有的只是虚荣的即兴表演。如果说表现规范了人们的行为，同时，它也造就了一茬又一茬的变色龙和伪君子。（关键词：利益。）

三、表现给谁看？谁掌握着生杀予夺的大权，就去挖空心思迎合谁，就去见缝插针、对症下药表现给谁看。黄永玉先生在《芥末居杂记》里讲道："武松为官，凡制哨棒艺精者，赏金百两。李逵为官，凡制板斧艺精者，赏金百两。张青为官，凡种大白菜过四十斤者，赏金百两。……"重赏之下，必有上佳之表现：在武松手下的，制哨棒；在李逵手下的，制板斧；在张青手下的，种白菜；且均作竭诚热爱、舍命卖力、精益求精状。而况，既在矮檐下，怎敢不表现？"白衣秀士"王伦当权时，林冲不就是这么表现的吗？（关键词：白衣秀士。）

四、怎样表现？据人们口耳相传，表现的精义，一为装孙子，二为夹起尾巴做人。其实，这点末技，仅限于表现派里的一支——婉约派常用，而气象更大的豪放派，功夫更加深厚，惜乎不肯传人。后经香港"狗仔队"摸底，原来二派乃连锁递进关系，具体表现为——初期：早到晚退，拖地打水；点头哈腰，咧嘴便笑；团结群众，"蜜舔"领导。中期：吹喇叭，抬轿子，打小报告，当狗腿子。后期：晓之以利，动之以钱；搞点伟哥，送个小姐。总而言之，越是为人所不齿、为人所唾骂之事体，越要鞍前马后事必躬亲，表现的力度就越大，成果也就愈加显著。前边所引黄永玉先生之文中的"……"部分，写出来是："阮小七为官，凡潜入水底一炷香者，赏金百两，捆绑掷入江中，金收回。"倘遇上七爷这样率直的官员，那是福气呀，你的表现手段千条万绪归根结底就是一句话"奉上银子"，免却了多少皮开肉绽手忙脚乱闪转腾挪抑扬顿挫！（关键词：装孙子、上银子。）

五、何谓表现不好? 表面现象（或耍眼前花）做得不够成功、玩得不到火候，叫作表现不好，私下里也叫不会来事儿。套用俄国大文豪托翁的一句名言：会表现的同志大致相同，不会表现的同志各有各的不幸。我在这里只举一例，大家凭悟性去举一反三吧。却说某王姓女领导是个"事儿妈"，部属们私下里都叫她王妈。有位刚分配到王妈麾下的大学生，不知哪个地方一不留神触怒了王妈，后经人点拨，茅塞顿开，悔恨交加，很想瞅个机会在王妈面前着实表现一番。恰逢年终单位聚餐，该生频频为王妈敬酒、盛汤、加饭，谁知在盛甲鱼汤时不小心，盛入几粒绿豆大小的黄色小颗粒（据说是王八的蛋），当即有人听见王妈低声怒詈：你才是王八蛋呢！看看，多悬，多不走运，溜沟子不成，反倒闪了舌头。不久，该生便因为"表现不好"被辞退。（关键词：不会来事儿。）

六、表现之意义何在？ 或曰，你把表现说得如此不堪，那表现还有什么意义呢！不，不不，意义重大，意义重大。到什么山上唱什么歌，这叫遵守游戏规则。我们从小到大，在学校里填写的各类表格，都有"表现"一栏，评价着你，规定着你，威胁着你，制约着你；等到走上社会，又有一个如影随形的鬼一样跟着你的牛皮纸档案袋，里面的各种表格同样都有"鉴定"一栏，用"该同志在本单位的一贯表现……"这样的话语，褒贬着你，升降着你，左右着你，悲喜着你。在一个要求德智体全面发展的美好社会里，这个德字是放在第一位的，而且也是软性的，很难用一个具体的尺度来衡量；不过，你不用发愁，多少年前我们就已经设定好了标准与依据：德之优劣，重在表现嘛！（关键词：档案袋。）

唉！人在机关，身不由己。不表现，只有熬。倘有不情愿"死鸡儿熬白菜"的，不甘心"多年媳妇熬成婆"的（眼见着没熬成婆的比比皆是），因此而激发出强烈的进取心和热切的表现欲的同志们，想从我的这篇小文里寻找门径，登入堂奥，我只能说声抱歉了。"纸上得来终觉浅"——我是说，真知来源于实践；至于临场怎样发挥，如何表现，全看阁下临门一脚的功夫喽！

（原载于 2001 年 5 月 28 日《广州日报·每日闲情》）

曹刿论

战，是不能忘记的。你不打人，不等于别人不会打你。你不屑于做强盗，不等于强盗之流不热衷于耍流氓碰瓷你。俗话说，年年防旱，日日防贼。又说，不怕贼偷，就怕贼惦记。何况已是贼影绰绰，虎视眈眈，其欲逐逐。故《司马法》云："国虽大，好战必亡；天下虽安，忘战必危。"

春秋无义战。这不，前一年（鲁庄公九年，即公元前685年）秋天，鲁国讨伐齐国的"干时之战"刚刚大败亏输；第二年春天，也就是《左传·庄公十年》（即公元前684年）所记载的"十年春，齐师伐我"，齐国的高傒、鲍叔牙、公子雍率领30万大军寻仇而来，开启历史上著名的"长勺之战"。

此其时也，曹刿登场。曹刿既非纯粹意义上的底层草民，否则就不可能轻易见到鲁国的国君鲁庄公；然曹刿亦非位列朝班的卿大夫者流，不然也不会被老乡们笑他"肉食者谋之，又何间焉"。曹刿入见鲁庄公，开宗明义问道，"何以战？"庄公扳着指头说出三个理由，前两个吃穿啦祭祀啦，都被曹刿以"小惠""小信"给撑回去了，直到说出第三条"小大之狱，虽不能察，必以情"，曹刿才说"忠之属也，可以一战"。

为什么审理案件"必以情"即"可以一战"？宋代朱熹注《论

语》之"上好信，则民莫敢不用情"曰："情，诚实也。"曹刿正是从"小大之狱，虽不能察，必以情"这句话，把握到庄公政权在审理大大小小的案件时，能够忠于事实，体察人情，遵循法理，追求公正，抽绎出鲁庄公的政治理念乃诚实与公正。孔子曰："政者，正也。"诚实与公正，不正是政治制度的核心价值所在吗？不就是国家法典的根本遵循所在吗？不也是民情民心之所归所向吗？民心是最大的政治。取信于民，民情可用。从这个意义上讲，治国也是治人情，打仗就是打精神。

"长勺之战"对于鲁国而言，是一场生死存亡的保家卫国战争。然而，相对于春秋时期的强齐，鲁国是个弱国；相对于齐国的30万劲旅，鲁国的3万之师无疑是弱旅。这仗怎么个打法？但在曹刿这位天才的军事理论家和高超的军事指挥家看来，"长勺"之战有得"扩"！骄横的齐军擂鼓冲锋，鲁军用强弓劲弩射击敌人，稳住己方阵脚；齐军再次擂鼓冲锋，鲁军依旧猛射敌人，站稳阵脚；当齐军第三次擂鼓准备冲锋之际，曹刿一声令下"可矣"！"万鼓雷殷地，千旗火生风"，鲁军突然间洪水般掩杀过去，打得齐军辙乱旗靡，望风而逃，兵败如山倒！3万人撵着30万人疯狂打，"长勺之战"成为我国战争史上以少胜多的著名战例。兵形如水，攻守易势，瞬息万变。用曹刿的话概括："夫战，勇气也！一鼓作气，再而衰，三而竭；彼竭我盈，故克之。""长勺之战"打的既是智谋与时机，也是民心与士气。

打得一拳开，免得百拳来。鲁国在长勺（今山东莱芜东北）战役的大获全胜，间接地促成了齐鲁两国在相当长一段时间里息兵言和。能战方能止战，敢战方可言和。这也正是春秋五霸之一的楚庄王所说的"戢兵定功，止戈为武"的武装斗争精神之历史经验和文化内涵所在，这也正是伟大的孔夫子谆谆告诫"有文事者，必有武备；有武备者，必有文事"的思想价值和政治意义所在。

近年来有学者撰文说，曹刿就是《史记·刺客列传》中的曹沫。不过在历史典籍记载中，曹刿和曹沫是不同的两个人，也应该是两个完全不同的人。曹刿在《左传》里出现过两次，一次是"长勺之战"，一次是庄公二十三年（公元前673年）曹刿谏鲁庄公"如齐观社"。据《左传》记述，曹刿并非"肉食者"列，而《左传·昭公四年》载有"食肉之禄"，西晋杜预注："食肉之禄，谓在朝廷治其职事，就官食者也。"唐代孔颖达疏："在官治事，官皆给食，大夫以上，食乃有肉，故鲁人谓曹刿曰'肉食者谋之'。"由此来看，曹刿在"长勺之战"前夕，最高属于还吃不上国家"特供肉"的"士"阶层。

曹刿不在其位，却主动去谋其政、谋其战，这是一种什么精神？这是义不容辞、舍我其谁的主人翁精神！这是国家兴亡、匹夫有责的担当精神！所谓国家者，是每一个人的国家，"社稷亦为民而立"；如果每一个人都觉得救亡图存保家卫国只是国家的事，那么这个国家还能长期存在长远发展吗？这个国家的人民还有光明前途光辉未来吗？

正常国家正常人，哪个愿意穷兵黩武轻启战端呢？《老子》曰："兵者，不祥之器，非君子之器，不得已而用之。"《孙子兵法》亦云："兵者，国之大事，死生之地，存亡之道，不可不察也。"开动战争机器，既要慎之又慎，又必须具有大智慧与大谋略。故《诗经·大雅·桑柔》云："为谋为毖，乱况斯削。"

　　曹刿这个历史人物的典型意义就在于，当国家被迫面对战争的生死关头，能够当仁不让挺身而出。"晓战随金鼓，宵眠抱玉鞍"，在大敌当前兵凶战危之时，曹刿自告奋勇"战则请从"，并与庄公同乘战车出征。"小来思报国，不是为封侯"，当"长勺之战"因其计谋擘画而取得辉煌胜利之际，曹刿却以恬淡为上，胜而不美，安静地走开。有人说，曹刿长勺战后可能被鲁庄公授以大夫或更高官职，所以之后才有谏庄公"如齐观社"事。这实在是某些现代人的心思，想多了。如果当时即有利害得失种种计算，曹刿又何必主动请缨冲锋陷阵呢？所以说，如果"长勺之战"以后，曹刿确有加官晋爵之种种史实，料想《左传》作者左丘明先生是不吝于史笔的。以曹刿特立独行高尚其事的行为风格来看，应是当现则现，当隐则隐，"事了拂衣去，深藏身与名"，挥一挥衣袖，不带走一片云彩！

（原载于 2020 年 6 月 18 日《中国社会报·民政文化》）

拱手礼

由于各国各民族风俗迥异，所以见面时的礼仪亦不相同。

英国人见面行握手礼，法国人行吻手礼（后来英国上层人士亦行之），日本人行鞠躬礼，美国人行招手礼（同时喊 hello），俄罗斯人行拥抱礼，还有西方的不少国家和地区广泛流行贴面礼，等等。因为当年的大英帝国号称"日不落帝国"，在全世界影响甚巨，所以握手就成为世界通行的外交礼节。

而我国传统礼仪，数千年来相见时多行拱手礼。譬如《论语·微子》即有"子路拱而立"，记载的就是子路寻找走散的孔子，路遇长者询问时行拱手礼。直到 20 世纪初叶，革命家孙中山先生以握手礼取代传统礼仪，并规定其领导的同盟会"同志相见之握手暗号"。

礼仪，既是一种约定俗成的礼节和仪式，同时也要充分考虑到在各种情况下人们操作时的方便履行。东汉·许慎《说文》讲："礼（禮）者，履也，所以事神致福也。从示从豊，豊亦声。"东汉·班固《白虎通义》亦云："礼（禮）者，身当履而行也。"

据中国政府网消息，"李克强总理 1 月 30 日在中国疾控中心召开座谈会，就进一步加强科学防控疫情听取专家意见。会议开始前，总理说，本该与大家握手的，但按你们现在的规矩，握手就改拱手了。"将握手礼改为拱手礼，是为了科学地防控疫情进一步扩散而采取的变通方式，亦即《易经·系辞上》所谓"变而通之以尽利"。

而且，礼之用，和为贵。礼仪，不仅是一种品节制度，更是一种与内心达致愉悦和谐的得体行为。在我国传统文化中，向来是"礼""乐"并举，"乐也者，动于内者也；礼也者，动于外者也"（《礼记》），"乐"是为了达致内心情感的和谐，"礼"是为了追求外在行为的得体，只有内外皆修，方可和谐圆满。所以东汉刘熙《释名》讲："礼（禮）者，体（體）也，得事体也。"《礼记》亦云："凡礼之大体，体天地，法四时，则阴阳，顺人情，故谓之礼。"

曾在 2003 年 SARS 疫情期间，走遍中国内地和香港特区进行采访的美国著名女记者劳里·加勒特（Laurie Garrett），在今年 1 月 25 日美国《外交季刊》刊发头条文章《在武汉疫情中如何保持安全》，其中"不要握手和拥抱别人，礼貌地请求接近你的人离开"等建议，令人赞赏。是啊，大疫当前，彼此相见，"熟不拘礼，病不拘礼"，不握手，不拥抱，不打招呼，静静走开，于人于己，都是负责任的表现。

不过，如果有一种礼，既能规避风险，保障安全，又能"顺人情""得事体"，而且操作简便，何乐而不为？

这就是我国传统的拱手礼。拱手礼，俗称作揖，文雅点叫揖礼。大家相见，不吻手，不贴脸，只右手虚握成拳，左手搭在右拳上，在胸前额下轻轻地上下一拱，即告礼成。宾主双方不接触，不传染，喜乐而卫生，得体而方便。

西汉扬雄说得好："人而无礼，焉以为德？"如果把如此优雅而实用的礼数完全丢弃，那还怎么去传承优良的传统道德风尚呢？

（原载于 2020 年 4 月 29 日《中国社会报·民政文化》）

吃苦是福

大年初一早晨，我在自家公众号《谚云》上，晒出一篇除夕夜赶写的小文《谈理想——新年试笔》。一位朋友当即发来一个表扬帖：像牛一样勤奋啊！

用牛来褒奖我的，还有我的母亲。母亲常说，你就像你姥爷一样，是个老黄牛，回的时候驮一驮子，走的时候驮一驮子，几十年驮来驮去，你就是个老黄牛。"驮一驮子"的前一个"驮"字是动词，读如驼；后一个"驮"字是名词，读如垛，指驮载的货物。母亲说的是我每次回老家的时候，左手拖一个行李箱，右手提一个大铁桶，给父母的大家带回一些时鲜瓜果以及衣物和日用品，返程的时候再给自己的小家带走一些姐姐哥哥送的红豆、绿豆、白菜、苦菜、西红柿和土鸡蛋等。特别是父亲去世后这些年，我几乎每月抽出一个周六日回一次老家（疫情期间例外），来回往返，负重而行，的确如母亲所说的像老黄牛一样驮来驮去。母亲是心疼我受苦受累。辛苦自然辛苦，但我从来不认为这是受苦，反而觉得是一种甜蜜而快乐的"苦役"，有一种甘心付出后的幸福感。即如《诗经·邶风·谷风》所说的那样："谁谓荼苦？其甘如荠。"

俗话常说："读书种田，早起迟眠。"还说："书要苦读，田要细作。"说得真好。刻苦读书，辛苦种田，勤勉工作，同样需要具有一种忍辱负重、吃苦耐劳的老黄牛精神。

首先要"肯吃苦"。我叫它"自找苦吃"。我跟女儿电话讨论为什么"自找苦吃"？女儿说，老子讲"大道甚夷，而民好径"，吃苦就是"大道"，吃苦就是好好读书，好好工作，不走捷径，不去"抖机灵"。其实所有人都明白这个道理，只有付出，才有可能得到回报。但是有些人就是不肯吃这个苦、受这个累，整日泡在网上打游戏、下象棋，有的连上班时间都在刷频、追剧、"葛优躺"；更有甚者投机取巧挖空心思不择手段撺掇是非，试图踩倒他人显出自己"木秀于林"，而且还期盼着在工作、学习和科研等方面收获满满硕果丰盈，老想着无因结果不劳而获，这怎么可能呢？女儿还给我讲了一个她特别喜欢的英文单词 painstaking，由 pains 和 taking 构成，pains 是疼痛、痛苦的意思，taking 是取得、收获的意思，整个单词 painstaking 是艰苦卓绝之意，也就是说，成功是用痛苦换来的，相当于我们常说的"艰难困苦，玉汝于成"。的确，成功是需要付出艰苦卓绝的不懈努力的。那些怕吃苦的人，其一生就因为一个"怕"字而吃尽了苦头。所以吃苦之难就难在一个"肯"字上，正如《尚书·说命中》所言"非知之艰，惟行之艰；非行之难，终之斯难"。而"自找苦吃"的人，则是在自觉地寻找成功之路，至少也是在走上一条向善向上向好的攀登之路。

其次是"会吃苦"。我叫它"苦中作乐"。我曾在《北京日报》工作过短暂的一段时间，每天上午十点来钟到照排车间做版的时候，都能看到当时的《北京晚报》总编辑坐在电脑前，一条一条为当天的晚报新闻做标题，天天如此。作为总编辑每天到车间做标题，是不是"苦中作乐"呢？我看是的。你看他身后围着一大圈儿编辑记者，七嘴八舌提出各种各样的建议，他坐在那里"择其善者而从之"，老总和编辑记者打成一片，其风也和煦，其乐也融融。后来我在某报社先后做过几个部门的主任和子报的副总编辑，经常到照排室跟编辑一起做版改标题，我也知道在个别人眼里，这是"越俎代庖""自讨苦吃"的"苦差事"，但我能亲身体会到当年《北京晚报》那位老总的满足和快乐。当然，吃苦的目的不是为吃苦而吃苦，吃苦是为了实现自己的目标和理想。第一，吃苦是为了长本事。俗话说："艺高一寸千磨难。"还说："要人说个好，一世苦到老。"你想好，你想强，你想比别人更优秀，你就得比别人多吃苦，多付出，多承受打击和压力。我跟编辑部的同事们聊天时说过，以前在国际关系用语中经常讲"软实力"和"硬实力"，后来又有人提出"巧实力"。其实，所谓"巧实力"就是"笨功夫"。不管写文章还是做版面，不下足"笨功夫"，是不可能做精做好的。《中庸》讲得很到位："人一能之，己百之；人十能之，己千之。果能如此矣，虽愚必明，虽柔必强。"第二，吃苦是为了磨炼意志品质。俗话说："力是压大的，胆是吓大的。"这些我都有切身之经历。生在农村，十一二岁即开始挑水浇园，从担着半桶水、多半桶水到整桶水的过渡期，用不了一两年时间。此所谓"力是压大的"。作为十几岁的孩子利用假期割草打柴，一个人赶上天阴下雨归途蹉跎走夜路，田地里的庄稼叶子沙沙作响，令人毛骨悚然；猛不丁在冷风嗖嗖中"秃尸怪"（猫头鹰）一声怪叫，或者什么野兽长声嗥叫，你真会魂飞魄散！但是慢慢你就会习惯，你就能坦然地面对。这叫作"胆是吓大的"。孟子曰："天将降大任于是人也，必先苦其心志，劳其筋骨，饿其体肤，空乏其身，行拂乱其所为，所以动心忍性，曾益其所不能。"所谓"动心忍性"，就是无论心灵经受怎样的煎熬，也要把苦吃下去，咽进肚里，铭刻心底；所谓"曾益其所不能"，则是表明连苦都能吃得下去，那还有什么受不了的！换言之，吃遍苦头者的能量大了去了。人常说，精品工序多。吃大苦受大难，是对人生最好的教训和锤炼，苦难是人生最高级的导师。我所说的"会吃苦"，即指有理想有抱负的人，在沿着自己规划的方向和目标行进的时候，免不了要吃苦受难。不过，他们心里都明白，喜欢做的事就不觉得苦，也不觉得累。古人云："朝斯夕斯，乐此不疲。"俗话也说："苦中得乐是真乐。"一个人吃他想吃的苦、爱吃的苦，不就是在"寻欢作乐"吗？

最后是"苦后甜"。我叫它"苦尽甘来"。俗话说："吃得苦中苦，方为人上人。"做"人上人"的滋味究竟是怎样的？我等不得而知。不过，至少在我看来，在追求人人平等的现代社会，人们之所以甘愿吃得"苦中苦"，大多数人倒未必是非要做什么"人上人"吧，更多的则是想实现自身的价值乃至远大的理想抱负。所以我更喜欢另一句俗谚："吃尽苦中苦，才知甜中甜。"在所有哲学范畴之"关系"中，我以为"因果关系"是最重要的一对"关系"：有果必有因，有因方有果。其实，吃苦就是在"种因"。南宋祝穆《方舆胜览》因记述一个"磨针溪"的地名，而顺笔记下一则有关唐代大诗人李白少年时期刻苦读书的传说："磨针溪，在眉州象耳山下。世传李太白读书山中，未成，弃去。过小溪，逢老媪方磨铁杵。问之，曰：'欲作针。'太白感其意，还卒业。媪自言姓武。今溪旁有武氏岩。"这大概就是俗话所说的"只要功夫深,铁杵磨成针"的较早出处吧?没有青灯古卷埋头苦读的小李白,哪来光芒万丈流芳百世的李太白?我们今天读《李白全集》,每每感叹太白不仅才华盖世,学问也同样大了去了。就连近期最热门的有关"三星堆"的考古文章,也少不了"蚕丛及鱼凫,开国何茫然"之类"大有学问"的太白诗句。李白去世六年后出生的唐代大文豪韩愈大加称颂"李杜文章在,光焰万丈长",即是对"苦尽甘来"的太白之最高褒扬。也许有人会说,"采得百花成蜜后,为谁辛苦为谁甜"?吃苦的价值和意义,正在于"苦尽甘来"。什么才叫"苦后甜"?"千淘万漉虽辛苦""少年辛苦终生事""采得百花成蜜后""富贵必从勤苦得"……便是"苦尽甘来"的"苦后甜"。我们大可不必讳言"富贵"。连大圣人孔夫子都说:"富贵如可求,虽执鞭之士,吾亦为之;如不可求,从吾所好。"《易经·系辞上》也说:"崇高莫大于富贵。"人生最大的"苦后甜",无非是求富贵而得成功。那么成功的标志是什么?用唐代大诗人刘禹锡的话来概括,叫作"世上功名兼将相,人间声价是文章"。可见,占据《左传》所谓"人生三不朽"中"立德""立功""立言"之一者,即为"人生赢家"。刘禹锡本来是同好友白居易一起欢送当朝宰相令狐楚赴洛阳时作此诗的,他所说的"功名将相""声价文章",原意是想承欢令狐相公。然而,如果世上没有刘禹锡等文士们的"声价文章",后世又有几人知道作为"人上人"的令狐相公呢?而且,"声价文章"的文化价值和历史意义,不仅"甜"及自身,还会无穷无尽地泽被后世。诸如上述"采得百花成蜜后"的李白、韩愈、刘禹锡等人的诗文,穿越千年而放射出来的不仅是辉煌灿烂的文学之光,更是彪炳人类历史的文明之光！

"扬州八怪"之一的郑板桥给后人留下颇有影响的两句名言——"难得糊涂"和"吃亏是福"。不过，"糊涂"和"吃亏"多包含着模糊性被动性的精明与含忍。所以俗话常说，"让人不傻，吃亏是福"；还说，"吃一分亏，受无量福"。但是"吃苦是福"却与之不同，它是真切地认识到"吃苦"是"播种福田"的必由之路，所以有志有识者才会自觉而主动地像老黄牛那样去艰苦奋斗。因为他们晓得，"宝剑锋从磨砺出，梅花香自苦寒来""不受一番冰霜苦，哪得梅花放清香"！这种"吃苦是福"的精神境界，不仅有理想有作为的个人和家庭应当具备，而且有梦想有前途的民族和国家亦当具有。

当我在除夕和春节写文章的时候，女儿也在某高等研究院的实验室里"搬砖"。她在"等样"间隙跟我通话，说从前只在历史课本上读到"勤劳、勇敢、智慧的中国人"，并没有太多具象化的认识。而这些年从读博留学的实验室到现在工作的实验室里，在所有节假日期间，加班干活儿的全是中国人（和个别的某国人）。女儿对我说，做科研讲究投入和产出，我想在其他方面也是的，我们中国人这么吃苦，这么投入，当然会有丰厚的产出，所以中国崛起于世界之林是必然的。我说，是啊，俗话常说"苦，苦，苦，不苦如何通今古"，并说"吃不了苦，享不了福"，还说"吃得一时苦，换来万年福"。中华传统文化中本身就蕴含着"苦中有福"的朴素哲学和文化基因，这是五千年中华民族"勤劳、勇敢、智慧"的文化遗产和文明结晶。

（原载于 2021 年 4 月 11 日《谚云》公众号）

"节"字的颜色

俗话说，三茶四酒二游玩。记得去年深秋一个周末，邀两位挚友一起吃茶，隔着茶馆玻璃，望着飘洒落叶的银杏林，在夕阳照射下，呈现出一片金色的世界。朋友们从眼前的景色，谈到节令不饶人，谈到春夏秋冬四季变幻的颜色，一直谈到生活中节约与浪费的故事，乃至于讨论到"节"字的颜色。

在某科技公司就职的凯哥向来直言直语，他说，咱们这座超大城市，本来是朝九晚五上班，可为了错峰上下班，为了占个停车位，我们公司早晨六点半左右就有人到岗了。公司提供早餐，每天大致七点多开饭。每顿早餐，总有那么几个"弃黄人"——一人手拿两个鸡蛋，把蛋白吃了，把蛋黄弃掉。而送餐公司是根据每天早晨就餐人数，按人头带鸡蛋，一人一个，略有盈余；若一人拿两个鸡蛋，有的人就吃不到了。他们倒好，一人拿两个，吃一半，扔一半。据说这些人是怕胆固醇增高，这种说法并无科学依据。再说了，怕胆固醇高，吃一个蛋或者不吃不就得了！

凯哥说着便有些来气，把眼镜摘下来丢在茶几上。

在某政府机关上班的"笔杆子"王兄，慢条斯理地说，我们机关食堂墙上，醒目地贴着"节约粮食""吃多少拿多少"的提示性标语，谁都能看见，可是装睡的人永远都叫不醒来。每天中午打饭时，

92

颇有那么几个人，在排着长队的一大溜饭盆前面，用勺子搅来搅去，精挑细选，可劲儿往自己盘子里扣；可他们又多是"眼大肚子小，争起吃不了"，挑挑拣拣吃上几口，然后就扯几张餐巾纸遮盖一下，把剩下的饭菜统统倒进垃圾桶里去了……

王兄摇着头，深深的惋惜与忧虑，溢于言表。

我说，是不是单位里个别年轻人，不像咱们小时候面临短缺经济的艰难时世，他们没有尝过忍饥挨饿的滋味，更不了解汗滴禾下土的农民辛劳，身在福中不知福，所以不懂得珍惜粮食。

凯哥说，也不尽然。也有年轻人很懂得节约，也有一大把年纪的人天天浪费。

王兄语气沉重地说，在某些人潜意识里，不认为这是浪费，觉得丢掉两个蛋黄、半盒饭菜，多大一丁点儿事啊，值得这么大惊小怪吗？他们已经是习惯成自然，习焉而不察，这才是问题的严重性所在。实际上，勤俭节约与奢靡浪费，这个看似细小的生活问题，实质上是个大是大非问题。毛泽东讲过，贪污和浪费是极大的犯罪。节约与浪费，不仅是一个观念问题，也是一个思想问题，更是一个品质问题。

曾经留学海外喝过几年"洋墨水"、言必称"西哲"的凯哥，表示高度赞同。他说，是啊，节约与否的确关乎道德品质问题。希腊的普卢塔克说过，节约是各种美德中首屈一指的。罗马的西塞罗也说过，节俭之中蕴藏着一切美德。

王兄呷口茶，瞥一眼窗外，慢悠悠地说，在论述节约的问题上，我更赞赏传统文化经典《周易》的周严与深刻。《周易》是用联系的观点看问题的，譬如它的卦名排序里有一句"兑涣节兮中孚至"，《兑》《涣》《节》《中孚》是四个依次排序的卦名——《兑》者，悦也；《涣》者，散也；《节》者，止也；《中孚》者，信也。这也是社会发展的趋势和规律所致。我们国家经过四十多年的改革开放，使广大人民群众逐渐富起来了。每一个家庭也相应地富起来了，每一个人都快乐起来了，这就到了"《兑》者，悦也"阶段；过上开心的好日子，人就容易心意满足、精神松弛，这就到了"《涣》者，散也"阶段；志足意满加之精神松懈，便容易产生铺张浪费甚而出现违法乱纪现象，那就需要自我节制和法律制约，这就到了"《节》者，止也"阶段；通过有效的自我约束和刚性的法律制裁，便会逐步形成遵纪守法的法治社会和诚信社会，这就到了"《中孚》者，信也"阶段。当务之急，就是要让节约优先成为一种普遍的公民共识，形成一种良好的社会风尚。

聆听王兄妙论，我深以为然。我问道，那么《节卦》与"节约"有什么必然联系吗？

王兄点点头说，《节卦》其实就讲一个度的问题，讲合乎度的制度建设问题。当然其中也包含节约的合度性，既讲求节俭、节约，更讲究节制、调节。我们今天仍然可以从三千年前先圣们创立的哲学范畴《节卦》里，汲取其对建设现代社会的有益因子。《节卦》"象辞"讲："节以制度，不伤财，不害民。"这不正是我们今天倡导节约资源、保护环境、构建生态文明制度体系的出发点和落脚点吗？《节卦》"大象辞"进一步阐明："君子以制数度，议德行。"这更加厘清了节约不仅是一个数量问题、经济问题，同时还是一个操行问题、品格问题。《尚书》有言："我民迪小子惟土物爱,厥心臧。""迪"者,道也,导也;"臧"者,善也,好也。这句话告诫我们老百姓,要教导子孙后代爱惜土地所生之一粥一饭、一丝一缕、一草一木;只有懂得"惟土物爱",才能养成纯朴善良的人格品质。譬如早餐"弃黄"和午餐倒饭等浪费现象吧,体现在某一个人身上,也许数量并不算大,但它却关乎人的习性、操行与品格。

凯哥见缝插针接着说,所以英国的亚当·斯密讲过,奢侈都是公众的敌人,节约都是社会的恩人。因而,我们在日常生活中,不丢弃一个蛋黄、半碗米饭;把自家厨余垃圾、有害垃圾和可回收垃圾,分类投放到垃圾桶里;每天在单位喝多少水打多少水,避免次日早晨大量倾倒;尽量少开车出行,条件允许骑自行车上班;孩子在学校读书,要叮嘱其养成勤俭节约的好习惯……凡此种种之节约理念、环保理念、绿色理念,往长远去想,往大处去讲,都是在为子孙后代永续发展的千年大计,而尽一份自己的责任和义务。

茶上三壶,高谈转清。我起身以茶代酒,举杯相碰。我说,昔者文惠君闻庖丁之言,得养生焉;今晚恭聆二兄之傥论,方知节约的"节"字,是高尚的、低碳的、绿色的和可持续发展的。

（原载于 2021 年 9 月 27 日《中国社会报·孺子牛副刊》）

须从规矩出方圆

凡事都有规矩，不以规矩，不成方圆。规矩既是规范、法则，也是标准、尺度。做人有行为规范，做事有游戏规则。《管子·法法》说得好："虽有巧目利手，不如拙规矩之正方圆也。故巧者能生规矩，不能废规矩而正方圆；圣人能生法，不能废法以治国。"所以，尽管规矩也需要视时立仪，与时俱进，需要不断地修改修订，创新完善；然而却不可以一日无规矩，更不能不懂规矩，不讲规矩，不守规矩。古人有言，世有乱人而无乱法。古谚亦云，曲木恶直绳。可见，规矩不仅是方法论，亦含有世界观。

传统文化意义上的规矩，主要体现在"礼"与"法"两个方面。礼者，履也，礼仪三百，威仪三千，文绉绉的，是软规矩。法者，刑也，人心似铁，官法如炉，威赫赫的，是硬规矩。礼无不敬，法无不肃。礼的核心是敬——敬重、敬畏，表现于对万物的尊重；法的核心是肃——肃然、肃杀，表现于对法律的戒惧。有道是，礼禁未然之前，法施已然之后。换言之，礼与法的价值实现，以是否"犯法"为疆界，它是一个是否对当事者及其亲属乃至社会构成伤害，以及是否造成耗费公共资源、增加执法成本，从而涉及伦理、文化、政治、经济等社会多方面的大问题。谚云，礼从俗，事从官。"俗"指风俗习惯，是礼的范畴，是长期以来家风民俗耳濡目染、文化熏陶润物无声而形成的软规矩；"官"指政事官法，是法的范畴，是为维护公平正义、保护生命财产、打击犯罪活动而制定的硬规矩。故曰：礼制君子，法制小人。

不管是软规矩，还是硬规矩，其目标在于规范；规范之手段，在于赏罚；赏罚之本，在于劝善惩恶。俗话说，赏先远，罚先近。《左传·昭公五年》亦云："为政者不赏私劳，不罚私怨。"《韩非子·有度》亦曰："刑过不避大臣，赏善不遗匹夫。"否则即如《管子·版法》所言："喜以赏，怒以杀，怨乃起，令乃废。"所以说，法律者，公器也；赏罚者，利器也。若赏罚不行，则诸事难成。正由于此，自古以来凡制定良法者，必定还要考虑到它的可操作性和实施效果；故须谨慎研判，反复推敲，吟安一个字，捻断数茎须，断不敢轻率地制定出台什么这规矩那法令。《论语·宪问》记载："子曰：为命，裨谌草创之，世叔讨论之，行人子羽修饰之，东里子产润色之。"讲的是春秋时期郑国起草政令法规，裨谌等四位贤大夫一齐上阵，八仙过海，各显其能，反复地磋商研讨，然后形成完美文本。这是多么审慎而严谨啊！

《尚书·大禹谟》有言："刑期于无刑。"意谓用刑的目的，是将来不再用刑。这是先哲们的一种伟大而悲悯的情怀。同理，立规矩也是为了培养人们守规矩的自觉性。人心中的这种宝贵的自觉意识，明代大儒王阳明先生称之为"良知"。他在《别诸生》诗前四句写道："绵绵圣学已千年，两字良知是口传。欲识浑沦无斧凿，须从规矩出方圆。"规矩，从来就不是目的；规矩只是工具，礼法是其内容，赏罚是其手段，方圆才是它的目的所在。所谓方圆，就是依照一定的规矩，公平公正规范合理持久高效地做事（包括行政）。方圆是规矩的出发点和落脚点。不能"出方圆"的规矩，是一种迟早要废弃的工具；不能"行方圆"的人——特别是官员，终究会领教硬规矩的刚性。好官必然是规矩的遵循者和方圆的践行者。好官是看得见的哲学。

（原载于 2016 年 1 月 20 日《人民日报·大地》）

第二编

殷其雷

一驴一马的教训

　　"唐宋八大家"这个概念，是明代文人提出来的。就朝代远近而言，无疑是宋代更挨近明代一些，近水楼台先得月，朝代越近其影响力越大，故八大家中，唐取二家，宋占六家。但是，越往后越淘洗均衡，八大家中常被提到的多是韩柳欧苏，唐宋各二，平分秋色。唐代韩柳，双峰并峙，都是"古文运动"的领袖人物。八大家中之宋代文豪苏轼对唐代文豪韩愈的评价是，"文起八代之衰，而道济天下之溺"。"文起八代之衰"的"八代"，指东汉以来的三国、西晋、东晋、十六国、南朝、北朝、隋朝直至唐代。的确，韩文公乃千古文章"大手笔"，重振先秦、两汉之雄文风骨，写出《原道》《师说》《进学解》《杂说》等一系列对后世文人影响深远的傥论宏文。而柳河东亦是巨笔如椽"多面手"，其政论有《封建论》《刑断论》，其传记有《段太尉逸事状》《种树郭橐驼传》，其预言有《三戒》《蝜蝂传》，更有在中国文学史上具有开创性、经典性意义的山水游记"永州八记"，等等。

　　然而，如果让我从韩柳二公之大文中，只能各自选出一篇"自己最喜欢的文章"，我会毫不犹豫地选择两篇短章，即韩愈的《马说》和柳宗元的《黔之驴》。尽管它们形制短小，教益却无比深刻。

　　先说柳柳州的《黔之驴》吧，全文只有160字。大意是说，黔本无驴，有人用船运来一头驴放在山中。"山中之王"老虎没见过这种庞然大物，以为是"神"，就潜藏在林间悄悄观察。某日，驴放开喉咙抒情地大叫一声，惊得老虎撒腿就跑，可是吓坏了老虎！但是时间长了观察下来，老虎发现驴也并没有什么特高超的武艺，便渐渐地靠近它，挑逗它，终于"荡倚冲冒"惹怒了驴！你知道驴子是有脾气的——它憋足吃奶的劲儿向老虎奋力踢出一蹄子！一蹶子踢醒梦中虎——哈哈，就这点本事？老虎于是大喜过望，咬死那驴，啖尽其肉，就差再添一句虎语："天上的龙肉地下的驴，真香啊！"

柳宗元对黔之驴的结论是："噫！形之庞也类有德，声之宏也类有能。向不出其技，虎虽猛，疑畏，卒不敢取。今若是焉，悲夫！"柳公以为驴的优势在于"装"，既有形体之伟岸（形之庞也类有德），又有声音之嘹亮（声之宏也类有能），似这般"德能兼备"之庞然大物，只要沉住气，"装"下去，"装"得时间越长，门面越壮，气场越大，老虎就越不敢靠近，驴就越能够撑下去——或曰苟且下去，或曰"继续伟大"下去。所以柳公的潜台词是，驴子一定要保持定力，不动声色，不出其技，"装"，"装"着，一直"装"下去。

其实，柳公说的是反语，此乃作文之精要所在。他当然知道驴子最终是撑不下去的。老虎固然有过短暂的"疑畏"，但"疑畏"之后是行动，是"稍近"，是"益狎"，是"荡倚冲冒"。驴子眼看着老虎已在蹭它的腿，不出其技，腿便没了。当然，亮出其技，命就没了。这虽然是一个悖论，但结论却是相同的。俗话说，踮着脚尖站不长。《韩非子·内储说上》有一则仅44字的短文："齐宣王使人吹竽，必三百人。南郭处士请为王吹竽，宣王说之，廪食以数百人。

宣王死，湣王立，好一一听之，处士逃。"这则"滥竽充数"的故事，大家耳熟能详。群竽合奏，廪食数百；一一听之，处士在逃。可见，滥竽只能充数一时，不可以冒充一世。"装"，是不可能持续发展下去的。或者说，瞒和骗，不可能永远蒙混过关。对于没有真才实学而混世的"装家"而言，三十六计走为上，是其最好出路。齐湣王时代的南郭先生，见势不妙，逃之夭夭，要比"装大充能"的黔之驴结果好得多。

再说韩文公之《马说》，全文亦仅 151 字。《马说》的全部意义尽在开头两句话中："世有伯乐，然后有千里马。千里马常有，而伯乐不常有。"随后之阐释的重心亦大致有两点，一是"千里马"是需要"伯乐"去发现的，否则"虽有名马，只辱于奴隶人之手，骈死于槽枥之间，不以千里称也"；二是"千里马"是需要特殊待遇的，否则"虽有千里之能，食不饱，力不足，才美不外见，且欲与常马等不可得，安求其能千里也"。这当然是韩文公站在爱才惜才、爱重"千里马"的立场上发表的申论。不过，《马说》强调的都是"千里马"发现、培养和成长的外部因素。外因只是变化的条件，内因才是变化发展的根据。所以换一个角度设问，"千里马"自身是怎样成长和发展的呢？或者说，"千里马"在具体的社会环境里又是如何表现的呢？

每一次读韩文公《马说》，都会使我联想到同为八大家中的宋代文豪欧阳修之《卖油翁》。这篇名文亦只有短短 148 字。引述如下：

陈康肃公尧咨善射，当世无双，公亦以此自矜。尝射于家圃，有卖油翁释担而立，睨之，久而不去。见其发矢十中八九，但微颔之。

康肃问曰："汝亦知射乎？吾射不亦精乎？"翁曰："无他，但手熟尔。"康肃忿然曰："尔安敢轻吾射！"翁曰："以我酌油知之。"乃取一葫芦置于地，以钱覆其口，徐以杓酌油沥之，自钱孔入，而钱不湿。因曰："我亦无他，惟手熟尔。"康肃笑而遣之。

此与庄生所谓解牛斫轮者何异？

每一次读《卖油翁》，我关注的重点并不在卖油翁，而在于陈康肃公。陈尧咨是阆中郡（今四川南充市）人。历官右正言、知制诰、起居舍人、以龙图阁直学士知永兴军、陕西缘边安抚使、以尚书工部侍郎权知开封府、翰林学士、武信军节度使、知天雄军，卒谥"康肃"，故世称康肃公。陈尧咨人生最为光辉灿烂的"亮点"，是一千二百年前考取那一个庚子年的进士第一——即宋真宗咸平三年（公元 1000 年）庚子科状元。他的大哥陈尧叟为宋太宗端拱二年（公元 989 年）状元。兄弟同为状元，自然是备受世人称颂。陈尧咨还是一位著名的书法家，而且其射技亦超乎群伦，曾以铜钱为的，一箭穿孔而过！可见，这位陈康肃公绝对称得上是一匹杠杠的"千里马"！

不过，欧阳文忠公在《卖油翁》起首便开宗明义："陈康肃公尧咨善射，当世无双，公亦以此自矜。""自矜"一词，切中肯綮。有史料记述，陈尧咨善射箭，号称"百发百中"，世以为神，他也常常自称为"小由基"。因而，当卖油翁观看他射箭时，见其发矢十中八九，便轻轻地点点头，心里暗暗称道"还行"。而这位陈康肃公却以为卖油翁点头点得不够重、钦佩钦得不够深，居然心中老大不高兴地连连质问，"吾射不亦精乎？""尔安敢轻吾射！"大人物的小家之气溢于言表。用今天的话来说，这就有点格局太小，有点"作"了。

俗话说得好，行行出状元。这位卖油翁也是卖油行当里的"油状元"。你看他不慌不忙地展示自己的绝技，透过一枚铜钱的钱孔，把油倒进葫芦里，而钱孔边上并没沾到一滴油星。然后，他气定神闲地说："我亦无他，惟手熟尔。"言下之意，射箭射个十中八九，也没啥值得大惊小怪的，不过手熟而已。如果把这两位"状元"放在天平的两端称一称，孰轻孰重，不言自明。孔子曰："如有周公之才之美，使骄且吝，其余不足观也已。"周公是孔子毕生顶礼膜拜的圣人，岂是"千里马"所能比拟的！然而，即使是"才美"如周公那样的大圣，一旦"骄且吝"，在孔子看来，其他方面也就不值一提了。而陈尧咨这匹"千里马"却有些过分"自矜"，犯了一个"骄"字；跟一位卖油翁又斤斤计较，格局狭小，又犯了一个"吝"字，其余也就可想而知了。所以史书称"尧咨性刚戾，数被挫，忽忽不自乐"，也是陈康肃公这匹"千里马"内心太强劲而又褊狭之必然结局吧。

我的好友某君不止一次跟我讲过，"千里马"多毁于"骄且吝"，毁于"自矜"且"作"，有的是"作"，有的是"狂"，更多情形是既"作"且"狂"，影响其成长为真正的"千里马"。尽管有些"千里马"的确能够"日行千里，夜走八百"，但在其他方面却"不足以千里称也"。他剖析并总结了一起共过事的十几匹"千里马"的"三个十年怪圈"——大多是前十年刚走上工作岗位，默默无闻甚而有点自卑；

再过十年崭露头角做出点成绩，又颇有些自负，就有点"狂"且"作"了；直到最后十年才明白如何踏实工作、怎样与同事和谐相处，然而惜乎晚矣，很快便"船到码头车到站"了。更有甚者，不仅"骄且吝"，而且"狂"且"作"，甚至折腾来折腾去最终生生地把自己折腾"折了"，"千里马失蹄撵不上拐骡子"，亦不足稀奇。对于这些"才美不外见"的"千里马"来说，是多么遗憾而悲哀啊！

这也正是柳柳州的《黔之驴》和韩文公的《马说》，乃至于欧阳文忠公的《卖油翁》以及韩非子的《滥竽充数》，留给后人最宝贵的经验和教训：有本事的不要"狂"，没本事的不要"装"。诚如鲁迅先生所说的那样，"是黄莺便黄莺般叫，是鸱枭便鸱枭般叫"。老老实实以真面目示人，既不拿腔作调虚张声势打肿脸充胖子，更无须摇头晃脑装腔作势借以吓人。如是而已。

（原载于 2021 年 1 月 15 日《谚云》公众号）

吹与贪

——读《罴说》与《蝜蝂传》有感

　　韩退之与柳子厚，皆为唐代文坛领袖，亦是千古文章巨擘。南宋文人罗大经博极群书，对先秦、两汉、六朝乃至唐宋文章，多有精妙见解。他在《鹤林玉露》中评价韩柳文章时说，"韩如美玉，柳如精金"，这似乎是"无差别"的称赞，都是极品高文。又说，"韩如静女，柳如名姝"，一个是小家碧玉，一个是高第名媛，这就有点"倾向性"了。接着又说，"韩如德骥，柳如天马"，德骥才高德懋，境界高远，然而循规蹈矩；天马飒沓行空，独往独来，潇洒不受拘羁——这就明显"选边站"了。苏东坡对于韩柳文章亦有所偏爱，一边盛赞韩愈"文起八代之衰，道济天下之溺"，一边于晚年贬谪海外时，又遴选陶（渊明）柳（宗元）二集随身，格外垂青。我个人私下亦以为，退之名高，子厚文好，相较之下，柳文更加清奇、洒脱、凌厉、深邃、幽默、细腻，有情致，有韵味，有针砭，有风骨。尤其是他的杂文，千年之后读来，皆可对应于今日之世相众生，犹自历历然如在目前。

　　柳公杂文多精短而有深味。譬如《罴说》，全文仅用 130 个字，就把平时不肯修炼内功、只倚仗外部势力、利用欺诈手段讨生活，最终原形毕露害死自己的"典型人物"和"典型事件"，剖析阐说得淋漓尽致。《罴说》开头即排出一个动物世界"食物链":"鹿畏貙，貙畏虎，虎畏罴。"也就是说，貙能吃掉鹿，虎又能吃掉貙，而罴又能干掉虎。貙，读作 chū，《尔雅·释兽》曰"貙似狸"，是一种形状似狸而又大如狗的野兽。罴，读作 pí，《诗经·大雅·韩奕》即有"赤豹黄罴"，罴俗称人熊，憨猛有力能拔树，老虎在它面前也只是"小菜一碟"。楚地南部有一位猎者，能用竹管吹出各种各样野兽的声音，而且惟妙惟肖，足以乱真。他准备猎杀鹿，就吹鹿的叫声——鹿是一种仁兽，发现食物后呼朋引伴一起共享，所以《诗经·小雅·鹿鸣》有"呦呦鹿鸣，食野之苹"——鹿听到同伴呼唤跑过来了，貙也循声跟踪而来；猎者害怕貙，便赶紧吹起虎的啸声，意欲吓跑貙，没想到真招来了虎；貙跑了，虎来了，猎者更加害怕了，于是急忙吹起罴的叫声；虎听到罴的叫声逃跑了，而罴听到同伴的呼叫却赶来了，看见缩成一团的猎者，撕巴撕巴便吃掉了。所以柳公在文末感叹道:"今夫不善内而恃外者，未有不为罴之食也。"

但我读罢此文却有些另外的想法。首先，是这篇文章为什么要叫《罴说》呢? "鹿畏貙，貙畏虎，虎畏罴"，貙也讲到了，虎也谈到了，罴也说到了，为什么单单叫《罴说》呢? 该文的主人公无疑是猎者，猎者的典型行为则是"吹"，就算是罴站在"食物链"的顶端，标题也应该叫《吹罴》或《吹罴说》吧，而文章圣手柳公却将它命名为《罴说》，想必自有其深层原因，只是浅陋如我者不得其解而已。

其次，是这篇文章的思想内涵和哲学意蕴，远远超乎柳公解读的"不善内而恃外者，未有不为罴之食也"。比如，那位猎者的初始目标是猎物——鹿，但吹出鹿的鸣声，不仅引来了鹿，同时也招来豺，接连又招来了虎，招来了羆，招来杀身之祸。《左传·襄公二十三年》讲过："祸福无门，惟人所召。"猎者原本是为谋私利而搞出一个小问题，可是为了解决或曰掩盖这个小问题，从而制造了一系列中问题，直至积攒成一个致命的大问题，才导致其走向根本性毁灭覆亡。这不仅是一个关乎道德、心术与智商的人性问题，似乎还是一个重要的哲学命题，是一个关乎世界观和方法论的问题。再比如，你我都并不陌生的"某些人"，常常借助一张能吹会谝的利口，利用信息不对称，侥幸彼此不对质，私下里游说张三倒李四，离间王五攻赵六，摇唇鼓舌搬弄是非毁人不倦地"瞎吹吹"，然而令其万万没想到的是，张三、李四、王五、赵六都有可能转变成《羆说》中的鹿、豺、虎、羆，于是乎"某些人"最终把自己彻底地"吹瞎"了！本来处心积虑擘画着自身渔利的同时，还可以因利乘便挖坑陷人借刀杀人的"某些人"，却未料到事态发展并不以人的主观意志为转移，结果是三寸舌害了七尺身，到头来被套路被戏耍被揭露被耻笑被推进坑里像羆一样"摔搏挽裂而食之"的却是乖觉伶俐的阁下本尊！这就是《易经·夬卦》所谓"扬于王庭，孚号有厉"；这也是俗话常说的"害人开始，害己告终"；这更像是《红楼梦》里"明是一把火，暗是一把刀"的王熙凤之人生大结局——"机关算尽太聪明，反误了卿卿性命"！如此这般，这般如此，由《羆说》所引发出来的无尽遐思，又何止柳公所谓"不善内而恃外者"所能完全涵盖包蕴得了的？这就是传世之经典文章的"溢出效应"所在吧。

《蝜蝂传》是柳公的另一篇经典杂文。蝜蝂，读作 fù bǎn，是一种善于驮东西的小虫。这种虫颇受"拿来主义"思想支配,它天然具有一种见东西就抓取的本领,并把所有能"拿来"的东西全都搞到背上驮着,一边负重前行,一边到处抓取。由于抓取太多、驮负太重,把腿脚都压瘸了,以至于趴在地上动弹不得。有人可怜它,帮其把背上的东西扒拉下来一些。但它一旦能动弹,便故态复萌,又开始奉行"拿来主义"四处抓取;其天性又喜欢往高处爬,终于筋疲力尽登高跌重摔死了。所以柳公总结道,"今世之嗜取者,遇货不避,以厚其室,不知为己累也,唯恐其不积",乃至于有的被"货"压倒了,有的被免职撸掉了,有的被彻查处理了,但他们一旦有机会东山再起,依旧每天构想着"高其位,大其禄,而贪取滋甚,以近于危坠",并未记取之前的惨痛教训。故柳公鄙夷哂笑这类人物:"虽其形魁然大者也,其名人也,而智则小虫也,亦足哀夫!"

每一次赏读柳公《蝜蝂传》,我都会闭目沉思好一会儿,体会文意,低回流连,叹惋再三,击壶成缺也!小虫蝜蝂的悲剧在于,一是"嗜取",二是"不知戒"。村下有一句老话常说,"狗改不了吃屎的本性",那是一种狗性或曰动物性;蝜蝂改不了"嗜取"的本性,那是一种虫性或曰生物性;而人作为"万物之灵长",则不应当"嗜取"成性欲壑难填,更不应该在"拿来"的道路上滑下去而"不知戒",不收手,不收敛,不作死,不罢休。老子曰:"知足不辱,知止不殆,可以长久。""嗜取"者不"知足","不知戒"者不"知止",岂可"不辱""不殆""长久"乎?生物界之"行遇物,辄持取,卬其首负之"的小虫蝜蝂,不正是人类社会历史上"贪取滋甚"者最典型的生物标本吗?有学者考据称,《尔雅·释虫》里的"傅,负蝂”，就是柳文中的蝜蝂。但也有考据者说，生物界压根儿就没有蝜蝂这种小虫，是柳宗元虚构创作出来的。其实，经典作品的思想力，艺术创作的生命力，本来就包蕴在“虚有其事”的真实性中。换言之，艺术性的虚构，乃更高层次的真实。试想，“嗜取”的蝜蝂，不就是《诗经·大雅·桑柔》中的“大风有隧，贪人败类”吗？“不知戒”的蝜蝂，不正是俗话所说的“前车倒了千千万，后车倒了亦如然”的屡教不改重蹈覆辙者吗？就算《蝜蝂传》是一篇虚构的寓言吧，如果你用柳公笔下的蝜蝂之行径，比照现实世界“其形魁然大者也”“而智则小虫也”者所在多有，就完全可以理解，仅只短短167字的《蝜蝂传》，缘何能成为一篇传世经典妙文！

而且，柳公的《罴说》与《蝜蝂传》同样宣示，“嗜取”而“不知戒”，乃人欲之万丈深渊。英国谚语说得好，私欲填满半个地狱。虽然不敢说“放下屠刀，立地成佛”，但是如果能够“知戒”“知止”，及时止损回头是岸，《罴说》中的猎者是不至于玩掉小命的。他原本上山时是带着“弓矢罂火”的，完全可以对付比狗略大一点的貙，安全撤退应当是不成问题的。然而，正如柳公在《全义县复北门记》中所说的“愚莫大于恡且诬”。“恡”即“吝”也。最愚蠢的行为莫过于贪婪悭吝更兼捏造谎言欺诈成性。孔子曰：“小人行险以徼幸。”又曰：“惟上智与下愚不移。”天纵之圣与冥顽不化的愚人，是永远不会改变自己的，前者言为士则行为世范不必改，后者混淆是非怙恶不悛不肯改。猎者侥幸以为凭借其拿手“吹技”，吹虎啸而驱走貙，结果却是吹虎啸而招来罴，铤而走险一条黑道上走到死！套用一句柳公的名言，愚莫大于三桩事——“不知戒”“不知止”“不能移”。

英国著名传记作家、批评家李顿·斯特雷奇说："经典永远是现代文学。"柳公的《罴说》和《蝂蝂传》，今天读来同样具有阅读鲁迅先生"揭出病苦，引起疗救"的经典杂文之价值和意义。所谓经典永流传，指的就是杰出的经典作品——特别是优秀古典文学作品，不仅具备恒久的经典性与历史意义，同时也具有深刻的现代性与现实意义。

（原载于 2021 年 5 月 1 日《谚云》公众号）

晏子为什么辞姣？

孔子在《论语》里两次感叹道："吾未见好德如好色者也。"

其实，好德远超好色者，孔夫子还真见到过。至少有晏子。

晏子，姬姓（一说子姓），晏氏，名婴，字仲，谥平，史称晏平仲，夷维（今山东高密）人。春秋时期齐国上大夫、相国。我国古代著名的政治家、思想家、外交家。历史上流传着有关晏子的典故很多，如"南橘北枳""折冲樽俎""烛邹亡鸟""二桃杀三士"等，其中"晏子辞姣"是一则具有跨时代意义的好德胜于好色者的故事。

《晏子春秋》记载："景公有爱女，请嫁于晏子。公乃往晏子之家，饮酒酣，公见其妻曰：'此子之内子耶？'晏子对曰：'然，是也。'公曰：'嘻！亦老且恶矣。寡人有女，少且姣，请以满夫子之宫。'"

齐景公看见相国晏婴之妻，直言不讳地说，嗨，又老又丑！并说，我的女儿年轻美貌，让她给你做个内室吧。

噫！这位齐景公该有多么"体贴"臣子，"理解"男人啊！

齐景公乃春秋时代齐国的第二十六位国君，姜姓，吕氏，名杵臼。杵臼之杵，是舂米用的粗木棒；杵臼之臼，是舂米用的凹形槽，上古时代先民们把土地捣成结实的半圆坑作臼来舂米，后来则将石头凿成碓臼。俗话说的"头九二九，冻破碓臼"，指的就是这个物件。

《周易·系辞下》云："断木为杵,掘地为臼,杵臼之利,万民以济,盖取诸《小过》。"所以古人特喜欢用杵臼作名字,取以利万民之意。景公杵臼既是一位有抱负的君主,也是一个会享受的顽主。他一方面任用晏婴、弦张、司马穰苴等贤臣治国整军,同时又宠信梁丘据、裔款等奸佞,并与之声色犬马寻欢作乐,而且还试图普施甘露"与臣共乐",让相国晏子也"乐和乐和"。

齐国国君有个"好色"的传统。譬如齐国的第十六位国君、"春秋五霸"之首的齐桓公小白,就对其相国管仲直白表达过自己特好色。《管子》记载:"桓公谓管仲曰:'寡人有大邪三。不幸好畋,晦夜从禽不及,一;不幸好酒,日夜相继;二;寡人有污行,不幸好色,姊妹有未嫁者,三。"好田猎,好饮酒,最多算个缺点吧;而好色好到霸住家里的姊妹不能出嫁,那就是乱伦之罪恶了!齐桓公的哥哥齐襄公,更是长期与自己的同父异母妹妹文姜(鲁桓公夫人)跨国私通,并谋杀了妹夫——鲁国的国君鲁桓公,不仅引来杀身之祸,还由此引发国家动乱。《诗经·国风·齐风·南山》讽吟的就是这桩乱伦公案:"南山崔崔,雄狐绥绥。鲁道有荡,齐子由归。既曰归止,曷又怀止?"末二句指斥,既然已经出嫁,还纠缠瓜葛什么!故后世将乱伦男性称为"雄狐",比如唐代杨贵妃的哥哥宰相杨国忠便是"雄狐"一枚。

回到齐景公。景公杵臼是个著名的美男子,史称其"容貌娇美,有羽人之姿",即使男性小吏看到他都能看呆。有美父必有美女。故齐景公说自己女儿"少且姣",那是"十两银子一锭"的!也是多少豪门巨室高官阔少"求之不得,寤寐思服""才下眉头,却上心头"的!

谚云："财色动人心，儿女痛人心。"还说："只因天下美人面，变尽世上君子心。"别说是国君的公主，仅凭青春靓丽这一点，就不知道有多少"君子"五迷三道失魂落魄！可是，当齐景公主动提出要给相国晏婴换个老婆，而且还是自己的宝贝女公子时，晏子是如何表现乃至表态的呢？

"晏子违席而对曰：'乃此则老且恶，婴与之居故矣，故，及其少而姣也。且人固以壮托乎老，姣托乎恶，彼尝托而婴受之矣。君虽有赐，可以使婴倍其托乎？'再拜而辞。"（《晏子春秋》）晏子对齐景公说，我的老妻现在的确老了，也不漂亮了，可她当初也年轻过，漂亮过。再说，人生本来就是把青春托付给老景，把美貌托付于皱纹。我的妻子当初把她的终身托付给我，我郑重接受了她的托付，并发誓要一生守护她。难道让我背叛自己当初的誓言吗？于是晏子断然辞姣！

肺腑之言，致良知也。晏子实实在在地告诉景公，比"声色货利"更宝贵的，还有坚守与忠诚，还有深情与良心。

这不禁使我想起了千千万万现代人的结婚场景：在富丽堂皇的礼堂或教堂里，主持人或牧师发问："无论富贵贫穷，无论健康疾病，无论人生的顺境逆境，在对方最需要你的时候，你能不离不弃终身不离开直到永远吗？"一对对璧人一手按着胸口，一手按着《圣经》，庄严地宣誓："我能！"可是有多少人转眼间就"痒"了，就忘记了自己的旦旦誓言，说背叛就背叛了，说苟且就苟且了，说侯门一入深似海就深似海了，说从此萧郎是路人就是路人了！不然的话，世界上就不会有那么多古代与当代的陈世美！政商界也不会有那么多"权色交易"和"钱色交易"！尘世间更不会源源不断地流传着"一个固定的，两个稳定的，三个流动的，其他都是一次性的"之类的淫词滥调！

晏子和孔子是同时代人，与孔子有过几次交往或曰交手。史料记载，孔子身长九尺六寸，而晏子身长不满六尺，二人相对，个头悬殊。晏子出生年代不详，比孔子早去世半个世纪，大约长孔子三十多岁吧。晏子作齐景公相国之时，三十五岁的孔子来到齐国，做了上卿高昭子的家臣，并通过高昭子见到齐景公，相谈甚欢。齐景公打算给孔子赐爵封地，遭到晏子的反对而作罢。然而，孔子始终对晏子敬重有加。他说，"晏平仲善与人交，久而敬之"，并称赞"晏子果君子也"。

其实，孔子还应该给予晏子一个更高的评价："吾未见好德如好色者也。仅见晏平仲一人而已！"所以说，晏子虽身长不满六尺，却是中国历史上的伟丈夫！

（原载于 2019 年 2 月 25 日《谚云》公众号）

孔子为什么只讲"以身为本"？

这个题目，也可以做成《孔子为什么不说"以人为本""以民为本"或"以仁为本"？》

客观、历史、真实地讲，没有轮上。

首先，孔曰"仁"，孟曰"义"。《论语》中有多处记载孔子讲到"仁"。譬如，"里仁为美""泛爱众而亲仁""当仁不让于师""克己复礼为仁""仁者安仁知者利仁""知者乐水，仁者乐山""知者不惑，仁者不忧，勇者不惧"，等等。可以说，"仁"是孔子核心思想的全部精义所在。换言之，孔子是中国历史上最应该提出"以仁为本"者；然而，没轮上。

《诗》云："赳赳武夫，国之干城。"自古言兵法者，必推司马穰苴与孙武。《孙子兵法》现仍保存完好，故孙武被后世誉为"兵圣"；而《司马穰苴兵法》今已不可见（现存所谓《司马法》仅为钩沉残编，可见一斑而已）。然而，就是这部残缺的兵书《司马法·仁本第一》讲道："古者以仁为本，以义治之之谓正。"既然说"古者……之谓正"，可见首先提出"以仁为本"这一兵法与哲学范畴者，至少在司马穰苴以前。虽然也不能排除古代兵法中早已有"以仁为本"这层意思，只是尚未有"以仁为本"这个具体提法，但至晚在《司马法》中已然具体地提出"以仁为本"这个概念。司马穰苴，本名田穰苴，是春秋末期齐国田氏的支庶。齐国相国晏婴向齐景公保荐田穰苴率军打仗，其"文能附众，武能威敌"，凯旋即升任大司马，故称司马穰苴。尽管《史记》中有《司马穰苴列传》，然其生卒年月不详。参照推荐他的晏子比孔子年长近三十岁，亦可推见穰苴应该比孔子要年长一些；加之《司马法》中又有"古者以仁为本……"云尔，所以说，即使天天大讲"我欲仁，斯仁至矣"的孔子，也再无提出"以仁为本"的机会。

其次，仁者爱人。"仁"的核心是"爱人"。《论语》和《礼记》中亦有多处记载孔子讲到"爱人"。"樊迟问仁，子曰：'爱人。'"（《论语·颜渊》）"厩焚。子退朝，曰：'伤人乎？'不问马。"（《论语·乡党》）"仁者人也，亲亲为大。"（《礼记·中庸》）"古之为政，爱人为大。"（《礼记·哀公问》）既然"仁"的核心是"爱人"，那么孔子也是中国历史上最应该提出"以人为本"者；可是，依然没有轮上。

据现在所能看到的史料记载，最早提出"以人为本"的是春秋时期齐国的相国管仲。管仲，颍上（今安徽省颍上县）人，姬姓，管氏，名夷吾，字仲，谥敬，故史称管敬仲，后世尊称管子。他是一位辅佐齐桓公九合诸侯一匡天下成就霸业的卓越政治家、哲学家、军事家。他的政治哲学就是实用二字，故深知得人之重要性。他在《管子·权修》中讲道："一年之计，莫如树谷；十年之计，莫如树木；终身之计，莫如树人。"并在《管子·霸言》中进一步申述："使能则百事理，亲仁则上不危，任贤则诸侯服。"正是他在《管子·霸言》中首次提出："夫霸王之所始也，以人为本。本理则国固，本乱则国危。"管仲去世于公元前645年之后近一个世纪的公元前551年，孔子才降生。即使天纵之圣，也再没有机会提出对后世影响深远的"以人为本"的哲学命题。

再者，"国以民为本，社稷亦为民而立"（朱熹语）。孔子一生讲"仁"行"仁"，强调"爱人"，自然也包括爱民。"子曰：'道千乘之国，敬事而信，节用而爱人，使民以时。'"（《论语·学而》）"子贡曰：'如有博施于民而能济众，何如？可谓仁乎？'子曰：'何事于仁？必也圣乎！尧舜其犹病诸！'"（《论语·雍也》）"修己以安百姓，尧舜其犹病诸！"（《论语·宪问》）可以看出，孔子是多么强调并重视民本思想啊！所以说，孔子也是中国历史上最应该提出"以民为本"者；然而，还是没有轮上。

稽考中华民族的民本思想，由来远矣。《诗经·商颂·玄鸟》即有"邦畿千里，惟民所止"，《尚书·五子之歌》亦有"民惟邦本，本固邦宁"，《老子》四十九章也有"圣人无常心，以百姓心为心"，《左传·哀公元年》也说"国之兴也，视民如伤，是其福也；其亡也，以民为土芥，是其祸也"等语。是啊，国家力量具体体现的就是人民的力量："财须民生，强赖民力，威恃民势，福由民殖，德俟民茂，义以民行。"（《三国志·吴书·骆统传》）所以孟子才把"民本思想"强调到"空前高度"："民为贵，社稷次之，君为轻。"（《孟子·尽心下》）所以唐太宗才讲："为君之道，必须先存百姓。若损百姓以奉其身，犹割股以啖腹，腹饱而身毙。"（《贞观政要·君道》）据现有史料记载，最早明确提出"以民为本"者，是春秋时期齐国的相国晏婴："卑而不失尊，曲而不失正者，以民为本也。"（《晏子春秋·内问下》）晏子是中国古代著名的政治家、思想家和外交家，比孔子年长近三十岁。当孔子三十五岁到齐国拜谒齐国国君齐景公时，晏子已是年过六旬的齐国老相国矣。细心的读者已然注意到，这三个重要哲学范畴均出自齐国。——不用说，孔子依然没有机会提出"以民为本"这一对后世影响极其深远的民本思想。

窃以为，这可能也是孔子为什么强烈"好古"的一种深层原因之所在吧。

孔子自我评价："我非生而知之者，好古敏以求之者也。"（《论语·述而》）"敏"有黾勉、努力、用功之义。"好古敏求"，则是喜好古人的思想和学说，并去努力地探求它的深意——即"道心惟微"之所在。明代大儒王阳明对之解释得很到位："好古敏求者，好古人之学，而敏求此心之理耳。"孔子还说自己："述而不作，信而好古。"（《论语·述而》）宋代大儒朱熹集注："述，传旧而已；作，则创始也。"考求孔子一生对传统文化（特别体现在整理"六经"方面）的最大贡献——"删《诗》《书》，订《礼》《乐》，赞《易》著《春秋》"，其他五经只是整理删订阐发"故有"之经典，而"创作"则只有一万八千字的《春秋》一部而已，基本上可以概括为"述而不作"。为何"不作"？大概是因为孔子生活的年代所能见到的"故有"文本，实在是太高太大太灿烂太经典了吧？譬如仅仅以四个字呈现的"以人为本""以民为本"和"以仁为本"，即是很好的范例。

所以，孔夫子在"以……为本"为范式"造句"时，就"造"出了一个"以身为本"的全新理念。《大戴礼记·子张问入官》记载："孔子曰：'……故君子南面临官，贵而不骄，富恭有本，能图修业，居久而谭，情迩畅而及乎远，察一而关于多，一物治而万物不乱者，以身为本者也。'"孔子讲"以身为本"的前提，是"君子南面临官"——即是对做官的人来说的。"一物治而万物不乱者，以身为本者也"，讲的是做官的首要条件是做人，必须以身作则，率先垂范，做好自己。

其实，不仅是做官，无论从事什么职业的人，做好自己都是做好一切工作的前提。汉代韩婴《韩诗外传》记述孔子的两位高足曾子和子贡的一段对话："曾子曰：'君子有三言，可贯而佩之：一曰无内疏而外亲，二曰（无）身不善而怨他人，三曰（无）患至而后呼天。'子贡曰：'何也？'曾子曰：'内疏而外亲，不亦反乎？身不善而怨他人，不亦远乎？患至而后呼天，不亦晚乎？'"此三言真可谓醍醐灌顶，甘露洒心，是值得世人终身记取的至理名言。其中，"身不善而怨他人"，不就是说那些不能"以身为本"而只管把自己搞砸事情的责任统统推给他人的人吗？其结果不仅只是一句轻轻的"不亦远乎"，甚而还会"患至呼天"，肠子悔青，噬脐莫及。

数千年来，儒家所一直倡导奉行的"修齐治平"，就是从"修身"——即"以身为本"开始的。任何一个人，只有从做好自己开始，然后才有可能做好一切。故《诗经·大雅·思齐》云："刑于寡妻，至于兄弟，以御于家邦。""刑"同"型"，即标准和模范。诗的大意讲的就是以自身的良好品格和行为，为妻子兄弟树立榜样，并从家庭一直影响到邦国的治理。所以《孟子·尽心下》曰："身不行道，不行于妻子；使人不以道，不能行于妻子。"讲的也是"以身为本"、身行正道的重要性。不然的话，无论何等量级的人物，口是而心非，言清而行浊，连家人和身边人都不会相信他，其身不正，虽令而不从也。

所以说，孔夫子提出"以身为本"，并非只是"造"一个"以……为本"的句子充数而已，而是非常强烈地强调，从政者首先必须从自我出发，正心诚意，做好自己，向我看齐。所以说，"以身为本"是根本之本，核心之本，本中之本。一旦离开了"以身为本"，所谓的"以人为本""以民为本"和"以仁为本"以及其他什么"本"，都不过是玩文字游戏耍花架子而已。

（原载于 2019 年 2 月 25 日《谚云》公众号）

耳朵吃什么？

　　我的一位叔叔是个老中医，很爱琢磨事情。他曾对我说，人的五官长得很有意思：两只眼睛，看好事也看坏事；两个鼻孔，闻香的也闻臭的；两只耳朵，听好话也听赖话；只有一张嘴巴，除了吃饭，说话要算数。"说话要算数"，不仅强调要说真话，还强调无信不立，做人就要像《史记·游侠列传》中的游侠儿，言必信，行必果，重然诺。不过，我叔认为五官中具有吃功能的只有一张嘴巴，似可商量。比如，眼睛也吃——秀色可餐，耳朵也吃——不是有"耳食"之说吗？

　　那么，耳朵吃什么？

　　耳朵很挑食。

　　首先，吃软不吃硬。举例说吧，我前些日子回某市办理调动手续，到人事局取资料，看到不少人围着一个人某科长长某科长短地叫，一边点头哈腰，一边敬烟。被称作某科长的那位虽然暂不办事，但总是呈现着一张笑脸，永不走样。看着某科长长时间侃大山闲聊天，我说，您能否帮帮忙，办完事再聊天？某科长那张蒙娜丽莎永恒微笑着的脸陡然变色，使我用了三天时间费了九牛二虎之力方才盖完一个公章。唉，"食不厌精，脍不厌细"，某科长们的耳朵专拣柔软滑溜些儿的吃，如此偏食，日久天长必然养娇了耳朵。我天生一张乌鸦嘴，不碰钉子便碰壁，自是活该。

其次，吃麻不吃辣。 我们家乡有个笑话，说某人做官提升得快，老婆问他有何诀窍，他说他的法宝是"好马快刀"。问他骑的什么马？吹牛拍马；使的什么刀？两面三刀。的确，擅长两面三刀的吹牛拍马之徒，在上司面前专拣肉麻好听的说，如吴侬软语，似切切情话，莺歌燕舞，千娇百媚，耳朵听了能不受用？说真话就不同了。既没有那般声口，也不会那番做工，直截了当，一针见血，诤言逆耳，尖锐辛辣，也难怪人们的耳朵挑三拣四吃麻不吃辣了。不过，谜底揭穿了，拍马是为了骑马。否则，人家挖空心思积攒了那些麻酥酥的好听话，为何偏偏讲给你听？难道怕你那双娇贵的耳朵饿出"耳溃疡"来不成？

第三，吃肥不吃瘦。 关于这一特性，有一首古散曲概括得很精当，谨录如下：

〔耍孩儿〕

无钱啊，思量泪打腮边转，愁恨情怀怨什么天！光阴世事多更换：有钱呵，红缨白马人称美；无钱呵，攥手空拳骨肉嫌，衣衫褴褛人轻贱。有钱呵，胡言乱语全有理，无钱呵，说出立国机关总枉然。到如今参透了人心面，有钱的人前说好，无钱的怎敢当先！

我曾跟朋友们开玩笑说，世界上什么眼最好看？不是丹凤眼，不是杏壳眼，而是"钱眼儿"。有些人的耳朵就好像是从钱眼儿里长出来的，食性极刁，吃肥不吃瘦，认钱不认人。

第四，吃上不吃下。也许有人会说，软硬、肥瘦、麻辣好理解，这上下如何个吃法？据报载，今年长江沿岸发大水，受灾某县有个女孩子考上大学。一位高级领导知情后说，一定要让这样的孩子们上了大学。就这么一句话，被该县领导"耳食"了。他们立即决定，由县长亲自率领一班人马敲锣打鼓护送女孩入学，并宣布她上大学四年的全部学费和生活费用由县财政负担。虽说这与那位高级领导的初衷相违背，但该县的领导的确听觉灵敏，反应神速，只要是上边的话，他们的耳朵便能及时"吃"住，深刻领会，超常发挥，甚至不惜闹出笑话，演出闹剧来。然而，这种笑话，这类闹剧，又岂止某县所独有！

每一个人的耳朵都有自己的食性。

我们从小到大，耳朵听到的，书上看到的，大多鼓励说真话。但你想说真话，还得遇到想听真话的耳朵。1995年我在《战略与管理》杂志做编辑。其时，美国著名经济学家克鲁格曼教授在《外交》季刊撰文指出，东亚经济繁荣的神话不过是个"纸老虎"，用不了多久就会崩溃。这话自然大逆亚洲政治家和经济界人士之耳，连我国的一些经济学家也"义"形于色，群起而攻之，斥骂克氏纯粹是一种阴暗的嫉妒心理。可是才不过两年，东亚经济吹起的泡泡真的崩裂了，我们的经济学家也随即哑口无言了。今天回过头审视一下：三年前，亚洲可曾有哪一位政治家的耳朵听进了克鲁格曼的预言呢？

冯梦龙在《挂枝儿》一书说过，人有几个"劝不得"，如吝啬，如好色。近年官场常有因贪财好色而翻船落马的"59岁现象"，想在下台前最后捞一把，失了晚节。劝不得，听不进，往往误了卿卿性命。按照孔夫子"六十耳顺"的说法，人活到 60 岁才长出一只听得进不同意见的耳朵，那未免太晚了。古人所谓聪明，包含着耳聪目明的意思。我叔还说过，人常说睁一只眼闭一只眼吧。你想想，人在什么状态下才睁一只眼闭一只眼呢？打枪的时候，放箭的时候。那种睁一只眼闭一只眼的态度，也许正包藏着祸心，想看着你落井。不管别人睁一只眼还是闭两只眼，我们自己要睁开两眼看世界。同样，人长着两只耳朵，不仅光吃软的、肥的、麻的和吃透上边的精神，也要吃得消硬的、瘦的、辣的和来自民间的声音。不要一听到不同或者相反的意见，就装聋作哑，甚而恼羞成怒。要知道，挑食的耳朵，很容易自食其果。

（原载于 1998 年 12 月 23 日《文汇报·笔会》）

羡慕嫉妒恨

　　不要把它分开来读，也不要写成"羡慕、嫉妒、恨"或者"羡慕·嫉妒·恨"，那将会削弱它的表达效果，甚而使之韵味尽失。"羡慕嫉妒恨"是一种修辞。就像"神速麻利快"描摹一种"快"，就像"刁巧伶俐奸，敌不过忠厚老实憨"表达"老实常在，奸猾一时"之命意；把同义词或近义词反复叠加，说"快"就极言其快，说"奸"就极言其奸，通过紧凑、复沓的形式，表达鲜明、强烈的情感，追求一种奇特、夸张的效果。

　　而且，"羡慕嫉妒恨"不仅强化了中心词"嫉妒"的表达效果，还包含了嫉妒的结构层次和来龙去脉——嫉妒，从何而来，又将向何处去？

　　嫉妒从羡慕来。羡慕是看到别人有某种长处、好处或有利条件，希望自己也有；嫉妒则是看到别人拥有这些东西，情绪抵触，心生恨意，你越是"向阳石榴红似火"，他越是"背阴李子酸透心"。日本的阿部次郎在《人格主义》中讲道："什么是嫉妒？那就是对于别人的价值伴随着憎恶的羡慕。"歌德讲得更透彻："憎恨是积极的不快，嫉妒是消极的不快。所以嫉妒很容易转化为憎恨，就不足为奇了。"羡慕——嫉妒——恨，正好画出了嫉妒的生长轨迹，始于羡慕终于恨。羡慕只是嫉妒的表层，恨才是嫉妒的核心。

那么，恨什么呢？在我国古代的一些典籍中，把"嫉"和"妒"作了区分。王逸为《离骚》"各兴心而嫉妒"作注："害贤曰嫉，害色曰妒。"郑玄为《诗经·召南·小星序》"夫人无妒忌之行"作笺："以色曰妒，以行曰忌。"邹阳《狱中上书自明》亦讲道："女无美恶，入宫见妒；士无贤不肖，入朝见嫉。"译成现代文，"嫉"大概相当于"红眼病"，侧重点在才能和仕途；"妒"大约相当于"吃醋"，侧重点是性和情爱。撮其要旨，一"贤"一"色"，男才女貌，是最易招致忌恨的。这也正是孔子的高足子夏强调"贤贤易色"的原因所在吧？

由于嫉妒二字均有"女"旁，会让人联想到女性多嫉妒。然而事实上，男性在嫉妒这个领域里也表现得毫不逊色。《旧唐书》李益传记载，集大才子、大公子、大官人于一身的唐代大诗人李益，"少有痴病，而多猜忌，防闲妻妾，过为苛刻，而有散灰扃户之谈闻于时，故时谓妒痴为'李益疾'"。堂堂正史，专门记载以个人名字来命名的一种"疾病"，可见李益这爷们在该项目上的造诣之深。其实，嫉妒是人的一种本能。谁没有嫉妒过别人？你没有吗？谚云："炎凉之态，富贵甚于贫贱；嫉妒之心，骨肉甚于外人。"骨肉尚且嫉妒，况他人乎？所区分者，只是每个人的嫉妒心之强弱不同罢了。美国的一项研究表明，"微妒"可以激发人的进取心和竞争意识，似乎并非什么坏事。所谓"微妒"，犹如菜肴中起调味作用的佐料，而佐料终究不能当饭吃。如果一个人的嫉妒心过于强烈，"中夜恨火来，焚烧九回肠"，整日里痛苦着别人的幸福，幸福着别人的痛苦，长之以往，人何以堪！

常言道，距离产生美。可是近距离却产生嫉妒。《世说新语》里有"妒前无亲"一语，我觉得"妒前"（痛恨站在自己前面、超过自己的人）这个词儿特别精妙传神。培根说过："人可以容忍一个陌生人的发迹，但绝不能忍受一个身边人的上升。"我们平日里所说的"同行是冤家""文人相轻"，也是这个道理。尤其在文人堆儿里，有的人看见别人写一手好文章，极易产生瑜亮情结，一边妒火中烧，一边又讳莫如深，别有幽愁暗恨生，此时无声胜有声。说不出来的苦最苦，无言的嫉妒最深。人一旦暗生嫉妒，看人的眼光立马就"独到"了，量人的尺度也分外地"严格"了。他会凝神屏息地等待着你出点情况，甚而处心积虑为你设计制造一些情况。而真正的文人，又往往是些口无遮拦大行不顾细谨的人物，很容易让有心人抓住借题发挥的"把柄"——得！正愁没窟窿下蛆，来了个卖藕的——那还不从"人格"上彻底搞垮你！

嫉妒狂，是小人最显著的特征之一。何谓小人？唐太宗说得最简明：行善事则为君子，行恶事则为小人。《圣经》称嫉妒为"凶眼"。小人不仅有"凶眼"，而且还会充当"凶手"。因为一般的嫉妒，只是停留在心理层面上的"忌恨"，对别人并不造成伤害；而小人则会在"忌恨"之后采取一系列"后续手段"，用毁谤、打击甚而戕害他人的卑鄙手法来增加自己的相对高度，以达到其目的。因此，在嫉妒生成之后有无"后续手段"，是判断是否小人的一道分水岭。

"羡慕嫉妒恨"，一语五字，蕴含着多么丰富的内容啊！恨源于嫉妒，嫉妒源于羡慕——换言之，恨源于爱，嫉妒源于不如人。对一个人来说，被人嫉妒即等于领受了嫉妒者最真诚的恭维，是一种精神上的优越和快感；而嫉妒别人，则会或多或少地透露出自己的自卑、懊恼、羞愧和不甘，对自信心无疑是一个打击。学到知羞处，才知艺不精。一个人正是透过嫉妒这种难于启齿的情感，才真切地意识到了自己的不如人处。

（原载于 2007 年 4 月 3 日《今晚报·副刊》。2011 年 5 月 15 日发表于香港《大公报·大公园》）

鼠猫晤谈记

勇猛的金钱猫，终于将滔天鼠逼向死角了。滔天鼠猛回头举起右前爪，说出一番话来：

"猫公，时已至今，我死亦无憾，但请允许我说一句话——您咬死我亦即等于咬死您自己了！"

金钱猫陡然一惊，但马上冷笑了，冷冷道："说下去。"

"猫公，您以为鸡类、狗类和贵类，哪个更为主人——人类所钟爱些呢？这您当然清楚。鸡类谨小慎微，凭着自己的两个爪子扒食，还得每天下颗蛋呢。狗类生就一副谄媚相，既能守院欺生，又会摇尾乞怜，方讨得了主子的欢心。而贵类呢？嘴馋，爱睡懒觉，喜欢摆一副假僧假道（既念佛，又食肉）模样儿，这些都是主子所深恶痛绝的；唯有一技之长——逮鼠是好猫。试想，您如果一点也不珍惜身怀的绝技，把我辈一溜烟儿逮光了，自矜万物之灵长的人类，还会豢养您吗？"

说着，滔天鼠将一只前爪伸向金钱猫："请给支烟抽。"

二位天敌犬坐于墙角，各自吐着大大小小的烟圈，心里也在画着大大小小的圈圈。

"就拿咱们这家主人来说吧……"

你也配叫"主人"？！金钱猫胸中一股怒火升腾而起，但终于又压下去了。它恶狠狠地白了滔天鼠一眼。滔天鼠连忙改口道：

"就拿您这家主人来说吧，他老先生每天晚上和他老婆在枕头上嘀咕的，不也是这些吗？他说他是'屁点事局办不了科'的科长。为什么连屁点事都办不了呢？就是怕办了事也就了了他了。再说猫公您吧，初来之际，主人待您是何等殷勤热切啊！现在怎样了？三天两头骂懒嫌馋。他们哪里知道您已将我们六十四口之家剿灭殆尽，仅余我残生一条了！恕我直言，您倒不如隔壁王处长家那只老黑猫会来事儿。别看老黑——我们都这样称呼它——浑身油滚滚的，可一生也没有逮过一只鼠。人家只把您咬死的我那七孙娃子衔回家，每天早晨酒足饭饱之后，从柜子后边将七娃叼出来，当着主人的面耍弄一番，晚上再送回柜子后面，便一头钻进处长的热被窝里睡大觉去了！至于好处费吗，您就别问了。就连那位体态如猫、腰软臀圆、被我鼠国誉为'一枝花'的母鼠娇滴滴，最近也举家迁入王处长的官邸了——据说跟老黑早有一手咧……"

金钱猫直望着滔天鼠那细而长的尾巴，出神。

"您一定在想：放了我就是失职，失职就是对主子的不忠。事实上，主人他忠吗？他不也成天价跟老婆摇头叹气，说他是什么都看透了，人家局长可以在墙上随意挖门（包括后门）出进，而他却像只老鼠——嘻嘻，竟然像我辈——似的盗洞墙角通行；他不是说他已经查遍了人类历史的'流水账'，看清了人类的帝王，无一例外地宠信奸臣害忠臣，再利用忠臣捉奸臣，捉来害去，害来捉去，最终只留下一颗独裁的头吗？猫公，在主人眼里，我至多是个挖自家墙脚的奸臣，您也不过是个徒有名节的忠臣。诛除我辈之后，等待您的——既有'兔死狗烹'之先例，您也必将逃不脱'鼠尽猫除'的下场！猫公，我们好歹也在主人家里生活了这几年，难道公不闻，他那警察儿子与小偷拜把结了义，他那工商科长女婿常陪假冒烟酒贩子出入于饭馆子，他那当税务局长的堂表连襟也为偷税漏税的个体户主拍着胸脯打保票吗？唉，我的猫公，您何莫学夫人欤？"

金钱猫已不再是勇猛的金钱猫了，它甚而有些悔恨自己狂热的从前。它本想对滔天鼠说声"听君一席话，胜逮十年鼠"，但又觉得这样未免有失身份；它只缓缓地将眼光从滔天鼠的尾巴上移开去，喃喃地说：

"我总得工作呀……"

"工作？我工作就等于您工作了。这几天主人不是一直对您没个好眉眼吗？我去咬破那只新皮箱，他们就对您好了。"

"那怎么行呢？"

滔天鼠说声"小便一下"，便溜之乎也了。

三天后，二位又在墙根见了面。金钱猫满面春色，边剔牙边说：

"主人给我吃了三天肉了。"

"我加了三个夜班。"

"辛苦你了。"

"猫公说哪里话！"

"滔天……鼠贤弟，望今后继续合作，共存共荣。回头见！"刚走出两步，金钱猫又转回身来，"你最好再起草个条约，与主人通融通融，语气啦，措辞啦，要考虑周全些。写好了拿给我看。回头见——古得白！"

"白就白！"幽默的滔天鼠顺手捋了一把金钱猫的尾巴。

（收入拙著《女人是水》，1993 年，中国华侨出版社）

裸官巫臣

我国历史上有明文记载的第一位裸官，当属春秋时期楚国的公族大夫屈巫。屈巫本属楚国宗族，芈姓，屈氏，字子灵，亦称巫臣或申公巫臣，其行迹在《左传》中有多处记载。详细考察巫臣之生平事迹，完全符合裸官所必备的三大特征。

一曰官。成为裸官的前提条件，当然是官，而且还得是个响当当的实权派人物；否则便不能名之为裸官，更不可能具备"裸"——即出国跑路的资本和成本。当其时也，楚国并不像其他尊奉周天子的诸侯国——国君之爵位分为公、侯、伯、子、男五等，诸如宋公、陈侯、郑伯、滕子、许男等；那时的楚国国君僭越称王，俨然与周天子周襄王相颉颃，故楚庄王的宠臣公族大夫申公巫臣，便成了名副其实有权有势的实力派大员。所以，当公元前599年陈国的大夫夏征舒弑灵公而立成公之后，巫臣便力劝楚庄王兴师讨陈。当楚王在陈国意外收获绝色美妇人夏姬并欲收纳之时，巫臣义正词严地说："讨罪为义，贪色为淫，不可混同！"庄王深然之。当楚国将军公子侧（字子反）向庄王求娶夏姬时，巫臣又晓义动情地劝说："此妇人'妖子蛮，杀御叔，弑灵侯，戮夏南，出孔仪，丧陈国'，不祥莫大焉。天下美人多矣，何必娶此淫物？"楚王于是便把夏姬赐予连尹襄老。由此可见，申公巫臣的雄辩力与影响力有多么强大。

二曰公。成为裸官的充分条件，还须时时处处体现出一个公字来，无论干什么事情，都必须以公的名义，务须占用公家的资源，包括养小三、包二奶乃至于出国跑路诸事宜。话分两头，顺便交代一下夏姬这个大美人。《左传》"宣公九年""宣公十年""宣公十一年""成公二年""成公七年""襄公二十六年"及"昭公二十八年"等多处都写到夏姬，可见这是一个不可忽略的历史人物。夏姬乃郑国两代国君郑穆公之女、郑灵公之妹，出身高贵，美艳无匹，未出嫁即与其兄公子蛮私通，不及三年子蛮夭折；嫁给陈国的大夫夏御叔，生子夏征舒，十二年后御叔亡故。这便是巫臣所谓"妖子蛮，杀御叔"。后来陈国的国君陈灵公与两位大夫孔宁和仪行父共同宣淫于夏姬，三个变态的家伙穿着夏姬赠予的衵服（内衣）戏谑于朝，灵公说夏姬之子夏征舒长得像仪行父，行父笑答"亦似君"，夏征舒忍无可忍射杀陈灵公，孔、仪二人逃奔楚国，征舒旋被楚王擒杀，陈国亦险遭灭国。此所谓"弑灵侯，戮夏南，出孔仪，丧陈国"者也。及至楚王将夏姬赐予襄老，没多久襄老丧于军旅，夏姬又与襄老之子黑要悉淫，这破事不说也罢。再回到巫臣。此公行为做派，总是要打着"公"字旗号。而今已是楚共王时代，晋国讨伐齐国，齐国求救于楚国，楚大夫巫臣趁机捞到出使齐国的公差，拿着公帑护照，改道郑国迎娶二奶夏姬之后，一溜烟儿投奔楚国的仇敌晋国去跑路也么哥！

三曰裸。成为裸官的必要条件，说一千道一万，其中心事件核心价值还必须落实在"裸"字上。不然的话，仅《春秋》所载242年的历史当中，"弑君三十六，亡国五十二，诸侯奔走不得保其社稷

136

者不可胜数"，公卿巨室出逃者无算，均未摘取裸官之桂冠，更何况区区一个公族大夫乎？巫臣之所以能够成为中国历史上高官成功跑路第一人，就因为其裸奔系统工程顶层设计超前又先进。首先，家属财富全转移。巫臣在拿到出使齐国的公文后，所办的第一件事就是将家眷和财帛分载于多辆车上，托言到新邑去收赋，在其子狐庸的监押之下，先期出发向晋国扬长而去，故《左传·成公二年》称之"巫臣尽室以行"。轻装上阵，净身跑路，是谓一"裸"。其次，如愿赚得美人归。巫臣为得到夏姬真下苦力，上蹿下跳东奔西跑纵横捭阖折冲樽俎，周旋于楚郑齐晋四国之间，很是煞费苦心捻断数茎须。而后私订密约承诺娶夏姬为妻，并让她主动请求从楚国回到郑国，而郑国又恰好介于晋楚之间，于是乎因利乘便"窃妻以逃"。当初巫臣每每规劝他人勿娶夏姬之时，无不义形于色高调入云唾沫横飞，如今却正好应了一句老话：满嘴仁义道德，一肚子男盗女娼。撕破画皮，晒出灵魂，是谓二"裸"。最后，改换门庭开新局。敌人的敌人是天然盟友，晋与楚分别为当时最强大的两个敌对阵营之盟主。巫臣奔晋并通过晋卿郤至推荐给晋景公，很快便化危机为机遇，胜任愉快地做起了晋国的大夫。噫！这可与他平日在楚国的政治舞台上，摇头晃脑大讲特讲高风亮节忠君爱国的论调相抵牾！砍倒高粱闪出狼——是谓"全裸"。

然而，申公巫臣作为春风得意的楚国公族大夫，为什么要辞官弃爵背叛父母之邦而窜奔异国他乡呢？

难道就为了夏姬这个美人？正是。除此而外，其他理由并不充分，且缺乏史料支持。夏姬乃郑国的金枝玉叶，按照《礼记》所述周制女子二十而嫁，那么到其子夏征舒十八岁射杀陈灵公时，她至少已年近四旬。在我国有文字记载的历史上，还没有哪一个年届四十的美人，能像夏姬那样令恁多君君臣臣在其石榴裙下流连逡巡。这位勾魂摄魄的夏姬究竟有多么美丽？兹有一个旁证为佐——后来晋国的大夫叔向，欲娶巫臣与夏姬之女为妻，叔向的母亲极力反对道："子灵之妻杀三夫一君一子，而亡一国两卿矣，可无惩乎？吾闻之：'甚美必有甚恶。'夫有尤物，足以移人。苟非德义，则必有祸……"透过向母的咒语，恰好从侧面烘托出夏姬的美艳绝伦，风华绝代！只是，夏姬亦不过是当时历史条件下一个悲剧性的美丽道具。

平心而论，巫臣当初力谏楚庄王勿纳夏姬之时，应该是从现实情景出发真诚地捍卫公义的，至少他还不敢与楚王龙口夺食争风吃醋吧？待到将军子反求娶夏姬，巫臣虽然严词面折对方，然而却没奈何"尤物移人"，其色心色胆不免有些鼓胀活泛。及至楚王将夏姬赐予连尹襄老，他才啊耶一声跌足叫苦，为伊消得人憔悴也！诞生于公元前 551 年并撰写过《春秋》的孔子，正是看到历史和现实中有太多的陈灵公、仪行父、公子侧、屈子灵之流，才发出"吾未见好德如好色者也"的千古浩叹！

俗话说，贪财迷，好色毒。财与色，贪官裸官兼好之。再说楚国的两位执政重臣，令尹子重因巫臣劝阻楚王赐予封地结下梁子，将军子反则为巫臣横刀夺爱势不两立，再加上巫臣"客观上"又把两任楚王都狠涮了一把，故二子联手将屈氏族人子阎、子荡及清尹弗忌与连尹襄老之子黑要统统歼灭，并快意恩仇瓜分其室。老谋深算不择手段的巫臣，更不是什么省油的灯。他决定全盘实施复仇计划，向子重、子反下书道："余必使尔罢于奔命以死！"巫臣深知楚国的软肋何在，故祭出最阴狠的毒招，向晋侯献上"联吴疲楚"之计，使晋国联合楚国东南方的蕞尔小国吴国，供钱供物，给人给力，以骚扰牵制楚国。巫臣亦亲赴吴国做军事顾问，"与其射御，教吴乘车，教之战陈，教之叛楚"；他还派儿子屈狐庸（后为吴国相国）出仕吴国做"行人"，密切联系晋吴两国，尽最大努力损害楚国利益。"子重、子反于是乎一岁七奔命"，活活累死。于是乎，楚国在晋吴联手夹击下日渐衰落，而吴国却在不断地侵削楚国中日益壮大。

　　站在晋国和吴国的立场上看，申公巫臣的作用、贡献乃至功勋，无疑可上凌烟阁。然而，持楚国之立场，为楚国而设想，裸官资敌，楚才晋用，倒持太阿，授人以柄！《春秋》之为"经"，《左氏》之为"传"，均有传承"春秋笔法，微言大义"的历史使命。如何评判两千五六百年前的巫臣事件，也许因立场和视角的不同而结论迥异，但它至少垂诫后世：贪官倒了赃物犹存，裸官跑了贻患无穷！

（原载于 2013 年 9 月 6 日《中国社会报·文荟》）

陆虞候与豹子头

司马昭之心路人皆知，而陆虞候之心谁曾可知？林冲虽深受其害，然亦只知其然，不知其所以然。林在山神庙擒得陆时，首先质问："泼贼！我自来又和你无甚冤仇，你如何这等害我！"满腔怨愤且大惑不解溢于言表。

岂止"无甚冤仇"，林陆二人自幼相交，本是好友，但在林冲危难之际，陆虞候却一次次伸出罪恶的手。

骗林冲吃酒，为高衙内创造调戏林夫人条件的是陆虞候；赚林冲买宝刀误入白虎堂施放毒计的也是陆虞候；重金收买威胁利诱董超、薛霸结束林冲性命的是陆虞候；火烧大军草料场必欲置林冲万劫不复之地的还是陆虞候。

为什么一个人竟会萌发伤害、进而残害朋友的念头呢？为什么一旦萌生了这一念头，便"义"无反顾变本加厉一条道上走到黑呢？

水浒一百零八条好汉，其中不少人是从"体制"内被迫无奈才逼上梁山的，尤以林冲为典型。所以，以林冲为主角的戏剧电影，干脆名之为《逼上梁山》。

的确，林冲不同于刘唐、白胜和阮氏三雄，他是不会自愿上梁山的。在赵官家的时代里，林冲算得小康之上人家，三十出头便任八十万禁军枪棒教头，更兼家有贤妻美而慧，可谓爱情事业双丰收。但不幸妻子被高太尉的螟蛉之子高衙内"爱"上了（可能是真爱，那厮竟病得奄奄一息），便飞来横祸，落得个"腰悬利刃误入白虎节堂，杖脊二十刺配远恶州军"的悲惨下场。在那种时代，被高衙内之流恨上自不必说，被他"爱"上也触了霉头。

但林冲接受了这个现实。他选择了心字头上一把刀——忍。

夫人遭人调戏，扳过那人肩胛举拳欲打，认得是高衙内，堂堂林冲却"先自手软了"。是可忍，孰不可忍？

野猪林被董超、薛霸一边调侃"你须精细着，明年今日是你周年"，一边就要结果性命，多亏鲁达相救，才幸免于难。他阻止鲁达处死超、霸二小，固然有君子不与小人计较之成分，然亦未尝不是为自己留归路。

在沧州牢城营内被小小差拨左一个"贼配军"、右一个"贼骨头"，直骂得一佛出世二佛升天，竟不敢抬头说话。舍得八尺英雄躯，把他差拨狗头拧下来！林冲这般忍气吞声，不就为了好好表现，服刑期满重做赵官家的良民吗？

在柴进庄上路遇出猎归来的柴进，身披重枷的林冲"寻思道：'敢是柴大官人？'又不敢问他，只自肚里踌躇"。这般委琐，这般战战兢兢，哪里是林冲！读《水浒》至此，不禁想哭。

"我自来又和你无甚冤仇，你如何这等害我！"这是林冲的强势逻辑。

在处于弱势的陆虞候看来，"比我强就跟我有仇"。

林陆二人虽然自幼相好，但林冲生得豹头环眼，燕颔虎须，八尺长短身材，一副英雄身手；而陆谦呢，面皮白净，没甚髭须，五短身材，啤酒肚子，走在街上连丑女子都不肯瞟他一眼。林冲三十出头便是八十万禁军枪棒教头；而陆谦三十老几窝窝囊囊，没有一点成就感。林冲夫人美而慧，陆谦贱内黄脸婆——如果他有林冲那个美丽老婆，恨不得昨天夜里就供献给高衙内，抓住那娘们的裤腰带，趁势飞黄腾达，鸡犬升天。这机会偏偏让林冲逮着，偏偏林冲又这般不识"抬举"。

　　人性中的善总是比较浮泛的，所以世人多"伪善"；而恶却埋得很深，遮得很严，上面覆盖着"善"的茅草。人常说"恶向胆边生"，可见埋藏之偏僻之幽深。那么，什么时候恶才会从胆边生出来呢？当你威胁到他的生存，侵犯到他的利益，伤害到他的自尊心的时候，恶就会"偶尔露峥嵘"。

　　林冲与陆谦的对比太强烈了，二人之间存在着一种比较利益。没什么好说的，林冲的存在本身就是对陆谦的"伤害"，恨你没商量。所以，陆谦老早就想拾掇林冲，苦于没有下手的机会。正巧高太尉差遣他消灭林冲的肉体，事成之后还能得到"抬举"，岂非一件事了却了两桩心愿？

　　陆谦办此事甚为麻利，他请董超、薛霸吃酒，拿出十两蒜条金，打着高太尉钧旨，要求结果林冲并"揭取林冲脸上金印回来做表证"。人活脸面树活皮，陆谦就是要揭林冲脸上这块皮。

　　林冲走到"有家难归，有国难投"这步田地，能无恨乎？

时代的局限，使林冲对赵官家不敢恨，董超、薛霸又不值得恨，高俅父子及其帮凶干鸟头富安固然可恨，但最痛恨的当属陆谦陆虞候。在那个"义"字当头的时代里，他破灭了林冲的一个梦——友情还温暖，还美好吗？陆谦对林冲的"友情"，是必欲赶尽杀绝置之死地而后快哉！这不，他又风雪兼程赶来了。

《水浒传》风雪山神庙林冲遭遇陆谦一节，描写十分精彩，读来十分畅快：

陆虞候叫声："饶命！"吓得慌了手脚，走不动，那富安走不到十来步，被林冲赶上，后心只一枪，又戳倒了。翻回身来，陆虞候却才行得三四步。林冲喝声道："好贼！你待那里去！"批胸只一提，丢翻在雪地上，用脚踏住胸脯，身边取出那口刀来，便去陆谦脸上阁着，喝道："泼贼！我自来又和你无甚冤仇，你如何这等害我！正是杀人可恕，情理难容。"陆虞候告道："不干小人事，太尉差遣，不敢不来。"林冲道："奸贼，我与你自幼相交，今日倒来害我，怎不干你事！且吃我一刀。"把陆谦身上衣服扯开，把尖刀向心窝里只一剜，七窍迸出血来，将心肝提在手里。

每读到这一节，我总禁不住要问：为什么性命攸关，富安能走出十来步，而陆谦只行得三四步呢？干鸟头富安自然罪不容诛，但陆虞候又在道义上背负着"朋友"的十字架，自感罪孽更加深重，所以走不动。

林冲雪夜上梁山，固然在"佶京俅贯江山里"只是个迟早的问题，然而不能否认，是陆虞候起了催化作用。

金圣叹在《读第五才子书法》中写道："林冲自然是上上人物，写得只是太狠。看他算得到、熬得住、把得牢、做得彻，都使人怕。这般人在世上，定做得事业来，然琢削元气也不少。"一言以蔽之，林冲历尽坎坷已然修炼成一条顶天立地的英雄好汉！

虽然金圣叹并未对陆谦作什么评价，但你得承认，陆虞候绝非等闲之辈。他在追踪陷害林冲的整个过程中表现出的"纠缠如毒蛇，执着如怨鬼"，需要何等心气！他至死都没有对其罪恶流露丝毫的忏悔之意，恶作为一种本性，在陆虞候身上表现得尤其充分而且顽强。上帝也对他没辙儿。

可以说，没有陆虞候，成就不了豹子头。

然而很遗憾，百回本《水浒传》罗贯中续写的文字里，把林冲写成跟宋江一起受了招安供朝廷驱遣之辈。——虽然作者煞费苦心，安排招安之后的林冲身体"瘫痪"并在"归途"中死去了；但这根本不符合林冲性格发展的逻辑。"男儿脸刻黄金印，一笑心轻白虎堂！"难道林冲不明白他是怎样一步步被逼上梁山的？他还会回到那个"体制"里去吗？

"体制"里没有他的位置。那里有无数的高俅、高衙内以及面皮白净、没甚髭须、五短身材的陆虞候。大丈夫视死如归，林冲不归！

（原载于 1996 年第 3 期《火花》杂志）

武二郎开店

80年代初，方成先生的一幅漫画《武大郎开店》，因深入人心而风靡全国，使武大郎从此成为嫉贤妒能的典型。叫我说，武大郎开店倒并不可怕，人家毕竟是直眉露眼明码标价：比我高的都不要。可怕的是武二郎开店。武二郎何等豪杰！豪杰自有豪杰的胸襟——青青子衿，悠悠我心，饱揽英雄，思贤如渴，恨不能使天下英雄豪杰尽入我彀中。然而，这只是一张幌子，比起武大郎开店更具有欺骗性罢了。侯门一入深似海。进得武二店来，你就得俯首帖耳，重足而立，侧目而视，二爷英明，奴才该死，不然，景阳冈上的吊睛白额大虫就是你的下场。

"英雄"不同于"英雄店的掌柜"。想当年宋太祖赵匡胤，一条杆棒等身齐，打四百座军州都姓赵；一旦建立赵家王朝，便立马"杯酒释兵权"，把出生入死的铁哥们儿逐出店门。当然武二郎"义"字当头不屑这么做。他有一句名言："凭着我胸中本事，平生只要打天下硬汉。"硬汉也好，好汉也罢，只要踏进本店门槛，就得听我武二摆布。什么本领呀，才华呀，思想呀，自由呀，事业呀，理想呀，人格呀，尊严呀，迈进武二店门，你就一笔勾销了吧。作为武家店的掌柜，武二既是本店游戏规则的制定者，又是吹哨裁判，更是喜则谬赏怒则滥罚的执行者。凡是他看不顺眼的人，既可力拿，亦能智取。比如他看着兔子碍眼，就在本店举行一次龟兔赛跑，并明令规定：凡参赛者必须走龟步。别说兔子，即使千里马也只有认栽的份儿。武家店就是要让千里马困死槽头。

不错，武家店乃武二郎开（不管是自立门户还是上级任命），一掌店门，身价百倍，自以为是，他以为非——即"以他为非"，别人的话都是狗屁，只有武二才咳唾成珠，才金科玉律。不然的话，到底你是掌柜还是我是掌柜？在武二店里，无论什么东西，无不打上"武记"的烙印。

正因如此，围绕着武二郎的"光荣与梦想"，在武家店形成一种浓厚的马屁氛围。拍马者熟知，与二爷讲话，最搔着痒处的是打虎，其次斗杀西门庆，再次血溅鸳鸯楼，甚至可以说揪住王婆的髻子，割下潘金莲的奶子，双腿一夹把孙二娘压在下面……只要二爷快意，下流不下流，牛皮不牛皮，均无禁忌。关于"景阳冈事件"，在武二郎的生命中早已成为一个情结，他太在乎这码事了。他在两军阵前通名报姓时总要说"打虎者武松是也"；平时也爱说"看我把这厮和大虫一般结果他"；即使杀了人，逃跑前夕也不忘用人血在粉墙上写下："杀人者，打虎武松也！"他这样反复地自我提示，自我造势，哄抬物价，效果奇佳。不像黑旋风李逵杀了四只老虎，还自称黑爷爷长黑爷爷短的，令人只记得两柄板斧。不会制造神秘，更不会制造神话宣传包装，"铁牛"注定升不了掌柜。

古人云，偏听生奸，独任成乱。俗谚亦云，穷人心多，病人心多。而古今中外的大小独裁者比穷人病人更心多，他们总怀疑有人背后说他的坏话。武家店的掌柜也毫不例外地神经质，且毫不例外

146

地以家长里短来治天下。倘有哪个小人想使坏下毒，只要跑到武二那里附耳低言：某某说二爷在景阳冈看见大虫时吓出一身冷汗，而且两股战战，小便失禁……等着瞧吧，祸不旋踵，某某必定有"好果子"吃。武家店是说真话逆龙鳞者的死地，也是宵小们的乐园。人家武二早就打明叫响地说了：你不是有本事吗，但我哥武大那厢不要你；我收留了你，还不快纳头便拜感激涕零！

我曾在一篇短文中写过，"权"字怎么写，"权"是"又一木头"。"木头"是什么？"木头"就是赵匡胤的杆棒，武二郎的哨棒，江青姚文元之流的棍子；不仅打一"木头"，而且"又一木头"，轮番打将下来，血肉之躯如何受得棰楚！武二郎敢放言"平生只要打天下硬汉"，真是掌柜的口气。不过，武二郎的"思贤若渴"，只是叶公好龙罢了——不仅叶公好龙，而且还要倚天屠龙！

《水浒》第二十四回写道，武大与武二是一母所生两个，武二身长八尺，相貌堂堂，浑身上下有千百斤气力；武大身不满五尺，面目生得狰狞，头脑可笑，诨名叫"三寸丁谷树皮"。虽然形貌各异，美丑分殊，但在荣升"店掌柜"之后嫉贤妒能方面，哥俩却是"当仁不让于兄弟"，不愧是一根娘肠解下的两个。然而，在排挤、虐待、打击、戕害贤能方面，武二毕竟多了"胸中丘壑"，另加一双"铁锤般大小拳头"，比乃兄力胜一等，技高一筹，那是何等威福英武；只是更阴了点。人多感叹造化弄人，武二弄人胜似造化。武二这店，比起十字坡孙二娘图财害命的黑店也好不到哪里去。武家店的宗旨，就是要凭借独门独院，让天下英雄好汉站着进去，躺着出来。倘若想站着出来，必须先从铲除分门别类的"武记店坊"做起。

然而，又谈何容易！

（收入拙著《白纸黑字》，2000 年，中国戏剧出版社）

李白之死因新论

　　关于李白之死，历来杂说纷纭。"羽化登仙"说不仅浪漫，而且美丽，但历史毕竟不同于神话，何况还有"掉入唯心主义泥淖"之嫌。"捉月溺水"说倒是摸着了门边儿，可是对李白"为什么舍生忘死去捉一块冰冷的月亮"的深层心理和历史根源，没能做出透辟的分析和深入的开掘，故因说服力不强而显得苍白脆弱。至于其他诸说，多流于牵强附会，终究不得要领。有鉴于此，笔者不揣浅陋，历时十一载又三个半月，从精神心理医学的角度出发，对李白之死因做了潜心专注的分析研究。今谨将研究成果公之于世。

　　李白之死，根源于"单相思"。

　　问曰：风流飘逸、狂放不羁如太白，也会害这类没出息的病吗？

　　不错，李白害的是"单相思"。他一眼瞅中了唐玄宗李隆基御阶下的那个宰相位子，并且朝思暮想，痴恋入魔。堕入情网中人，往往爱玩几句诗。屈原不就是个借"香草""美人"大发"离骚"（即牢骚）的单思者吗？李白亦不例外。他一边纵酒作诗，以排遣心中之苦闷；一边四处央人牵线搭桥，"十五好剑术，遍干诸侯；三十成文章，历抵卿相"。好不容易找到个荆州刺使韩朝宗，便扯住人家衣袖，非让给他"提亲"不可。他嘴里念念有词："生不用封万户侯，但愿一识韩荆州。"心里却想：笑话，识你韩某人不为封个万户侯而何？精神心理医学把这种有意识地口是心非的复杂心理现象叫作"假背心理"。假背就假背吧，手眼通天的韩朝宗还是为他牵了线，但回话说绝了——人家看不上他。这就未免太伤李白的自尊心了。哼，你看不上我，我还瞧不起你呢！从此，他见了"官"一类的人物，走路也总是雄赳赳的。此时的李白，已多少有点心理变态。

　　不知是孔孟哪位老夫子说过"心思之官"。诚然，心绝不是思维的器官，有科学为证；但圣贤的话能错吗？我很疑心那意思是说：心里总想着做官。这倒更像是二位夫子的自道。其实，又岂止二位，古来官迷心窍的文人正多着呢！身在江海，心存魏阙；前有古人，后亦不乏来者。李白就或者曾在私下对陶渊明的"不为五斗米折腰"提出过疑问：给他六斗米还折不折？封个万户侯他干不干？比李白小了一辈儿的白居易，正好为这句话作了注脚。在浔阳江头与琵琶女对泣"同是天涯沦落人"的白大腕儿，后半生身着紫袍，官居二品，他那嘹亮的歌喉便转而唱起了雅颂之音，昔日江州司马的青衫怕是早已风干了吧。再说陷入"单思"后的李白，整日里唱着"美酒樽中置千斗，载妓随波任去留"的风流歌，似乎散淡、达观得很哪。然而，这仍然是一种"假背心理"。不懂得文人的这种心理，往往容易被假象所迷惑。虽然李白自我标榜"安能摧眉折腰事权贵，使我不得开心颜"，可是当真有权贵让他"事"的时候，他才开心颜呢。谓予不信，请看他的《与韩荆州书》，在极尽阿谀之能事后，拍着脯子说："倘急难有用，敢效微躯！"这"效"和"事"，跟孔乙己的"窃"和"偷"又有什么区别呢？不过是"读书人的事"罢了。

公元 742 年，四十二岁的李白得到了玄宗召他入京的诏书，一下子得意得竟忘了形态——"仰天大笑出门去，我辈岂是蓬蒿人！"然而，他踌躇得太早了。玄宗不过给他个"翰林供奉"这类不过瘾的官当当；宰相嘛，自有人家的小舅子大舅哥。二年之后，李白被玄宗赐金放还，离京漫游去了。其间，他自说饮酒作诗、对月舞剑最为人生快事，可是，又忍不住酒后吐真言——"吟诗作赋北窗里，万言不值一杯水"（可见握笔总不如握印把子过瘾），"三杯拂剑舞秋月，忽然高咏涕泗涟"（到底还是哭出来了）。

他这样过自摧伤，日见身心虚弱。此间诗作，时有"千崖万转路不定，迷花倚石忽已暝""霓为衣兮风为马，云之君兮纷纷而来下"之语。如果仅仅把它们概括为"想象神奇"，恐怕有些浮皮潦草。精神心理医学认为，虚弱导致精神恍惚，有时也伴有"幻觉""幻思"。后世如有"在我自己的神经末梢上奔跑"的文豪之流，我敢确诊其亦属此类征候。

正当李白暗自伤神之际，玄宗的第十六个儿子永王李璘请他出山。这永王深谙读书人的心理，学了刘备的样儿，请了李白三次。李白也明知历史上还不曾有过请第四次的先例，于是忸怩归忸怩，到底还是下庐山充当了永王的幕僚。

一朝出山，便官瘾勃发，手痒难挨，迫不及待地要"试借君王玉马鞭，指挥戎虏坐琼筵"。孰料，他还没有将"玉马鞭"借到手，永王便因图谋割据，兵败被灭。李白沾光不小，论罪当诛。多亏郭子仪等人为他开了个大后门，才免其一死，流放夜郎。中途虽遇大赦，但这一打击毕竟太沉重了！

一心想着官、官，眼见着官帽临头，却不料险丧残生——真活生生气煞人也！

这一口恶气喘不过来，竟咯嘣一声绷断了维系李白此生理想的最后一根神经！加之惊悸忧伤，平日又纵酒过度，遂生顽痰，痰迷心窍，则神志不清矣。此乃"单思神经官能症"。此症患者，舌苔厚腻，舌体肥大，倘城府艰深，且对心中苦痛三缄其口而不言者，舌面焦黑如木炭。好在李白天性纯真烂漫，虽然有时在当官的问题上受"假背心理"作怪，但平日还算心直口快，爱说真话，只要把那个狗屁官帽看得轻一点，本来还是有救的；无奈他对唐玄宗御阶下的那个宰相位子一见钟情，痴衷不改，且走火入魔，不能自已，如守财奴之思恋"孔方兄"呀……

终于在公元762年，一个清风明月的晚上，六十二岁高龄的李白披着三千丈白发，病歪歪地坐在当涂县衙后花园的水池边，独自暴饮。他感到四肢疲弱无力，浑身燥热难当。恍惚间，水池中跃上一轮明月，既像一颗圆滚滚的冰球，吞之可消体内之灼热；又似一枚金灿灿的相印，捉之终遂毕生之宏愿！于是乎一口火痰撞将上来，他晃悠悠地立起身向池中扑去……

后人对李白捉月溺水而死，多赋予浪漫的色彩，以为他又到水中飘而逸之去了。其实，有谁知他心中的苦楚！

悲哉，死也，然而更可悲的是单思神经官能之顽症，上下传染竟绵延了三千多年！

我是个浅薄的精神心理医生，治今人尚且不能，医古人就愈加困难了，更何况这是掘古今文人的祖坟。不过，我总以为这篇纯粹的探究病理的文字，纵失之偏颇，也决不会有伤于"诗仙"的伟大的。如果诗人地下有灵，知道还有一位深爱着他的文人，写下这样一篇"揭出病苦，引起疗救"的文章，定会含笑于九泉的。退一步说，即使因为揭了他的痛处而不肯含笑，九泉之下的"谪仙"，又能奈我何？

（原载于 1991 年第 4 期《随笔》杂志）

板桥越狱

清代"扬州八怪"之一的郑板桥，乃康熙秀才、雍正举人、乾隆进士，而康、雍、乾三朝正是文字狱大盛的时代，以板桥之不合时宜，竟未罹文网，实为异数。

鲁迅对清代的文字狱说过一句极深刻的话："这些惨案的由来，都只为了'隔膜'。"纵观清代文字狱，粗粗归类，大致有三种情形：一为皇帝偶然发现，二为臣子揭发，三为自投罗网。除第二种外，其余两种都是由于"隔膜"所致。有的是因满汉文化之间的差异所造成的"隔膜"；有的竟是一些人怀着卑微的个人目的投献诗文，希望得到皇帝的赏识，却不料撞在了刀刃上（参见黄裳《笔祸史谈丛》）。

板桥则不然。

首先，板桥不易被皇帝发现。正如他的一方闲章所言，板桥一生做的最大官不过是个"七品官耳"。"县门一尺情犹隔，况是君门隔紫宸"。远离皇帝，自然不为发现。不像弄臣沈德潜常常为乾隆代撰诗稿，却落得个剖棺戮尸。有人说因乾隆痛恨沈泄露了代笔的机密而致祸，也有人说是因为沈咏黑牡丹诗有"夺朱非正色，异种也称王"之句而构罪。我看二者是因果关系。近水楼台，得便宜自然方便，致祸也容易得很。俗语云：龙无恩，虎无义。山高皇帝远，龙虎何有于板桥?

其次，板桥不值得鹰犬们揭发。在历朝历代文字狱中，有不少是政治斗争的牺牲品。板桥曾给他的弟弟写信说："初志得一京官，聊为祖父争气，不料得此外任……"对做一县令表示了深深的失望。试想板桥当年踌躇满志得一京官，参照"清风不识字，何故乱翻书"即可兴狱被戮之例，随手从板桥诗中拈出"半饥半饱清闲客，无锁无枷自在囚""咬定青山不放松，立根原在破岩中""栽得数枝清瘦竹，明年砍去作鱼竿""且让青山出一头，疏枝瘦干未能遒;明年百尺龙孙发，多恐青山逊一筹"等诗句，只要鹰犬们出于政治斗争的需要，将诗中的"清（青）"字与清王朝的"清"字生发联想，指出诗中有"清"亦有"明"，"青山"不过是"破岩"，那么，板桥即使长着十个头颅，也早被斩尽杀绝了。幸亏板桥从 24 岁中秀才到 44 岁中进士，直到 6 载后年过半百才补了个知县的缺，而且在知县任上一蹲就是 12 年，仕途蹭蹬，一阶未进。这种情况，让同僚们同情还同情不过来，谁肯浪掷光阴去告发他?

再次，板桥决不去自投罗网。这由他的个性所决定。板桥一向"自负太过，漫骂无择"，常常"如灌夫使酒骂座，目无卿相"，因而，决不会向皇帝投献邀宠撒娇卖乖去。如果板桥也像清朝某些官员热衷巴结皇帝，一时冲动利令智昏，将自己手书的最为得意的条幅"难得糊涂"敬献圣上，必将落个一刀两断身首异处! 清统治者本是来自关外的游牧民族，一向忌讳"胡"字、"虏"字、"戎"字，甚于阿 Q 之讳光讳亮。文网除网罗政治犯，也往往网住一些自作聪明的书呆子。板桥虽是真正读书种子，但却一点不呆。他知道拍马不是好营生。因而，"乌纱掷去不为官，橐橐萧萧两袖寒"是他的必然归宿。

然而板桥又绝对不与那个时代同流合污，他要发出自己的声音。

他在评价前人王维和赵孟𫖯时说："若王摩诘、赵子昂辈，不过唐宋间两画师耳。试看其平生诗文，可曾一句道着民间痛痒？"可见他是主张"批判现实主义"的。当时的"现实"是一家一姓的天下，批判"现实"，就是"将矛头直指上峰"。他还自称："凡吾画兰、画竹、画石，用以慰天下之劳人，非以供天下之安享人也。"明确指出"文艺为普天下劳苦大众服务"，置清统治者于何地，不言自明。仅以板桥那丫丫叉叉的"六分半书"怪字，蛮暴的清王朝就足可判他个"对现实强烈不满"的"现行反革命罪"，杀他没商量。可是郑板桥张扬个性为诗为文作书作画游刃有余于康、雍、乾时代，却没有落入文网，真是奇迹。

正因板桥越狱，遂以布衣雄世。

（原载于 1998 年 2 月 5 日《文汇报·笔会》）

车上车下

　　骑自行车，或者步行在马路上，总不理睬背后汽车嘟嘟哇哇的鸣笛声（警车和消防车除外）。心里冷笑着：有种就开上来吧!

　　坐在汽车上，又觉得前面的行人或自行车应该让路。嘴里不住地骂：看那个死家伙，难道让这么个大汽车躲你吗!

　　等在站牌底下，引颈翘首，望眼欲穿，多希望过来的每一辆汽车都能停下，在此停下，立即停下!

　　刚踏上公共汽车，就马上喝令关门，就叫嚷挤得不行，就怒目每个扒门上车的人，就盼望汽车永不再停!

　　车上车下，台上台下。

　　　　　　（收入拙著《女人是水》，1993 年，中国华侨出版社）

三人行

1.《论语·述而》:"子曰:'三人行,必有我师焉。择其善者而从之,其不善者而改之。'"不少解读《论语》者,认为这是孔夫子谦虚的表现。其实,关谦虚何?夫子的"择善而从,不善而改",不过是表明要学习他人身上好的东西,将不好的作为自己的参照系而已。三人同行有我师,是从正反两方面师事的,"见贤思齐焉,见不贤而内自省也"。对于孔子来说,从"三人"身上学到的,很可能是教训多于经验。读反面教材,将他人之教训转化为自己的经验,是最好的学习。

2.《易经·损卦》:"三人行,则损一人;一人行,则得其友。"《象》曰:"一人行,三则疑也。"清儒李士鉁解道:"以一求一则为两,两则有唱和之欢;以一求二则为三,三则有争夺之患。"俗话说"两个人处成情人,三个人处成仇人",又说"俩人是把儿,三人是权儿"。如果三人之中,两强联手,欺凌一弱,即会导致"三人出门小的苦"之惨状。如果三人当中,两劣勾结,排挤一优,则又会出现"劣币驱逐良币"之恶状。从古及今,此二种情形,滔滔者天下皆是也。

3.《尚书·洪范》:"三人占,则从二人之言。"此乃"少数服从多数"之游戏规则。然而这个"少数"和"多数"的关系,必须是真实的。《韩非子·内储说上》:"晏子聘鲁,哀公问曰:'语曰:莫

158

三人而迷。今寡人与一国虑之，鲁不免于乱，何也？'晏子曰：'古之所谓莫三人而迷者，一人失之，二人得之，三人足以为众矣，故曰莫三人而迷。今鲁国之群臣以千百数，一言于季氏之私。人数非不众，所言者一人也，安得三哉？"像这类打着"多数人"的旗号，而窃行"少数人"之私者，怎么可能不出乱子呢？

4. 《庄子·天地》："三人行而一人惑，所适者犹可致也，惑者少也；二人惑，则劳而不至，惑者胜也。"《集韵·德韵》讲："惑，通作或。"惑也者，或者也。惑乱之人心眼儿活，或者这样，或者那样。俗话说："一个人俩心眼儿不算多。"因而每每会出现"三人六主张"之局面。倘三人同行，一人迷路，两人清醒，最终还是可以抵达目的地的。然而，倘两人迷路，一人清醒，跟着俩糊涂蛋南辕北辙走下去，必然是"盲人骑瞎马，夜半临深池"。

5. 《五灯会元·杨岐方会禅师》："三人同行，必有一智。"这与"兵上三千出韩信"一样，是从概率上讲的。三人同行，关键是要同心同德，通力合作；否则，同床异梦，各怀鬼胎，"三人误大事，六耳不通谋"，有多少智慧都会在内斗中消耗殆尽。只有三人同行，勠力同心，才可能"三人一条心，黄土变成金"。俗话说得好，"一人计短，二人计长，三人计妥当"，又说，"一个巧皮匠，没张好鞋样；两个笨皮匠，有说有商量；三个臭皮匠，胜过诸葛亮"。更何况三人同行，尚有一智乎！

（原载于 2010 年 11 月 10 日《新民晚报·夜光杯》。

2011 年 2 月 23 日刊于香港《大公报·大公园》）

剩者为王

人在单位中，浑如竞技场。有道是，优胜劣汰，胜者为王。如果你不能保证胜出，至少要保障剩下。剩下才有机会，剩者皆有可能。

首先，确保剩下。 胜出难，剩下也不易。倘争取不到剩下的权利，连做梦的机会都没有，更遑论其他！剩下的精要在平庸。人常说平凡而不平庸，那是掩耳盗铃自欺欺人。《说文解字》："庸，用也。"《玄应音义》："庸，谓常。"平庸即平常，平常即平凡；"中庸"就是"用中"，平庸必然用平——亦即任用平凡、平常之人。才高八斗者往往趾高气扬自鸣得意，大声吟唱"仰天大笑出门去，我辈岂是蓬蒿人"，唬得人一愣一愣的，特招人恨！在职场竞争中，要想不被挤对淘汰，就得千方百计展现出优异的平庸品格；不平凡也要装平庸，装平庸才能保平安。平庸招人待见，中才处处堪用，不显山不露水，"不招人嫉是庸才"，你好我好呵呵呵，对任何人都不构成现实威胁，故极有利于剩下。

其次，争取连剩。 这一次剩下，并不保证下一次还能留下，每一次都会剩下。所以呀，要下定决心，有所牺牲，排除万难，去争取连剩。这就要求，剩者不仅要表现得更平更凡更庸，而且还须谦虚谨慎更兼韧性。《尚书》有言："功崇唯志，业广唯勤。"俗谚亦云："忍字头上一把刀，忍得住来是英豪！"只要你有定力，有耐心，熬得住，吃得消，豪杰可作，何况剩下？就算连剩亦不在话下！争取连剩最忌讳的，就是为山九仞，功亏一篑；千里之堤，溃于蚁穴。故达致连剩的全攻略，就是勤勤恳恳战战兢兢，坚韧不拔倍加艰辛，用自己的剩余劳动，创造剩余价值，积累剩下资本。常言道："三十年大路走成河，三十年媳妇熬成婆。"水滴石穿，绳锯木断，积小剩致连剩，由连剩到大剩，即有可能赢得发展机会。譬如，"蜀中无大将，廖化作先锋"！

最后，永葆优剩。宋代张端义《贵耳集》讲：南宋孝宗皇帝赵眘到天竺寺及灵隐寺礼佛，途经飞来峰，孝宗问净辉和尚："既是飞来，如何不飞去？"答曰："一动不如一静。"境界何其高妙！连剩者只有达致如是境界，方可永葆优剩。子曰："知者乐水，仁者乐山；知者动，仁者静；知者乐，仁者寿。"智者如水好动而喜乐，仁者如山好静而恒久。高才捷足者自恃其聪敏，主动出击打拼，胜出者固然大有人在；然而"这山望见那山高，到了那山没柴烧"，抑或"千里马失蹄，撵不上拐骡子"者，亦代不乏人——有的甚至连剩下的机会都丧失掉了。《圣经·旧约》讲过："见日光下，快跑的未必能赢，力战的未必得胜，智慧的未必得粮食，明哲的未必得资财，灵巧的未必得喜悦——所临到众人的，是在乎当时的机会。"在一个单位里，所谓"机会"往往捏在少数当权者手里，平时看不见，偶尔坑他爹！然而，优剩者却素来默默无闻韬光养晦和光同尘，摆出一副温顺庸碌与世无争的面孔，实则藏器于身，待时而动，"捉鳖不在水深浅，只要碰到手跟前"，所以总能"碰到"绝妙机缘，绝佳机会，绝好机遇！故孟子曰："虽有镃基，不如待时。"

　　总而言之，剩者有如圣者，优剩胜于优胜。探其原委，剩者之"剩"有三义：多余，更加，阉割。《齐民要术·养羊》有"拟供厨者宜剩之"，即是"阉割"之意——落实到人与单位的关系上，就是被人家给生生地裁减掉了；此义最差。其次是"多余"，余膏剩馥，悬疣附赘，随时都有被清除切割的危险；此义亦欠佳。词义最美好的是"更加"，然而对于剩者来说，怎样才能从优剩更加顺畅地转化为优胜呢？如上所述，确保剩下，争取连剩，永葆优剩——子曰"一贯三为王"，则剩者为王矣！

（原载于 2013 年 9 月 11 日香港《大公报·大公园》。

2013 年 10 月 8 日刊于《杂文报》）

没用的东西

和珅若是收藏玩家则另当别论。然而，他却是大清王朝乾隆时代的头号政治玩家兼收藏玩家。从《清实录》《清史稿》《清史列传》以及《和珅犯罪全案档》等史料中可获知，和珅的藏品实在是太高精尖了！数目庞大的房产田产以及银号当铺姑置不论，仅金银珠宝字画器玩等即有：

金库：赤金五万八千两。

银库：元宝五万五千六百个，京锞五百八十三万个，苏锞三百一十五万个。

另有夹墙内藏匿赤金二万六千两，地窖内埋藏银一百万两。

玉器库：玉鼎十三座，高二尺五寸；玉磬二十块；玉如意一百三十柄；镶玉如意一千一百零六柄；玉鼻烟壶四十八个；玉带头一百三十件；玉屏二座，二十四扇；玉碗一十三桌；玉瓶三十个；玉盆一十八面；大小玉器共九十三架。未计件。

珠宝库：桂圆大东珠十粒；珍珠手串二百三十串；大映红宝石十块，计重二百八十斤；小映红宝石八十块，未计斤重；映蓝宝石四十块，未计斤重；红宝石帽顶九十颗，珊瑚帽顶八十颗，镂金八宝屏十架。

银器库：银碗七十二桌，金镶箸二百双，银镶箸五百双，金茶匙六十根，银茶匙三百八十根，银漱口盂一百零八个，金珐琅漱口盂四十个，银珐琅漱口盂八十个。

古玩器：古铜瓶二十座，古铜鼎二十一座，古铜海三十三座，古剑二口，宋砚十方，端砚七百零六方。

瓷器库：瓷器共九万六千一百八十四件。

文房库：笔墨纸张字画法帖书籍未计件数（按：其中"字画法帖书籍"多属稀世珍品和孤品，价值连城）。

绸缎库：绸缎纱罗共一万四千三百匹。

洋货库：大红呢八百板，五色呢四百五十板，羽毛六百板，五色哗叽二十五板。

皮张库：白狐皮五十二张，元狐皮五百张，白貂皮五十张，紫貂皮八百张，各种粗细皮共五万六千张。

铜锡库：铜锡器共三十六万零九百三十五件。

住屋内：镂金八宝床四架，镂金八宝炕二十座；大自鸣钟十座，小自鸣钟一百五十六座，桌钟三百座，时辰表八十个；紫檀琉璃水晶灯彩各物共九千八百五十七件；珠宝金银朝珠杂佩簪钏等物共二万零二十五件；皮衣服共一千三百件，绵夹单纱衣服共五千六百二十四件；帽盒三十五个，帽五十四顶；靴箱六十口，靴一百二十四双。

另有一些无法估价的名副其实的"无价之宝"，计有：玉寿佛一尊，高三尺六寸；玉观音一尊，高三尺八寸（此二件均刻云贵总督献）。玉马一匹，长四尺三寸，高二尺八寸。珊瑚树七支，高三尺六寸；又四支，高三尺四寸。金镶玉嵌钟一座。大珠八粒，每粒重一两；金宝塔一座，重二十六斤；赤金二千五百两；大金元宝一百个，每个重一千两；大银元宝五百个，每个重一千两。

等等等等等等。

我之所以不厌其烦罗列这些令人心动目眩的东西，一是想让读者诸君开开眼界，二是想探寻一下这些东西的价值。和珅苦心搜罗来的这些劳什子究竟有什么用处呢？实际上尽是些没用的东西。要说它的唯一用处，那就是作为和珅被赐死的关键罪证。一个官员"收藏"了大量没用的东西，也就充分证明其人是一个不堪大用的东西。

如果和珅作为一个纯粹的收藏玩家，那无疑是一个旷世大玩家。可是当官发财，自古两道。作为一个政治人物，他既想做大官，又要发横财，结果只落得个"和珅跌倒，嘉庆吃饱"的可耻可悲可怜可笑之下场！怪谁？怨谁？

（原载于 2019 年 9 月 11 日《中国社会报·民政文化》）

撒娇的流派

撒娇之事，古典的近代的，大约仅限于妻对夫、女对父或恋人之间。据鄙人近来观察，撒娇的重点正在向政治经济领域转移，且流派纷呈，其中影响较大的就有三大流派——

怯娇派：此派成员惯于"装孙子"，在同性上司面前，言谈举止，均作女郎怯生生之状；尤以说话时分，未语先红，娇言半吐（似乎舌尖秃了），不胜羞怯柔媚之态，煞是可爱。他们意在以自身之卑怯，来反衬上司的高大、完美、威严，将自己的人格一概扔到垃圾堆中！趁此时提一些个人要求，谅上司定会慨然允之。此派属内秀型。

泼娇派：此派成员一般艺高胆大，口齿伶俐，且有一定的"关系"可与上司攀附。比如表姨夫是上司的老上司，或者自己曾在上司还没有成为上司时，就跟他说过几句玩笑话……诸如此类，有了这层"关系"，就敢在上司面前摆出一副无赖相——先含情脉脉地直看着上司的眼睛约一二十秒，然后再破口大骂："我说钱科长，你他×的不要娶了媳妇忘了娘呀，这次不给老子搞到彩电和聚丙乙稀，看着，老子搬下你的脑袋当夜壶（尿壶）！"骂到玄处，往往使旁听者都要捏一把汗。但敬请读者放心，他们破口时破得相当适度——你看他边笑边骂，骂得刁泼而又亲切，使上司不抓痒处就能笑出声来！这等功夫，几人来得？由于泼娇派诸人大多来自更高层次，天资又好，故多属外向型。

嗔娇派：此派成员往往善解人意，精于迎合。譬如上司微恙初愈，他就会瞅个适当的机会（一般在人多的场合，或者有上司的上司在场），对上司佯怒薄嗔道："活该！病了怨谁？一干起来就不要命了，一个人干得比全单位的人还要多，跑上，忙下，还要横向联系，哼，不病才怪呢！"说到要紧处，再滴溜溜地丢过一个恨铁不成钢的假怒真疼的媚眼去，上司便感到哎呀你比我老婆还疼我！如此数次，必生奇效。此派有一秘不传人的铁戒：既要使上司心里痒酥酥地舒服，又不致让听众感到热辣辣地肉麻。若不能两全者，不能归入此派。还有，泼娇者在行娇时有一二十秒的预备期，时间比较从容；嗔娇者则不然，他须是眼疾口快，瞅准时机便说，要不，让伙计们抢去了，不仅暗恨人家一辈子，而且要心疼上个把月。正因如此，此派大员往往宿敌颇多，怨骂之声每每不绝于耳。

此外尚有"捧娇""趺娇""哈哈娇"及"滑稽娇"等，但无论从声势上还是影响上，都不敢与上三派同日而语，故不一一。

目前，尽管"娇派"众多，但撒娇之受用者的水平也在不断提高，故撒娇的行情仍然看涨。今后，各"娇派"是否能在纵深方面形成新的突破，请诸位拭目以待。

（原载于 1988 年 9 月 12 日《人民日报·大地》）

英雄难脱美人手

黎巴嫩的纪伯伦在《泪与笑》中讲过："美是一种使你倾心的魅力。"尤其是绝色美人，不仅使男人俯首，也会让女子心动。

《妒记》和《世说新语·贤媛》均记载了美女李势妹的故事，但稍嫌简略，经明人张岱妙笔点染之后，即有声有色："桓温平蜀，置李势妹为妾，妻闻，拔刀袭之。李方梳头，发垂委地，姿貌端丽，乃徐结发，敛手向妻，曰：'国破家亡，无心至此。若能见杀，犹生之年！'妻乃掷刀，前抱之曰：'我见犹怜，何况老奴？'遂善视之。"（见《夜航船·伦类部·夫妇》）东晋大司马桓温之妻，乃明帝之女南康长公主，所以在醋海生波之际，敢于拔刀突袭"二奶"李势妹，敢于叱骂夫君为"老奴"；然而当她面对"神色闲正"（见《妒记》）、"肤色玉曜"（见《世说》）、"姿貌端丽"的李势妹时，万丈凶焰顷刻间被势妹之美消弭于无形，她情不自禁地说："连我都觉得这般可爱，何况那个老臭东西呢！"

美，不仅是有光芒的，还有"使你倾心的魅力"。俗话常说："英雄难过美人关。"美人而能成为一关，成为一计，甚而明知是计，还甘愿"将计就计"钻进温柔的圈套里，可见美人具有何等的力量！

在《三十六计》中，美人计属于"败战计"之第一计。自古兵者诡道也，明知战局已呈败势，可是祭出美人之后，虽也有"赔了夫人又折兵"之虞，但在不少情形下，却可以挽狂澜于既倒，转败局为胜势。何也？《三十六计·美人计》题解曰："兵强者，攻其将；将智者，伐其情。将弱兵颓，其势自萎。利用御寇，顺相保也。"兵强而将智，似乎无懈可击，然而自古"英雄难脱美人手"，情，乃英雄之软肋。《三十六计·美人计》原按："兵强将智，不可以敌，势必事之。事之以土地，以增其势，如六国之事秦，策之最下者也；事之币帛，以增其富，如宋之事辽金，策之下者也；惟事之以美人，以佚其志，以弱其体，以增其下之怨，如勾践以西施重宝取悦吴王夫差，乃可转败为胜。"三十六计每一计的题解中，都会涉及《易》之一卦。如美人计"利用御寇，顺相保也"，就是《渐》卦"夫征不复，妇孕不育"的"象辞"。在美人计里，男人一旦上钩，就没有回头路可走，故谓之"夫征不复"；美人也只是一剂香饵，压根儿就没打算跟谁过光景日子，不过是利用一把男人的弱点而已，故曰"妇孕不育"。其实，美人计的真实目的非常简单，就是用美人来稳住敌方，消耗敌方，从而保全己方，壮大己方，以获取局部利益，乃至取得最终的全盘胜利。

谚云："十个美女九个祸。"然而，我是并不赞成这种"红颜祸水"论的。在这个问题上，应该深刻反省的是男人而不是美人。所以我很同意唐罗隐的观点："西施若解倾吴国，越国亡来又是谁？"不过，我也从来不敢小视美女的"超自然的力量"。佛陀有言："爱欲莫甚于色。色之为欲，其大无外。赖有一矣；若使二同，普天之人，无能为道者矣。"（见《四十二章经》）连佛都感叹，幸亏"色"只有一种，倘若有两种"色道"迷人，普天之下还有谁能够挣得脱呢？孔夫子在《论语》中亦两次讲道："吾未见好德如好色者也。"（见《论语·子罕》和《论语·卫灵公》）即使是孔夫子自己，一旦与美人扯上干系，也是浑身有嘴说不清，只能指天画地赌咒发誓。《论语·雍也》记述："子见南子，子路不说。夫子矢之曰：'予所否者，天厌之！天厌之！'"

再看看这些年来前仆后继源源不断地倒下去的高官吧，有几人不曾与美女（包括他们的"二奶"）相关联呢？这些人都曾是"时代的弄潮儿"，也算是红极一时的英雄啦。英雄难脱美人手，此情无计可消除。正是：只因天下美人面，改尽世间君子心！所以古来对待美女"最高明"的办法，就是惹不起躲得起的消极逃避主义，即如俗话所说的"避风如避箭，远色如远仇"。这在《三十六计》中属于"败战计"之最末一计：走为上。

（收入拙著《母亲词典》，2010 年，中央编译出版社）

官满如花谢

俗话说："十句谚语十句真。"透过民谚俗语来研究旧时代的官场，更能把官情世态看得明白通透。

第一句："求官如鼠，得官如虎。"

俗话说："未做官，说千般；做了官，都一般。"未做官时，那叫个义形于色发扬蹈厉说得（包括写得）堂而皇之漂亮之极啊！可是做了官呢？先是缩脖子，装孙子，夹着尾巴做小官；一旦官做大了，那可不得了了。俗话说"官升脾气长，位高架子足"，又说"官大福大势大，财粗腰粗气粗"，还说"官大了，人胖了，大爷大娘全忘了"，总之一副"求官如鼠，得官如虎"的变色龙嘴脸。为什么那么多人喜欢钻营当官呢？有个朋友说过一句极其精彩的话："当官的好处，说——也——说——不——尽！"且不说"三年清知县，十万雪花银"，仅是"一人得道，鸡犬升天"就够人垂涎直下三千尺。明张岱《夜航船·选举部·官制》："凡品级官员封及其母妻者，正从一品，母妻封一品夫人；正从二品，母妻封夫人；正从三品，母妻封淑人；正从四品，母妻封恭人；正从五品，母妻封宜人；正从六品，母妻封安人；正从七品，母妻封孺人。"这也正好应了一句俗语："嫁了官人当娘子，嫁了屠夫翻肠子。"

第二句："官大一级，嘴大一尺。"

俗话说，"官大一等，理长一分"，又说"官大一级，嘴大一尺"，还说"官字两张口，没有也说有"。不仅嘴巴大，而且手也长。正所谓"文官三只手，武官四条腿"（文多一只手捞，武多两条腿逃），并且"贼是暗地里偷，狗是背地里咬，土匪是拦路抢，官爷是明着要"。官人不仅手长，而且手狠。老话常说"民错了，官打哩；官错了，打民哩"，又说"心不黑，官不红"。在这种"官大一品压死人"的专制环境中，各级大小官员摸索出一套行之有效的官经，叫作"瞒官莫逆官"——尽可以对上级领导瞒哄和欺骗，但千万不敢硬顶，即使有理也不行。在这种氛围里熏陶出来的芝麻小吏们，手段也十分了得，有的比长官更厉害。诚如俗话所说："任你官清似水，怎奈他吏滑如油。"并说："诸般杂症好医，唯有吏病难治。"

第三句："官大自险，树大招风。"

俗话说，"位尊者忧深，禄重者责大"，又说"官高必险，伴虎而眠"，还说"官大自奸，水大自淹"。何哉？明朱载堉有一首十分有名的《十不足》："终日奔忙只为饥，才得有食又思衣。置下绫罗身上穿，抬头又嫌房屋低。盖下高楼并大厦，床前缺少美貌妻。娇妻美妾都娶下，又虑出门没马骑。将钱买下高头马，马前马后少跟随。家人招下十数个，有钱没势被人欺。一铨铨到知县位，又说官小势位卑。一攀攀到阁老位，每日思想要登基。一日南面坐天下，又想神仙下象棋。洞宾与他把棋下，又问那是上天梯？上天梯子未做下，阎王发牌鬼来催。若非此人大限到，上到天上还嫌低！"人心如此，官心如此。没当官的想当官，当了小官想大官。然而官场是个金字塔，越往上位子越少，可是瞄着的人、进攻的人却越来越多。所以说："官大自险，树大招风。"

第四句："十山九无头，官至三品休。"

俗话说，"官到尚书吏到部，人到讨饭尽了头"，又说，"十山九无头，官至三品休"。三品是个多大的官？各个朝代不一样，大致在尚书和侍郎之间（折合成现代的职级，尚书相当于正部级，侍郎相当于副部级）。譬如，隋代的六部尚书都是正三品，侍郎则只有吏部侍郎是正四品，而户、礼、工、刑、兵五部侍郎都是从五品。唐代的六部尚书都是正三品，侍郎则只有吏部侍郎是正四品上，而户、礼、工、刑、兵五部侍郎都是正四品下，六部二十四司郎中都是从五品上。金代的六部尚书都是正三品，侍郎一律是正四品。明初沿用元制，到洪武十三年（1380 年）撤销中书省并废除丞相职务，六部职权大大提高，成为直接向皇帝负责的中央最高一级行政机关，六部尚书都是正二品，而左右侍郎都是正三品。张岱《夜航船·选举部·官制》对明代的正从九品官列了一张明细表，谨录一、二、三品如后："正一品：太师，太傅，太保，宗人令，左右宗正，左右宗人，左右都督。从一品：少师，少傅，少保，太子太师，太子太傅，太子太保，都督同知。正二品：太子少师，太子少傅，太子少保，尚书，都御史，都督佥事，正留守，都指挥使，袭封衍圣公。从二品：布政使，都指挥使同知。正三品：太子宾客，侍郎，副都御史，通政使，大理寺卿，太常寺卿，詹事，府尹，按察使，副留守，都指挥佥事，指挥使。从三品：光禄寺卿，太仆寺卿、行太仆寺卿，苑马寺卿，参政，都转运盐使，留守司指挥同知，宣慰使。"

173

看一看，比一比，就知道三品官也不是谁都可以搞到的。俗话说："望山跑死马，望鱼馋死人。"官场亦如是。倘一级一级不停地往上窜，哪里是个尽头！

第五句："官场如唱戏，你来我就去。"

明汤显祖《牡丹亭·虏谍》："万里江山万里尘，一朝天子一朝臣。"俗话也说："一朝天子一朝臣，这朝不用那朝的人。"官场里永远有兴替，有斗争，不是东风压倒西风，就是西风压倒东风，你方唱罢我登临。俗话说"官场如戏，官场无义"，又说"官场如唱戏，你来我就去"。如果你来我去的"去"是履新高就，那自然是"春风得意马蹄疾，一日看尽长安花"；如若这个"去"是告别官场，告老还家，从此黄鹤一去不复返，那就会生出"流水落花春去也，天上人间"的慨叹。所以俗话说"官难离堂，儿难离娘"，又说"相逢尽道休官好，林下何曾见一人"？还有一些官人，在其人生最宝贵的黄金时段，是在"全心全意"地为他人设置障碍，制造困难；他们似乎觉得这样很有快感，很有成就感噢！然而，这种人一旦下台，威风不再，血债血还，晚景往往十分悲惨。因而他们更加贪权恋栈，非常恐惧看到下台落幕的那一天！

第六句："官情薄如纸，心事乱如麻。"

官场中人，多是竿木随身，逢场作戏。俗谚云："官情长，私情短。"官在位，情深深，热嗡嗡，闹哄哄；官下台，情何如？义何在？古得白！即使你一手提拔的人，从前是公堂受爵，私室谢恩；而今你的尊臀刚离开位子三分钟，他便没了踪影。俗话说"官在殷勤在，官丢奚落来"，又说"官情薄如纸，心事乱如麻"。形成反差最大的是，"官娘子死了满街白，官人死了没人抬""将军狗死人吊孝，将军死后没人埋"。

第七句："好好开花好好谢。"

《红楼梦》第二十七回林黛玉吟唱的《葬花词》，头一句："花谢花飞飞满天，红消香断有谁怜？"末一句："一朝春尽红颜老，花落人亡两不知！"不知怎的，每读到这两句，我就会想到俗话所说的"官满如花谢"。记得前些年读《黄帝内经》，令我非常吃惊的是，"精神内伤"竟是官场失意所致。《黄帝内经·素问·疏五过论篇》："诊有三常，必问贵贱，封君败伤，及欲侯王，故贵脱势，虽不中邪，精神内伤，身必败亡，始富后贫，虽不伤邪，皮焦筋屈，痿躄为挛，医不能严，不能动神，外为柔弱，乱至失常，并不能移，则医事不行。"清代大医家张志聪注："封君败伤，故贵脱势，及欲侯王而不可得，此忧患缘于内，是以精神内伤。《灵枢经》曰忧恐忿怒伤气，是三者皆不能守而失其常矣。"因为丢官，竟至于"内伤"，竟至于"失常"，从而丢了性命。这个官字，可谓误尽苍生矣！其实，花开即有花谢日，上场必有下场时。既然是"官满如花谢"，那就要"好好开花好好谢"。不过，非上上智，无了了心。只有在风疾雨狂时，立得住才见脚跟；每处于花繁柳密处，放得下方显胸襟。孔子对没有位置，悠然而曰："不在其位，不谋其政。"孟子对失去位置，潇洒而道："我无官守，我无言责也，则吾进退，岂不绰绰然有余裕哉！"

（收入拙著《母亲词典》，2010 年，中央编译出版社。发表于 2011 年 5 月 23 日、24 日香港《大公报·大公园》）

官箴十条

谚云，不知为吏，视已成事。纵览古籍，从历史这面大镜子里，不仅可以照见历代王朝"其兴也勃焉""其亡也忽焉"的发展轨迹；同时亦可以看到几千年来，官对政治社会所发挥的建设性与破坏力、正能量与副作用之经验教训。《晏子春秋·内篇问上》云："国有具官，然后其政可善。"谨从古籍中撷取十个句子，试述善政需具什么官。

（一）欲影正者端其表

时至今日，许多基层单位的各类选举，仍习惯于用粉笔在黑板上画"正"字来计票。这是因为政治的核心价值，就在于一个"正"字。俗话说，正人先正己。孔子屡屡强调，从政者首先要"以身为本"，率先垂范。《论语·颜渊》曰："政者，正也。子帅以正，孰敢不正？"《论语·子路》亦云："其身正，不令而行；其身不正，虽令不从。"作为政治的实践者与实行者，官一旦失"正"，便丧失了影响力与合法性。故《盐铁论·疾贪》云："欲影正者端其表，欲下廉者先之身。"好官必然是贤良方正之表率。

（二）嗜欲深者天机浅

俗话说，官迷心窍能作恶。恶有多端，要者两点：官无大小，一沾财色，其余便不足观。《说苑·谈丛》有言："毒智者莫甚于酒，毁廉者莫甚于色。"《庄子·大宗师》亦云："其耆欲深者，其天机浅。"《左传·桓公二年》概括得更到位："官之失德，宠赂章也。""宠"者恩色也，"赂"者财贿也，"章"者彰扬也；卖官渔色，蕴利生孽，贪人败类，公然交接！吏治腐败乃最大腐败，它直接败坏官纪世风。俗话说，法正天心顺，官清民自安。

（三）水失鱼犹为水也

民是衣食父母，官是管家公仆。《尸子》记载，孔子问其高足子夏，什么是为君之道？子夏对曰："鱼失水则死，水失鱼犹为水也。"这句话后来演变成一句十分流行的谚语——水无鱼依然是水，鱼无水一日难活。它精当而深刻地道破了官民之关系，不管多大的官，都不能脱离群众，不敢偏离群众路线。治道有常，利民为本；平易近民，民必归之。《韩诗外传》云："善为上者不忘其下。诚爱而利之，四海之内，阖然一家；不爱而利之，子或杀父，而况天下乎？"

（四）堂上远于百里

官越大，越容易受蒙蔽。所谓身边人，不乏"鹰眼鹿耳八哥嘴，狐狸脑袋兔子腿"。《管子·法法》有言："堂上远于百里，堂下远于千里，门庭远于万里。"也许身边人咬耳朵所说的话，完全是十万八千里外没影儿的事！此谓之"灯下黑"。故选好身边人，既关乎事业成败，亦涉乎心身劳逸。有道是，劳于取人，逸于治事；逸于取人，劳于治事。古者舜帝左禹右皋陶，不下席而天下治。故《大戴礼记·子张问入官》曰："贤君良上，必自择左右始。"俗谚亦云，不认得字是假瞎子，不认得人是真瞎子。

（五）用贤无敌是长城

人与人不同，花有百样红。要承认人与人之间具有差异性，智愚贤不肖是一种客观存在。俗话说，满地都是树，做梁的做不了柱。还说，只有不会打仗的将，没有不会打仗的兵。故《尚书·武成》主张："建官惟贤，位事惟能。"《韩非子·显学》则强调官要由最基层发掘、从实践中选拔："宰相必起于州部，猛将必发于卒伍。"《墨子·尚贤上》更提议官要能上能下："官无常贵，民无终贱。有能则举之，无能则下之。"历史上讲到治世典范，言必称汉唐。何哉？《贞观政要·崇儒学》载唐太宗语："为政之要，惟在得人；用非其才，必难致治。"《汉书·武帝纪》载汉武帝颁诏曰："进贤受上赏，蔽贤蒙显戮，古之道也。"向来得人者兴，失人者崩；黄金累千，不如一贤。俗话说，有了千里马，何愁千里路？故杜牧诗云："用贤无敌是长城。"

（六）不以私事害公义

建大事者，不忌小怨。史籍中关于祁奚推举解狐、赵武力荐邢伯子、咎犯保举虞子羔之类的故事，书之不绝如缕。解狐之于祁奚，伯子之于赵武，子羔之于咎犯，皆仇家也；然而祁奚等人却能因公举仇，为国输才。故《韩非子·外储说左下》特载赵武之言："私仇不入公门。"《说苑·至公》亦录咎犯之语："不以私事害公义。"大道容众，大德容仇，公门之内无私怨。俗话说，将军额头能跑马，宰相肚里能撑船。其此之谓乎？

（七）务学不如务求师

《论语·子张》载子夏语："仕而优则学，学而优则仕。"仕与学相辅相成，互为促进。问题是，向谁学？如何学？最普遍的办法：一向书本学。但要克服本本主义，尽习常规，囿于成法，何来创新？故尽信书则不如无书。二向实践学。现实是杰出的老师，社会是广阔的大学。俗话说，熟读王叔和，不如临症多。三向大众学。《诗》曰："先民有言，询于刍荛。"谚云，圣人学众人，众人学圣人。然而，经师易求，人师难得；最经济、最实用、最有效的方法是，把师傅请到身边来，人伴贤良智转高。《韩诗外传》云："上主以师为佐，中主以友为佐，下主以吏为佐，危亡之主以隶为佐。"故《法言·学行》强调："务学不如务求师。"

（八）分熟不如分腥

善于调动积极性，尽可能地发挥人的主观能动性，是为官的必备素质。《墨子·尚贤上》云："上之所以使下者，一物也；下之所以事上者，一术也。""物"是奖赏，是动力；"术"是技艺，是能力。"物"对"术"之积极性调动，就在于赏罚；赏罚之本，在于劝善惩恶。因此，赏疑惟重，罚疑惟轻；赏之愈亟，功效愈速；罚之愈公，惩效愈明；赏罚不明，则万事不成。故《说苑·政理》云："分熟不如分腥，分腥不如分地。"《战国策·秦策一》亦云："罚不讳强大，赏不私亲近。"尽管世人皆知，赏罚者利器也，小功不赏则大功不立；然而历朝历代之主官大员中，从来不乏《墨子·尚贤中》所言"贪于政者，不能分人以事；厚于货者，不能分人以禄"。各官们大玩"吊肉跌死猫"把戏，结果是鱼也吊臭了，猫也叫瘦了！

（九）治大国若烹小鲜

《老子》六十章："治大国若烹小鲜。"这并非说治大国就像炒小菜那么轻松自如。此语关键词在"小鲜"。河上公注《老子》曰："鲜，鱼也。"《说文解字》亦曰："鲜，鱼名，出貉国。"《韩非子·解老》讲得很透彻："烹小鲜而数挠之，则贼其泽；治大国而数变法，则民苦之。"政令不能擅出多变，就像煎鱼不可来回翻动，以免搅得色恶肉烂。故《尚书·毕命》云："政贵有恒。"倘政策没有连续性，就不可能持续发展；若主官没有稳定性，亦不可能负起责任。俗话说，常调之官好做，家常便饭好吃。

（十）有国者不可以不知《春秋》

担职为官，当有所作为，既要有现实责任感，更要有历史使命感。起点决定终点，视角决定视野。《左传·襄公二十四年》有"立德、立功、立言"之人生三不朽说，而官是最有机会和条件去实现的。《论语·泰伯》录曾子语："士不可以不弘毅，任重而道远。仁以为己任，不亦重乎？死而后已，不亦远乎？"——官也是有责任和义务必须担当的。自古做官就是一项充满挑战的艰难事业。《论语·子路》云："人之言曰：为君难，为臣不易。"史籍中记述"难"与"不易"诸事件，最深切著明者莫过于《春秋》，既有治世典型，更多反面教训。故《史记·太史公自序》云："拨乱世反之正，莫近于《春秋》。……故有国者不可以不知《春秋》。"《说苑·建本》亦云："有国者不可以不学《春秋》。……《春秋》，国之鉴也。"莫要轻看历史的价值和意义，数千年政治经济社会军事文化的深层积淀与文献珍存，乃先民以生命抒写并赐予后人的无价瑰宝！从来历史虚无主义者，也往往是现实鬼混主义者。有道是，行之无愧天地，褒贬自有"春秋"。读一读《春秋》，不仅可以知兴替、明治道，亦可以照镜子、鸣警钟。为官一任，守土有责，究竟是造福一方，还是造孽一方？关键不在宣言而在事实，评价既看当时更重身后。谚云，政声人去后，民意闲谈时。

（原载于 2013 年 6 月 5 日《人民日报·大地》）

第三编

思无疆

谈雅量

试想，雅量和周瑜可能联系在一起吗？

凡读《三国演义》者，都知道"三气周瑜"的故事。东吴大都督周瑜因气量狭小嫉贤妒能，怀揣"既生瑜，何生亮"的"小心眼子"，被足智多谋的蜀国军师诸葛亮给活活气死了！然而，这只是"小说家言"，正史记载与之恰恰相反。《三国志·周瑜传》称其"长壮有姿貌""性度恢廓"。东晋及刘宋时期史学家裴松之注《三国志·周瑜传》引《江表传》曰："干还，称瑜雅量高致。"干，即蒋干，字子翼，就是民间传说中"曹操倒霉遇蒋干"的那个蒋干，亦即传统戏剧《蒋干盗书》里三花脸小丑角的那个蒋干。然而，这也只是"戏剧家言"。西晋虞溥《江表传》所记述的蒋干，则是"有仪容，以才辩见称，独步江淮之间，莫与为对"。蒋干是周瑜少时同窗好友。《江表传》记载，曹操的确派遣蒋干去东吴游说周瑜附己，但周瑜出迎蒋干一见面便说："子翼良苦，远涉江湖为曹氏作说客邪？"一语撑住。蒋干识趣，只叙友情，并未游说，更未有"盗书"事件发生，小住几日即回去向曹操复命，并称赞周瑜"雅量高致"。

这是古典文献中雅量一词的最早出处。

换言之，中国历史上最早被誉为有雅量者，正是周郎其人。也许是受到《三国志·周瑜传》"性度恢廓"的框框所拘囿吧，现有大型辞书如《辞海》《辞源》《汉典》《现代汉语大词典》等，对雅量的解释大致有二：一是气度非凡，专指某人气度宏大，或有恢宏气势；二是称许某人酒量大，也说有雅量。这里仅讨论第一种解释。这种解释的重点放在了雅量的量字上，即本着对"性度恢廓"的照搬诠释之上，但却将雅字只当作一个修饰词——有高尚、文明、美好之意。历代文人骚客也正是这么理解并运用的。譬如杜甫诗句"雅量涵高远，清襟照等夷"之雅量，即侧重于雍容闲雅的美好仪态。

其实，雅量的重心应该落在雅字上。雅最早出现在"诗六义"之"风、赋、比、兴、雅、颂"中。据传为子夏所作《诗序》云："言天下之事，形四方之风，谓之雅。雅者，正也。"东汉刘熙《释名·释典艺》对《诗》的释义中亦有"言王政事，谓之雅"，对《尔雅》释义中亦讲"雅，义也；义，正也"。东汉郑玄注《周礼·大师》之"教六诗"亦云："雅，正也，言今之正者以为后世法。"参照《论语·子路》孔子之言："政者，正也。"故雅字归纳起来有二义：一是"雅者，正也"，二是"言王政事，谓之雅"。

回到最早出现雅量一词的原初语境中。

《三国志·周瑜传》称周瑜"性度恢廓，大率为得人，惟与程普不睦"。对于周瑜与老将程普不睦，裴松之引《江表传》所载："普颇以年长，数陵侮瑜。瑜折节容下，终不与校。普后自敬服而亲重之，乃告人曰：'与周公瑾交，如饮醇醪，不觉自醉。'时人以其谦谦服人如此。"周瑜这种"性度恢廓"的云水襟怀高风亮节，体现的是雅量之量。尽管同时代枭雄刘备称许周瑜"器量广大"，稍晚一些的史学家韦昭亦誉之"思度弘远"，北宋大文豪苏轼更是描画赞美其"雄姿英发，羽扇纶巾，谈笑间，樯橹灰飞烟灭"。然而，周瑜毕竟是三国时代政治军事之杰出人物，作为"世间豪杰英雄士，江左风流美丈夫"，除英年早逝仅享年36岁令人叹惋而外，其短暂一生堪称完美的正人君子形象。故周瑜的雅量之雅，更体现在诸如与蒋干的言谈往还之间，即所谓"言王政事，谓之雅"。《江表传》详细记述了蒋干赴东吴游说周瑜，反被周瑜所折服的整个过程，"(周瑜)因谓干曰：'丈夫处世，遇知己之主，外讬君臣之义，内结骨肉之恩，言行计从，祸福共之，假使苏张更生，郦叟复出，犹抚其背而折其辞，岂足下幼生所能移乎？'干但笑，终无所言。干还，称瑜雅量高致，非言辞所间"。周瑜这番堂堂正正的政治宣言与灵魂剖白，正是博得蒋干盛赞"雅量高致"的原因所在，也正是周郎雅量之雅的充分展现。

所以说，雅量的本义更近乎正能量。

"雅者，正也。"雅量，就是人身上的正量，亦即正能量。仅仅量大，是不能称作雅量的；只有兼备正量或曰正能量者，方可称之为雅量。东汉郑玄注《礼记·文王世子》有曰："正者，政也。"《鬼谷子》亦曰："正者，直也。"雅量的核心价值是公平正直与包容担当。正直与正义乃行动中的真理，雅量是正人君子——特别是政治家所必备之品格。雅量的重心在于雅，雅的精义在于正，无正便不称其为雅，雅量也就无从谈起。不然的话，春秋时代的江洋大盗柳下跖，也完全可以称得上"勇毅担当"的人物啊！盗跖的"量"不可谓不宏大，他称赏大盗"入先，勇也；出后，义也；知可否，知也；分均，仁也"(《庄子·胠箧》)，但毕竟盗贼之行径非正道也，故不可称其为

"雅量高致"，只能呼作"盗亦有道"。

"清范何风流，高文有风雅。"雅量作为一种人格品评，雅是量的前提，量是雅的承载，"雅量彬彬，然后君子"。与雅相对的范畴是俗。《释名》曰："俗，欲也，俗人所欲也。"尽管欲望是人最本质的东西，"七情六欲"也是人的本能。然而，东汉许慎《说文》云："俗，习也。"又曰："习，数飞也。"人一旦失正，过分地强调享乐放纵欲望，人欲横流、从物如流，且习焉不察、习以为常，人心就容易沉沦，人性便容易堕落。如果说雅量是一种正能量，那么庸俗的私欲则绝对是一种负能量。因为雅与俗，雅为阳，俗为阴；雅为性，俗为情；雅为正，俗为欲；雅为公，俗为私。"雅者，正也"，"正者，政也"。政治家与政客的人格分野，就在于前者雅，后者俗；前者正，后者欲；前者奉公，后者徇私。庄子有言，"嗜欲深者天机浅"。西谚亦云，私心能填满半个地狱。所以《诗·小雅·小明》诫曰："嗟尔君子，无恒安息。靖共尔位，好是正直。"

（原载于 2020 年 6 月 10 日《文艺报·新作品》）

谈学问

据说当年清华四大导师之一的梁启超先生演讲，先是眼光向下一扫，说"启超是没有什么学问"，然后眼睛向上一翻，轻轻点头说"可是也有一点喽"。博雅如梁任公都说自己没什么学问——有也只是一点，而谫陋如我辈，还敢奢谈什么学问。

之所以想谈谈学问这个题目，因为昨晚有一点触动。

昨天傍晚做了一期《谚云》公号，文章是前几天刚写的《谈雅量》。文章贴出不久，一位文友发来一个帖子："汉杨修《答临淄侯笺》：铭功景钟，书名竹帛，此自雅量素所畜也。"

这是针对拙文《谈雅量》中，有蒋干称赞周瑜"雅量高致"之语，而且我在文中下断语说："这是古典文献中雅量一词的最早出处。"

这个问题提得好！既然汉代的杨修已经用过"雅量"一词，那么三国时期的蒋干用"雅量"来评价周瑜，还能说"这是古典文献中雅量一词的最早出处"吗？

然后我们向下推演。首先杨修是不是汉代人？

大家耳熟能详的"鸡肋""一合酥""绝妙好辞"等，不就是出自令曹操自叹"我才不及君，乃觉三十里"的三国才士杨修吗？怎么又成了汉代人士呢？

我们的历史学家的断代划分，总有那么一些武断和尴尬的地

189

方。他们划分的三国时期，上承东汉，下启西晋，整整 60 个年头，肇始于黄初元年即公元 220 年，曹丕篡汉称帝建立曹魏政权；结束于太康元年即公元 280 年，西晋灭吴统一中国。

杨修生于公元 175 年，卒于 219 年。

周瑜生于公元 175 年，卒于 210 年。

杨修与周瑜同年出生，比周瑜多活了 9 年，但也没有活到公元 220 年曹魏政权建立，便被曹操诛杀。就是说，杨修和周瑜根本就没有跨越历史学家所划定的三国时期之雷池。两位都属东汉末年人士。

这有些囧。如果按照我们的历史学家之划分，苏东坡名播千古的《念奴娇·赤壁怀古》"故垒西边，人道是，三国周郎赤壁"，就得改成"故垒西边，人道是，东汉周郎赤壁"！

如果按照我们的历史学家之划分，曹操也不能算作三国人物。曹公生于公元 155 年，卒于 220 年。他比杨修和周瑜年长 20 岁，杀掉杨修次年 3 月即辞世。到这年年底曹丕的曹魏政权诞生，才算拉开三国时代的帷幕。

缔造三国的主要人物如曹操和周瑜等人，都被我们的历史学家"划"出了三国时代，这个……有点……那个！

其实，最晚在建安十三年（公元 208 年）的赤壁之战，孙刘联军大破曹操，奠定三国鼎立之雏形，就应该算是进入三国时期了吧？难道连赤壁之战这一三国时期的标志性大事件，也要算作东汉末年的战争吗？

正是在赤壁大战前夕，蒋干去拜访周瑜，回到曹营向曹操复命时，盛赞周瑜"雅量高致"。而杨修《答临淄侯笺》写于什么时候呢？

杨修生于公元 175 年，卒于 219 年。

周瑜生于公元 175 年，卒于 210 年。

曹植生于公元 192 年，卒于 232 年。

曹植于建安十六年（公元 211 年）被封为平原侯，建安十九年（公元 214 年）又改封为临淄侯。次年，即曹植二十三岁那年，给其父汉相曹操麾下的主簿杨修写了一封信《与杨德祖书》，后来成为传世名篇。杨修的《答临淄侯笺》是写给曹植的回信。故《答临淄侯笺》当写于公元 215 年，那时周瑜已然离开人世 5 年矣。

就历史人物来说，周瑜被称赞"雅量高致"，比杨修与曹植写信谈论"此自雅量素所畜也"，无疑要早 7 个年头。

不过，"雅量高致"和"此自雅量素所畜也"，都是东晋及刘宋时期史学家裴松之为《三国志》作注时之引文，出处亦有先后之分。拙文《谈雅量》对蒋干称赞周瑜之"雅量高致"，说"这是古典文献中雅量一词的最早出处"，有瑕疵，应该说"这是现在所能看到的古文献中雅量一词的最早出处"。

感谢友人指出问题，促使我作了如上之回溯追寻。

拎出问题，切入问题，研判问题，从而解决或解释问题，是做学问、写文章和干事业的不二法门。没有执着的追问，便没有踏实的学问，更不可能有真正的事功。

问题与学问，简而言之，亦可以说是问与学的关系。"博学而笃志，切问而近思。"学可以使人渊博，问可以使人深邃，相互促进，相互砥砺，问学相长，日新月异。

没有轻率的问题，只有轻率的回答。

（原载于 2020 年 7 月 8 日《中国社会报·文化广场》）

理想

俗话说："山上石多金玉少，世上人稠君子稀。"人世间可以称得上美的事物本来就不多，即如美政、美誉、美德、美文、美景、美酒、美玉、美人，等等。不过，笔者认为，对于人的一生来说，最美好的事物，莫过于拥有远大而崇高的理想。

关于什么是理想，言人人殊。但人们大多会认同这样的说法：理想中，满满地蕴涵着真善美的正能量。黑田鹏信说："真善美即人间理想。"爱因斯坦也说："启发我并永远使我充满生活乐趣的理想是真善美。"没有对真善美的强烈憧憬和不懈追求，没有怀揣着崇高理想的人生，是空虚而无聊的，也是迷惘而痛苦的。

没有理想，就会迷失前行的方向。中华传统文化中的理想，包含在一个"道"字内。所谓求道，就是求真理，就是对崇高理想的探求与追寻。道本是综括万事万物运行之轨道和轨迹的总称，它被我们的先哲概括为反映自然界和人类社会变化规律之真理。故《易传·系辞上》曰："形而上者谓之道，形而下者谓之器。"孔夫子更是反复地讲，"君子忧道不忧贫""笃信好学，守死善道""志于道，据于德，依于仁，游于艺""朝闻道，夕死可矣"，等等，强调的就是求道——亦即胸怀理想，追求真理，对于人生的至关重要性。作为社会政治伦理层面，道又被分解为以"仁"为核心的"五常"，即仁、义、礼、智、信，它是中华传统文化的普世价值。道有正道与非正道之分。《孟子·离娄上》引孔子语："道二，仁与不仁而已矣。"仁者躬行正道，所谓"死守善道"，为人生树立标杆，对社会传播正能量。有理想的人，具有明确的方向感、坚定的行动力和深刻的感召力，他们的嘉言懿行，对社会人群具有很大的正面影响力。常言道，榜样的力量是无穷的，而坏榜样的力量则是贻害无穷的。不仁者不行正道，他们"不耻不仁，不畏不义，不见利不劝，不威不惩"（《易传·系辞下》）。由于他们缺乏远大理想而缺少远见卓识，恰如俗谚所谓"麻雀肚，老鼠眼，吃不多，看不远"，不仅不能"守死善道"，相反却是见利忘义，背"道"而驰，因利欲熏心随波逐流而失去方向感，故其行为多是"盲人骑瞎马，夜半临深池"，危乎殆哉！

没有理想，就会缺乏恒久的动力。美好的理想，是人们向上向善的人生观、世界观和价值观的集中体现——亦即"仁"的具体展现。就像桃仁、杏仁、瓜子仁具有生命力和生长力一样，包含在"道"中的"仁"，同样具有生命力与生长力。而理想本身就包孕着生命与力量。设若心中诞生一种崇高的理想，就会产生一种磅礴的力量！在中华传统文化中，对于拥有远大理想的人，既有"五常"之精髓"智、仁、勇（勇亦包含于义中）"的要求，亦有对士君子的"弘毅"之考量。孔子曰："知者不惑，仁者不忧，勇者不惧。"这是孔子对怀抱理想的君子人格的最高评价。孔子的弟子曾子亦云："士不可以不弘毅，任重而道远。仁以为己任，不亦重乎？死而后已，不亦远乎？"所谓"弘毅"，"弘"是人的格局和境界，"毅"是人的意志和品质。心中有理想，人生有力量。正如屈原《离骚》所谓"亦余心之所善兮，虽九死其犹未悔"！对于理想可以产生力量，西哲亦有类似表述。培根说："人心中拥有神圣的理想和信仰，就可以激发出无限的意志和力量。"居里夫人也说："我们应该从理想主义中去汲取精神上的力量。"试想，没有崇高理想的人，整日里心猿意马，追腥逐臭，朝三暮四，蝇营狗苟，胸中哪里还会产生坚定的信念和持久的力量呢？

没有理想，就会丧失做人的底线。汤之《盘铭》曰："苟日新，日日新，又日新。"美好理想的现实意义，就是总使人向前看，向上看，永在提升，永不沉沦。陀思妥耶夫斯基说过："没有理想，即没有某种美好的愿望，也就永远不会有美好的现实。"车尔尼雪夫斯基也说："人的活动如果没有理想的鼓舞，就会变得空虚而渺小。"就拿这些年纷纷落马的贪官为例吧。他们贪污扶贫款、救灾款，可曾有一丝半毫的恻隐之心？他们搞权钱交易、权色交易，可曾有一时半刻的羞恶之心？他们结成团团伙伙、争权夺利，可曾有一鳞半爪的辞让之心？他们大搞裙带关系、任人唯亲，可曾有一星半点的是非之心？孟子曰："恻隐之心，仁也；羞恶之心，义也；辞让之心，礼也；是非之心，智也。"并说："无恻隐之心，非人也；无羞恶之心，非人也；无辞让之心，非人也；无是非之心，非人也。"贪官污吏们悖逆"五常"，道德沦丧，毫无理想信念，故屡屡突破做"人"的底线。由于理想在"道"之范畴，遵道而行谓之"德"。老子曰："道生之，德畜之……是以万物莫不尊道而贵德。"德者，得也，长期遵道而行，必有丰厚的获得感；反之则是"五心不定，输个干净"！孔子曰："人能弘道，非道弘人。"管子亦云："道德当身，故不以物惑。"人是理想的主宰，理想越崇高，生活越纯洁。而美好的理想，本身就是一种自觉而高尚的道德律。管却自家身与心，胸中日月常新美。

理想是生活的灯塔，理想是生命的光芒。人生在世，无论何时，心中要有梦，有梦才会赢。孟子曰："君子之志于道，不成章不达。"苏格拉底也说："世界上最快乐的事，莫过于为理想而奋斗。"美好的理想，不仅是为美好的目标而设，更是用来通过不懈的奋斗而实现的。《左传·襄公二十四年》提出"立德、立功、立言"的"人生三不朽"的崇高理想。而那些彪炳青史、抒写不朽人生的人，之所以生命之树常青，是因为理想之花永红！

（原载于 2019 年 8 月 7 日《中国社会报·文化广场》）

说追求

　　追求就是坚持选择，坚守心灵；而生活中最艰难的便是选择，更别说坚持和坚守了。孔夫子弟子三千，贤徒七十二，最杰出者也只有寥寥十人——后世称之为"四科十哲"——子夏便是其中之一。就是这样一位矢志求道的贤哲，面对现实中豪门巨室宝马香车，红男绿女花花世界，一时竟不知如何选择，作何追求。

　　司马迁在《史记·礼书》中写道："自子夏，门人之高弟也，犹云'出见纷华盛丽而说，入闻夫子之道而乐，二者心战，未能自决'，而况中庸以下，渐渍于失教，被服于成俗乎？"据孔子的另一位高足颜回所言，夫子讲道"循循然善诱人，博我以文，约我以礼，欲罢不能"，按说是很能吸引、感染、折服、归化弟子的。然而，子夏一见"纷华盛丽"即生艳羡，手摹心追，头晕目眩，现实和理想打架，选择与追求纠缠，奈何奈何？这种心灵上的纠结，在孔门弟子中绝非子夏一人。有的弟子甚而放弃当初的美好追求，跟现实达成某种程度的妥协，与世俯仰，随波逐流，甚至附益权贵为之聚敛，乃至于遭到孔子怒斥："非吾徒也。小子鸣鼓而攻之，可也！"正因如此，太史公司马迁才扼腕长叹："仲尼没后，受业之徒沈湮而不举，或适齐楚，或入河海，岂不痛哉！"

人是需要有一点精神的。人也好，社会也罢，一旦放弃向上向好的追求，立马就会下坡出溜一泻千里。好在子夏在一番焦虑纠结之后，终于回归"闻道而乐"，可谓自胜者强。西汉刘向《说苑》记载："孔子曰：'丘死之后，商也日益，赐也日损。商也好与贤己者处，赐也好说不如己者。'"子夏（卜商）与子贡（端木赐），均在孔门"四科十哲"之列，论脑瓜子灵和嘴皮子溜，一般多认为子贡要更优秀一些。然而，子夏喜欢"上比"，愿意与能帮助自己提升道德学问的人交往；而子贡则喜欢"下比"。追求不同，结果自然迥异。在孔门弟子身通六艺的七十二人中，"唯子夏于诸经独有书"——只有子夏一人对"六经"进行了系统深入的钻研，分别有研究成果结集成书，并在黄河龙门一带身体力行，讲学布道，使儒家文化流布深远，泽被后世。

追求，也是一种自我评估、设计、期许和暗示。一个人的自我暗示，往往蕴藏着一种强大的力量和一笔丰厚的财富。吾虽生也晚矣，但见识过"心战未决"的人却太多太多了！他们大多在年轻的时候意气风发颇有追求，然而，随着岁月的流逝，日益放逐心灵，日渐放弃追求，在所谓消受生活消磨时光的同时，反而被生活消受、被时光给消磨掉了。放弃总是要比坚守来得潇洒轻松一些。他们常常不无"洒脱"地说：得了吧，咱还是现实点儿好，追求理想能当饭吃？他们所谓的无所追求，其实也算是一种"追求"吧。

有选择，必有放弃；有理想，才有追求。有追求是一种健康向上的人生，它包含着坚守与担当。谚曰："有勤心，无远道。"追求就是向着既定目标不懈奋进的一项长线的系统工程。《易》云："不恒其德，或承之羞。"那些个半途而废的所谓"追求"，就像是一摊半拉子工程，让人何以为情，怎堪回首！

（原载于 2014 年 2 月 15 日《人民日报·大地》）

曱 甴

"曱甴"一词，长相奇特，"曱"不同于"甲"，"甴"却可读为"由"，普通话读作"冤由"（yuē yóu）。据说"曱甴"这个词，在我国南方不同地域、不同语系，有着完全不同的读法。在本文中，如无特别说明处，为阅读顺畅起见，包括标题在内，一律读作"嘎渣"。

在广东、香港等粤语地区，"曱甴"特指蟑螂，读音如"嘎渣"，多用来形容恶毒之人。不过，一位广东籍的小美女曾对我说过，童年时她的妈妈经常说，"曱"字是盖着被子埋头睡觉的大个子，露出了大长腿；"甴"字是伸头睡觉的小个子，空着大半床被子。这个比喻很有趣，也很形象。

在上海、江苏等吴语地区，"曱甴"亦指蟑螂，读音如"促掐"（根据实际发音正字的顺序应为"甴曱"），用来比喻令人憎恶的阴险恶毒之人。多见于民国时期的上海白话小说等文学作品中。

在闽南语、客家话、福州话中，"曱甴"都指蟑螂，读音亦有细微区别，只是不在此山中，云深不知处，很难将它说得通透明白。

不过，上面说到的"甴曱"一词，都是在粤语、吴语和闽南语、客家话等南方语系中，而北方语系中似乎没见过"曱甴"这个词。

然而，我从小就听老辈人在评价某些家风不正、人品有瑕疵的成年人时，常常用"嘎渣"一词，但到底这个词怎么写，不得而知。近来"屯甲"在网上不时出现，故特留意有关"屯甲"的相关资讯，从而引发我的联想——我们家乡晋北地区常说的"嘎渣"，会不会就是"屯甲"一词呢？

据《汉语大字典》："甲（yuē）：《字汇补》乌谲切。取物。《字汇补·曰部》：'甲，《字学指南》：取物也，与甲字不同。'"同据《汉语大字典》："屯（zhá）：（一）《改并四声篇海·田部》引《馀文》：'屯，士甲切，俗用。'又《字汇补·田部》：'屯，悉合切，音雪。出《篇韵》。'（二）同'屯'。《武威汉简·仪礼·士相见礼》：'無屯達。'"

有几个问题需要稍加辨析说明。

第一，字书里的"乌谲切""士甲切""悉合切"中之"切"，是古人创制的一种注音方法——反切，古称"反""切""翻""反语"等。反切最早出现于汉代，到魏晋时代已经普遍使用。反切用两个字给某个字注音，前一个字叫反切上字（简称上字），后一个字叫反切下字（简称下字），被注音字叫被反切字（简称被切字）。反切的基本原则，是上字与被切字的声母相同，下字与被切字的韵母和声调相同，上下拼合就是被切字的读音。即如"乌谲切"读作"冤"，"士甲切""悉合切"读作"渣"。当然，反切只是古代的一种模拟或近似注音，加之有些字的古音与现代读音已有很大差别，所以反切注音不像现代汉语拼音之标音那么准确。

第二，"甲屯"中的"屯"字，较早出现在《原始钫》和《武威汉简》中。钫是战国以前的青铜制品，呈方口四曲棱形，是古代的储酒器具。"甴"是《原始钫》铭文中的一个字（见《汉语大字典》"甴：《原始钫》"）。又，《武威汉简》1959 年出土于甘肃凉州磨嘴子6 号汉墓，其中竹简《仪礼》"無甴逹"有一个"甴"字，虽然此处的"甴"字音义皆同"由"字，但它却是我们现在所能见到的较早出现的"甴"字（字形）。武威这个地名，因汉武帝于公元前 121 年诏令骠骑大将军霍去病远征西域，大败匈奴，为表彰其彪炳青史之"武功军威"而赐名。我想强调的是，武威（亦称凉州）是古代河西走廊东端丝绸之路的要冲，它是典型的北方之地——换言之，"甴"字应该较早出现于北方。

第三，在粤语、吴语和闽南语、客家话等南方语系中，"甲甴"尽管读音不尽相同，但均指蟑螂，这在古代字书中似乎并无此义。那么，蟑螂是怎么与"甲甴"联系在一起的呢？也许是我浅陋，从未看到过论证这方面的材料。据我猜想，蟑螂作为最为古老、繁衍最成功的一个物种，在潮湿油腻的南方之厨卫间出现，是令人深恶痛绝——事实上却又是深恶而痛不绝的！蟑螂的学名叫蜚蠊（《神农本草经》亦称"蜚廉虫"），而历史上还真有一个叫蜚廉的"助纣为虐"的人物（《史记·秦本纪》有"蜚廉生恶来。恶来有力，蜚廉善走，父子俱以材力事殷纣"），加之北方把令人厌恶的坏人叫作"嘎渣"（假定就是"甲甴"一词吧），这样，将坏人（蜚廉）、坏物（蜚蠊）、坏名声（甲甴）联想并联系起来，天长地久、引申演绎、口耳相传、广为流布，"甲甴"在南方语系中便成为"小强"蟑螂的代名词。当然，这只是我个人的一个"合理推想"。

第四，《汉语大字典》关于"甴""甴"二字的读音与释义所引录的古籍出处，"甴"的读音来自《字汇补》《四声篇海》《篇韵》等，其中，清代学者兼藏书家吴任臣的《字汇补》，是根据明代梅膺祚《字汇》一书所作的增补，多收入民间俗语中的俗字；《四声篇海》由金人韩孝彦所著，但它所引用的《馀文》，不知出自何代；《篇韵》是《玉篇》和《广韵》二书的合称，《玉篇》最初由南朝梁代的顾野王所撰，后由宋代陈彭年、吴锐、丘雍等奉命收集并重新编写《玉篇》，而《广韵》本身就是陈彭年、丘雍奉命官修的一部韵书，故二书每每合称为《篇韵》。正是由于引证丰富，且所引典籍年代跨度久远，所以"甴"（zhá）的读音相对可靠一些。

"甴"就不同了。在《汉语大字典》中，"甴"只有清人吴任臣《字汇补》给出一个读音"乌谲切"（yuē），而明代朱光家所撰的《字学指南》则只给出它的字义"取物也"。我国历史上比较早的权威字书《释名》与《说文》都诞生于东汉时期。《说文》撰者许慎在字序中讲，上古仓颉造字有六种方法——即"六书"，包括"指事、象形、形声、会意、转注、假借"，其中"转注者，建类一首，同意相受，'考''老'是也"。也就是说，像"考""老"那样长相相近的字，是可以互相"转注"的。这在古代的文字训诂中比比皆是。即如东汉刘熙所撰《释名》中，"經（经）者，徑（径）也，常典也""禮（礼）者，體（体）也，得事體（体）也"（长相相近）；"葬，藏也""墓者，慕也，孝子思慕之處（处）也""銘（铭）者，名也，述其功美，使可稱（称）名也"（长相相近，且读音亦相同或相近），等等。鉴于《武威汉简》中，"甴"可读作"由"，那么，"甲"是否也可以读作"甲"呢？而且"甲"与"嘎"仅是一音之转，故"甲"字古音读作"嘎"，是完全可能的。要不，粤语"甲甴"怎么读作"嘎渣"呢？

有个现成的例子，也许很能说明问题。我的第二故乡阳泉市下辖的盂县，乃春秋时期的仇犹古国，发生过著名的"赵氏孤儿"的历史故事。近年来，盂县发现一个保留着大量石头建筑群的古老村落，名叫大汖。在《汉语大字典》里，"汖"有两个读音，一个读作pìn（《字汇·水部》："汖，普夬切，音派，分枭皮也。又匹刃切，义同。"），一个读作chí（《改并四声篇海·水部》引《搜真玉镜》："汖，音池。"《字汇补·水部》："汖，澄知切，《篇韵》读。"）。可是实际上，阳泉人把大汖读作"大厂"，而盂县土话则读作"大灿"（这也只是一个近似的模拟音）。今天我所能看到的字书，并未收入"厂"或"灿"的读音。这使我联想到"甲"字，可能有未收入字书的读音，比如"嘎"。

顺便提醒一下，现在网络上关于"甲甴"的相关资讯，查询者需要认真分辨、仔细撷取，所谓"百度文库""百度汉语""百度百科"之类的"百科知识"，常常把"甲"解释成"甴"，又把"甴"混淆为"甲"，错舛迭出，不足为训。

第五，"甲甴"在古代是不是一个联绵词？它最早在何朝何代何书何典中曾经出现过？这些可能已经无从考察。不过，参照字形（长相）相近相似又有些相悖相反、本身又是不可拆分连体出现的古语联绵词——诸如"彳亍""孑孓"等，那么"甲甴"也不应该而且也不能拆分为"甲""由"两个字单独使用，它应当是一个典型的古语联绵词。而且，我认为我的老家所说的"嘎渣"一词，可能就是"甲由"这个古语联绵词。而且，我还听说北方的有些地区，在口头上仍广泛地使用这个古语联绵词，虽然不同地域在词义上又有些细微的区别。

古人云，橘生淮南则为橘，生于淮北则为枳。在地处雁门关外的我的寒冷的故乡，那里是没有蟑螂的地方，因而也不曾把蟑螂叫作"甲由"，但却把眼窝子浅、爱贪便宜、不择手段的人叫作"嘎渣"，音义皆同"甲由"。在山西的不少地方，也把不是东西者流的坏蛋叫作"嘎渣货"。前不久回家探亲，我特意向九十岁的老母亲咨询求证，我说，您老人家常说的"嘎渣日"指啥哩？能不能从咱村举出一个具体的例子来？母亲想了想说，那个谁谁谁不就是个"嘎渣日"，儿子偷鸡摸狗拿回来的东西，女儿不明不白挣回来的钱财，他都喜欢，不问来路，他就是个"嘎渣日"当家人！

俗话说"财重六亲轻"，又说"凡人败德坏名，钱财占了八分"。具体到"甲由"一词，"甲"应该是它的中心词，《字汇补》对其释义"取物也"；而多种字书对"由"却只标明读音，仅解释为"俗用"，并无具体释义，可能是较侧重于语气词吧。由此可见，作为一个骂人的贬义词"甲由"，其本意正在于"取物也"。这与母亲叱责的不正派、不正经、贪婪钱财、不顾廉耻的"嘎渣日"，何其相似乃尔！母亲所说的"嘎渣日"的"日"，读轻音，语气词，但却是个加强语气，是个强烈表达憎恶与不屑情绪的语气词。所以我认为，既然"甲由"跟我们家乡俗语中的"嘎渣"音义基本相同，而"嘎渣"又仅只是一个模拟读音，那么，"甲由"则极有可能就是我的家乡俗语中的"嘎渣"一语的古老"实体词"吧。

（原载于 2019 年 12 月 23 日《谚云》公众号）

将饮茶

　　时届清明，又饮新茶。东坡词曰："寒食后，酒醒却咨嗟。休对故人思故国，且将新火试新茶。诗酒趁年华。"由于古俗寒食节（在清明节前一二日）禁火，故清明后取火曰新火；清晨汲取水井中的第一桶水叫"井华水"，自然是新水；再加上明前新茶，可谓新火煮新水，新水沦新茶。这时节，邀二三知友，寻好景，吃好茶，实乃人生之快事。

　　古云："早采者为茶，晚取者为茗。"唐陆羽《茶经》讲："茶者，南方之佳木也。"明李时珍则将茶归入"果部"，《本草纲目·果部·茗》讲："清明前采者上，谷雨前者次之，此后皆老茗尔。"春茶一般在惊蛰和春分期间开始萌芽，清明前即可开采。由于清明前气温较低，茶树发芽少，故明前茶颇为珍贵。古代的贡茶，有社前茶、火前茶和雨前茶。社前指春社之前（一般在春分前后），比清明尚早半月，故社前茶尤为珍贵；火前在寒食节前（因寒食禁火而得名），所谓火前茶即明前茶，清乾隆皇帝《观采茶作歌》有"火前嫩，火后老，惟有骑火品最好"；雨前指谷雨前，雨前茶虽不及社前茶珍，也没有明前茶嫩，但由于此时气温升高，茶树的芽叶生长较快，滋味鲜浓而耐泡，故前人亦说，"清明太早，立夏太迟，谷雨前后，正当其时"。

那么，饮茶有什么好处呢？据《本草纲目》讲："(茶)叶【气味】苦，甘，微寒，无毒。久食，令人瘦，去人脂，使人不睡。饮之宜热，冷则聚痰。"其原因是："茗茶气寒味苦，入手、足厥阴经，苦以泄之，其体下行，所以能清头目。且茶体轻浮，采摘之时，芽蘖初萌，正得春升之气，味虽苦而气则薄，乃阴中之阳，可升可降。利头目，盖本诸此。姜茶治痢：姜助阳，茶助阴，并能消暑、解酒食毒；且一寒一热，调平阴阳。"故饮茶之好处有，"利小便，去痰热，止渴，令人少睡，有力悦志。下气消食。破热气，除瘴气、痔瘘，利大小肠。清头目，治中风昏愦，多睡不醒。治伤暑，止头痛"，等等。特别需要指出的是，饮茶对牙齿和眼睛有大好处。苏轼《茶说》云："饮食后浓茶漱口，既去烦腻，而脾胃不知，且苦能坚齿消蠹，深得饮茶之妙。"俗话也说"多喝茶，少烂牙"，还说"蒜有百利，独害一目；茶有百害，惟利于目"。可见，茶对眼睛是有利无害的。

说"茶有百害"，可能有些过头；但万事万物，有利必有弊，茶亦如是。茶乃助阴之物，故夜间饮茶，对人伤害极大。谚云："早酒晚茶黎明色，阎王不用下请帖。"又说："隔夜茶，恶如蛇。"不仅夜茶伤人至深，即使昼间饮茶，亦应根据饮者之健硕与虚弱，以及年龄状况而有所分别。俗话说："前三十年胃养人，后三十年人养胃。"人到中年之后，胃气日渐衰弱，故多饮茶必伤胃气，乃至"伤营伤血"。李时珍讲："茶苦而寒，阴中之阴，沉也降也，最能降火。火为百病，火降则上清矣。然火有五，火有虚实。若少壮胃健之人，心肺脾胃之火多盛，故与茶相宜。温饮则火因寒气而下降，热饮则茶借火气而生散，又兼解酒食之毒，使人神思闿爽，不昏不睡，此茶之功也。若虚寒及血弱之人，饮之既久，则脾胃恶寒，元气暗损，土不制水，精血潜虚；成痰饮，成痞胀，成痿痹，成黄瘦，成呕逆，成洞泻，成腹痛，成疝瘕，种种内伤，此茶之害也。民生日用，蹈其弊者，往往皆是，而妇姬受害更多，习俗移人，自不觉尔。况真茶既少，杂茶更多，其为患也，又可胜言哉！人有嗜茶成癖者，时时咀嚼不止，久而伤营伤精，血不华色，黄瘁痿弱，抱病不悔，尤可叹惋。"他还以自己为例说："时珍早年气盛，每饮新茗必至数碗，轻汗发而肌骨清，颇觉痛快。中年胃气稍损，饮之即觉为害，不痞闷呕恶，即腹冷洞泻。故备述诸说，以警同好也。"宋末元初名医李鹏飞亦讲："大渴及酒后饮茶，水入肾经，令人腰、脚、膀胱冷痛，兼患水肿、挛痹诸疾。"所以他建议："大抵饮茶宜热宜少，不饮犹佳，空腹最忌之。"唐母炅《代饮茶序》更将饮茶的长远危害讲得很透彻："释滞消壅，一日之利暂佳；瘠气侵精，终身之累斯大。获益则功归茶水，贻患则不谓茶灾。岂非福近易知，祸远难见乎？"

既然茶对人有这么多的危害，可是古来除李鹏飞、李时珍等为数不多的医药大家而外，为什么很少有人将这个问题明确地指出来呢？好在李时珍《本草纲目》已触及问题的实质："茶之税，始于唐德宗，盛于宋元及于我朝，乃与西番互市易马。夫茶，一木尔，下为民生日用之资，上为朝廷赋税之助，其利博矣。"哦，原来是一个"利"字在作怪！唐代大诗人白居易早在《琵琶行》中即写道"商人重利轻别离，前月浮梁买茶去"，可见贩茶从唐代开始，就是一桩有利可图的买卖。自唐以降，宋代即在边疆地区开始大规模的"茶马互易",尤其到了明清两代,茶叶更是政府税收和赚取外汇的主项,加之茶商亦从中牟利甚巨,故历来官府与商贾只卖力地宣传、包装茶之美利,却始终对茶之弊害三缄其口,讳莫如深!宋方岳有诗:"茶话略无尘土杂,荷香犹有水风兼。"然而,茶话无尘杂,茶道有真伪;佳茗似佳人,佳人有猫腻。嗜茶者不可不审也。

（原载于 2008 年 4 月 22 日香港《文汇报·文汇园》）

春风吹破琉璃瓦

何为春?

谚云:"春打六九头。"又说:"百年难逢岁朝春。"今年这个春节全都赶上了,还赶上了"正月十五雪打灯。"瑞雪兆丰年,今年是个好年景!

一年之计在于春。那么,何为春?

春,就是打开,或曰"打开式"。春是一个象形字,春天到了,万物就像虫子一样蠢乎乎地动起来了,生长起来了。《释名·释天》曰:"春,蠢也,万物蠢然而生也。"《风俗通义·祀典》云:"春者,蠢也,蠢蠢摇动也。"《逸周书·时训解》亦云:"立春之日,东风解冻;又五日,蛰虫始振;又五日,鱼上冰。"大意讲,立春这天东风吹拂大地解冻,再过五天冬眠的虫子和动物开始活动,再过五天鱼就会上到带冰的水面。

春天,就这么"蠢蠢"而来。春光明媚,生机盎然,春天把一切都打开了!

为何"咬春"?

谚云:"春到人间一卷之。"立春之日的传统小吃是春卷,名之为"咬春"。

吃春卷或春饼的习俗大约起于晋（五辛盘），兴于唐。据《关中记》载：唐人于"立春日作春饼，以春蒿、黄韭、蓼芽包之"，相互赠送。唐代诗人杜甫有句："春日春盘细生菜，忽忆两京梅发时。"白居易亦云："二月立春人七日，盘蔬饼饵逐时新。"宋代文豪苏轼更有好句："蓼茸蒿笋试春盘，人间有味是清欢。"据说宋代宫廷里的春饼非常讲究，"翠缕红丝，金鸡玉燕，备极精巧，每盘值万钱"。据宋人陈元靓《岁时广记》载："立春前一日，大内出春盘并酒，以赐近臣。盘中生菜，染萝卜为之，装饰置奁中。……民间亦以春饼相馈。"

翻查历史资料，很多的传统节日习俗，都是先从"大内"流传出来，逐步走向民间的。

据传，最初制作"五辛盘"，是为了"却春困""宣春气"。

从医学的角度来看，大蒜、胡荽、萝卜、韭菜、羊角葱等辛荤时蔬，确有发散风邪、行气活血之功，既有益于健康，又能使人精神振奋。明代李时珍《本草纲目·菜部·五辛菜》讲："岁朝食之，助发五脏气。常食，温中去恶气，消食下气。"

春天到了，一家人动手制作春卷、春饼，聊把一樽酒，共寻千里春，多美好啊！

春风何为？

谚云："春风一到，九尽花开。"春风，是春天的命令，一声令下，万物生长开花。

212

风，在卦为《巽》。《周易·巽卦》："随风，巽；君子以申命行事。""巽为风"，风是"天"（即大自然）的命令。"重巽以申命"，就是一场一场的风，都在一次次地宣示大自然的命令。

而且，春夏秋冬四季之风，遵循不同的方向，不同的路线，起着不同的作用。

明人张岱《夜航船·天文部·风云》载："郎仁宝曰：春之风，自下升上，纸鸢因之以起；夏之风，横行空中，故树杪多风声；秋之风，自上而下，木叶因之以陨；冬之风，著土而行，是以吼地而生寒。"

春天里的风，貌似柔和，其实猛烈。谚云："春风不刮，草芽不发。"又说："春风不刮地不开，秋风不刮籽不来。"春风解冻，耕田下种；秋风摩挲，庄稼授粉。

不过，春天毕竟是春天。俗话说："冬暖时时冻，春寒日日消。"从冬至开始数九，九九八十一天之后，便迎来了"九九艳阳天"。老人们常说："数九望暖哩，数伏愁寒哩。"又说："九尽桃花开，寒气不再来。"

为何"春捂秋冻"？

明天是 3 月 6 日惊蛰节，农历正月三十，也是九九的第三天。从六九打春，到九九惊蛰，春风吹拂，九尽花开。这几天，办公楼前的两株白玉兰树，已在抖擞精神，含苞待放。诚如唐人赵嘏诗云："春风贺喜无言语，排比花枝满杏园。"

然而，春天万物竞发，病也在生发。谚云："杨柳发青，百病俱生。"亦云："春捂秋冻，不生杂病。"

为什么春天要捂，秋天要冻呢？

《礼记·郊特牲》云："春是养生之时。"养生防病，既要防患于未然，又要有备而无患。故《淮南子·人间训》曰："同日被霜，蔽者不伤。"

春天养生，重在御寒防风。谚云："针尖大的窟窿，椽头大的风。"既然春天是自然界万物的"打开时"或曰"打开式"，那么人体四肢百骸三万六千个毛孔，也同样处于"打开模式"。《黄帝内经·素问·生气通天论》云："风者，百病之始也。"又说："春伤于风，邪气留连，乃为洞泄。"

俗话也说"春风入骨"，又说"春风毒似虎"，还说"春风吹破琉璃瓦"，并说"春冻骨头秋冻肉"。所以老话才讲："不怕穿得晚，就怕脱得早。"

结论："春捂秋冻，老了不落毛病。"

（原载于 2019 年 3 月 5 日《谚云》公众号）

说冬至

谈到农历二十四节气，自然会想到农历、阴历和夏历。不过，这三者的关系问题，太大太深太复杂，故按下不表。谨就夏历及二十四节气简单说两句。

夏历要比二十四节气出现得早，创制于夏朝，距今已有四千多年的历史。尽管二十四节气也有产生于商代或周代、早已应运于农业生产实践的说法，但真正纳入历法，则最早出现在创制于西汉早期的《太初历》（公元前104年颁布）。

夏历其实是阴阳合历，要比西方简单粗暴的数学分段法制定的公历或曰阳历，先进不知多少倍。夏历以及二十四节气，是华夏先民最伟大的发明创造。笔者认为，它比我国古代的"四大发明"更重要，更为人们的生产与生活所迫切需求和广泛需要，因而更具有原创价值、实用价值、普世价值、文化价值和历史意义，它带给华夏世世代代亿万兆民深广而绵长的福泽，怎样评价都不过分！然而，百姓却日用而不知。《论语·卫灵公》记载，孔子的得意门生颜渊问"为邦"——怎样才能更好地治理国家？孔子讲的第一条就是"行夏之时"。因为夏历最符合古代中国农业生产和人民生活的自然节律——直到今天仍然若合符节。所以俗话常说："庄户人不懂二十四节气，白把种子撒进地。"

在二十四节气中，有的只是一个节气，有的既是节气又是节日。前者如立春、立夏、立秋、立冬等等，后者如清明与冬至。

读者诸君若有意更深层地了解一下，冬至为什么会成为一个节日？从冬至这一天开始的数九，为什么不叫数六、数七、数八或者数十、数十一、数十二，而单单叫数九呢？

那好吧，请阁下平心静气耐住性子——间或还得引述几句佶屈聱牙的古语呢，听笔者慢慢道来。

"冬至当日归"

——为啥叫冬至？

杜甫《小至》诗云："天时人事日相催，冬至阳生春又来。"冬至一般在阳历每年的 12 月 22 日或 23 日，今年是 12 月 22 日（农历十一月十六日）6 时 22 分 38 秒交冬至。

童年时常听我妈说："一到冬至就'至'住了。"意思是说，从冬这一天开始，即由此前的"日缩短，夜加长"，开始渐渐地变为"日增长，夜减短"。谚云："冬至当日归。""归"指阳气回归，白昼渐长。俗话还说："吃了冬至饭，一天长一线。"（《岁时记》："晋魏宫中，以红线量日影，日添长一线。"）又说："过一冬至，长一枣刺；过一腊八，长一杈耙；过一年，长一橡；过一清明，长一井绳。"皆指日影日渐增长。

成年后翻阅古书，还真发现冬至的"至"，大有深意存焉。据《太平御览》引《孝经说》："斗指子为冬至。'至'有三义：一者阴极之至，二者阳气始至，三者日行南至，故谓为'至'。"也就是说，

216

冬至之所以叫"至"，是因为有三个"至"——

一是天地自然之阴气已达极限，强弩之末不能穿鲁缟，阴气到此已不能再有一丝半毫的增长，即到此为止，走到终极边界，是为一至。《夜航船·天文部·时令》讲："天时长短：每年小满后，累日而进，积三十日为夏至，而一阴生，天时渐短。小寒后，累日而进，积三十日为冬至，而一阳生，日暑初长。《周礼》注：冬至，日在牵牛，景长一丈二尺；夏至，日在东井，景长五寸。"所以俗话才说："冬至夜回头，夏至日回头。"

二是天地自然之阳气从冬至子夜开始萌生，所谓"一阳来复"，是为二至。《大戴礼记·夏小正》讲："十一月……日冬至，阳气至始动，诸向生皆蒙蒙符矣。"

三是讲"南回归线"问题。各位知道，回归线是太阳每年在地球上直射点来回移动的分界线。每年冬至这一天，太阳直射点在南半球的纬度达到最大，此时正是南半球的盛夏，北半球的严冬。冬至之后太阳直射点逐渐北移，并始终在南纬 23°26′ 附近和北纬 23°26′ 附近的两个纬度圈之间周而复始地循环移动，因而把这两个纬度圈分别称为北回归线和南回归线。冬至之日，太阳直射到南回归线，是太阳在南半球能够直射到的最远位置，故曰"日行南至"，即到达了最南边的疆界，是为三至。把"三至"综括起来，即知冬至之由来。

"连冬起九"

——为啥叫数九？

谚云："冬至入九。"也说："冬至当天数九，夏至三庚数伏。"《清嘉录》还有"连冬起九"之说。意即数九是从冬至这一天开始的。冬至是头九的第一天，从此便进入"数九寒天"。

数九之俗起源于何朝何代，现在没有确切的文献资料佐证。据《荆楚岁时记》记："俗用冬至日，数及九九八十一日，为寒尽。"为什么要把冬至这一天，作为数九的开始呢？而且，为什么不叫数六、数七、数八、数十、数十一、数十二，而单叫数九呢？就笔者的粗浅认识，数九的习俗与《易经》有关。

《史记·历书》记载："黄帝考星历，建五行，起消息，正闰余。"所谓"消息"，即阴阳消长，阴虚为"消"，阳盈为"息"。后来又用《易经》中的十二消息卦（亦称十二辟卦，即：泰、大壮、夬、乾、姤、遁、否、观、剥、坤、复、临），来对应夏历从正月到腊月的十二个月，以及每个月份里相对应的节气。《易经》中的每一卦，均由六个爻组成。阴爻（--）称"六"，表示阴虚为"消"；阳爻（—）称"九"，表示阳盈为"息"。一年四季，周而复始，十二消息卦通过阴阳二气的消长转化，将春夏秋冬气候的冷暖变化，精准、简括而又形象地表述出来。

冬至所对应的是十二消息卦中的《复》卦，《复》卦的最下一爻是阳爻，上面的五爻都是阴爻，故称"一阳来复"，它体现的是天地大自然的本性和本质——即"天地之大德曰生"，生生不息。《复》

卦："象曰：复，其见天地之心乎？"

自然造化真是奇妙，阴生于极热之时，阳生于极冷之时。一阴一阳之谓道。由于冬至夜子时"一阳来复"，又因《复》卦之初爻（阳爻）称之为"初九"，故从冬至这一天开始数九。一个"九"为九天，九个"九"共有九九八十一天，直到惊蛰后的第六天"出九"，数九才告结束，此时已是春暖花开时节。所以俗话常说"数九数暖哩，吃饭数碗哩"，又说"九九又一九，便是春风吼"，还说"九尽桃花开，农活一齐来"。

关于数九，各个地区流传着不同的"九九歌"。我自小听母亲教的"九九歌"是："头九二九，冻破碓臼；三九四九，牙门叫狗；五九六九，阳婆看柳；七九八九，河塌水流；九九又一九，犁牛遍地走；十九不消算，地头等饭罐。"

其他地区的"九九歌"版本还有很多，比如："冬至是头九，两手藏袖口；二九一十八，口中似吃辣；三九二十七，见火亲如蜜；四九三十六，关住房门把炉守；五九四十五，开门寻暖处；六九五十四，杨柳树上发青丝；七九六十三，路上行人把衣担；八九七十二，柳絮飞满地；九九八十一，蓑衣兼斗笠。"

清人顾禄《清嘉录》记录了一首"九九歌"，颇有趣："一九二九，相唤弗出手；三九二十七，篱头吹觱篥；四九三十六，夜眠如露宿；五九四十五，穷汉街头舞——不要舞，不要舞，还有春寒四十五；六九五十四，苍蝇躲屋栿；七九六十三，布衲两肩摊；八九七十二，猫狗躺凉地；九九八十一，穷汉受罪毕，刚要伸脚眠，蚊虫虼蚤出。"

虽然说"数九数得热了，数伏数得凉了"，但数九天毕竟是天寒地冻的时节，因而谚云，"数九不冻，来年有瘟""数九不冷又无雪，暑伏之中雨水缺""数九东风拂脸，来年收成保险"。而且，数九天里刮风下雪，对庄户人来说都是大好事。老话常说，"数九天风多，数伏天雨多""九里一场雪，伏里一场雨""九里有雪，伏里有雨，锅里有米""九里的风，伏里的雨，吃了麦子又存米"，等等。总而言之，好风凭借力，瑞雪兆丰年。

"一阳来复"
——为啥要睡好冬至夜？

冬至之夜"一阳来复"，是"培元养心"的最佳时机。

第一要吃好。谚云："冬至不吃肉，冻烂脚指头。"还说："冬至饺子夏至面。"这个时节，最紧要的是摄养精神，补充能量，强健体魄，抵御寒冬。

第二要禁欲。不仅指冬至这一天，整个月都要"去声色，禁嗜欲"。《礼记·月令》："是月也（仲冬之月），日短至，阴阳争，诸生荡。君子齐（斋）戒，处必掩身，身欲宁，去声色，禁嗜欲，安形性，事欲静，以待阴阳之所定。芸始生，荔挺出，蚯蚓结，麋角解，水泉动。"（《逸周书·时训解》亦云："冬至之日蚯蚓结，又五日麋角解，又五日水泉动。"）姑且翻译一下吧：这个月，是一年中白天最短的时候，阴气和阳气互相消长，各种生物开始萌动。君子斋戒，居处不可暴露身体，安静少动，摒除声色，禁绝嗜欲，安定性情，遇事要冷静，以静待阴阳之消长。这个时令，芸草开始生长，荔挺草开始萌芽，蚯蚓开始盘结，麋鹿的犄角开始脱落，水泉开始涌动。此时此际，尽管万物都在生长，却是微弱地生长，故要呵护好它，保护好它。

第三要睡好。据传为神医扁鹊所著的《子午经》讲，"立春、春分脾，立夏、夏至肺，立秋、秋分肝，立冬、冬至心，四季十八日肾"，是最需要保养的。又据宋代大儒邵康节先生讲："冬至子之半，天心无改移。一阳初动处，万物未生时。"宋代文豪欧阳修亦讲："一阳初动于下，天地生育万物者本于此，故曰天地之心。天地以生物为心也。"冬至，连天地之"心"都可以生，而况人之心乎？所以在这一日里，人们尽可以停下手中的一切活计，傍晚煮点饺子，小酌三杯烧酒，早早沐浴休息（最佳睡眠时间在晚上九十点钟到次日凌晨五六点钟），调养身心，培育元气。谚云："睡要睡好冬至夜，玩要玩好夏至天。"

"冬至大如年"

——为啥冬至成为节日？

冬至这天，不仅只能吃喝睡觉，不近色欲，最好连其他事务都"甩手不干"，一律停下。

冬至在卦为《复》，《复》之大象辞曰："雷在地中，复；先王以至日闭关，商旅不行，后不省方。""至日闭关"，即冬至之日关门大吉不上班；"商旅不行"，即停止一切商业往来贸易活动；"后不省方"，即使大领导也不去各地跑场子调研视察。一言以蔽之，啥都不干！

为什么？据《京氏易传》云："复（坤上震下）：阴极则反，阳道行也。《易》云：'君子道长，小人道消。'……坤上震下，动而顺，是阳来荡阴，阴柔反去，刚阳复位。君子进，小人退。……阴去阳来气渐隆。"《史记·律书》亦云："日冬至则一阴下藏，一阳上舒。"并说："气始于冬至，周而复生。"

汉章帝建初四年（公元79年），由班固等人将当时全国最牛的博学鸿儒们之经学辩论结果撰集而成的《白虎通义》，专门回答了这个问题："冬至所以休兵不举事，闭关商旅不行何？此日阳气微弱，王者承天理物，故率天下静，不复行役，扶助微气，成万物也。"

鉴于此，把冬至搞成一个节日，不就具有只吃喝不干活的合理性、法理性和正义性了吗？

在二十四节气中，只有冬至和清明，既是节气又是节日。而冬至成为一个传统节日，还因为秦朝以冬至为岁首（即新年，相当于现在的春节）。西汉以后，冬至虽然不再是"一岁之始"，不过仍将冬至改为"冬节"，官府还要举行隆重的仪式"贺冬"。《汉书》讲："冬至阳气起，君道长，故贺。"

官方的这种"贺冬"庆典礼仪，也广泛而深入地影响到民间。宋代孟元老《东京梦华录》记述："十一月冬至，京师最重此节。虽至贫者，一年之间，积累假借，至此日更易新衣，备办饮食，享祀祖先，官放关扑，庆贺往来，一如年节。"这跟如今的"过大年"不是一样一样的吗？故民间至今流传着"冬肥年瘦""冬朝大如年朝"

以及"冬至大如年"之俗谚，从中可以想见当其时也，冬至作为节
日之隆重与繁华！

（匆草于 2018 年 12 月 21 日冬至前夜。

原载于 2018 年 12 月 22 日《谚云》公众号）

说睡觉

苏东坡有句："三杯软饱后，一枕黑甜余。"俗谚亦云："大醉如小死。"故以"黑甜"来形容酒足饭饱之后跌入昏天黑地梦乡的情态，精妙！绝倒！

古代有不少专门用来表示睡眠的词，如睡、寐、寝、眠等，且各有侧重。

睡，最初多指坐着睡，即打盹。如《说文》："睡，坐寐也。从目垂。"所谓目垂，就是犯困时眼皮耷拉下来的状态。到后来，睡即与睡眠同义。如唐释慧琳《慧琳音义》："睡，眠也。"

眠，指躺着睡。如宋陈彭年《广韵》："眠，寐也。"宋丁度《集韵》："眠，偃息也。"

寐，指睡卧，多指熟睡，即深睡眠。如《说文》："寐，卧也。"朱骏声训："眠而无知曰寐。"段玉裁注："寐，俗所谓睡著也。"唐释玄应《玄应音义》："寐，眠熟也。"

寝，本指偃卧，也指卧病，引申为休息。如《说文》："寝，病卧也。"三国魏张揖《广雅》："寝，偃也。"东汉刘熙《释名》："寝，所寝息也。"

睡觉，乃"头枕枕头头等事"也。英国的约翰·克洛说过："自然给予人的甘露是睡眠。"的确，人只有睡不着的煎熬，绝少有熟睡中的烦恼。能睡的人是有福的。一般来说，睡觉要睡好"子午觉"。子时，晚上十一点到次日凌晨一点；午时，中午十一点到下午一点。实际上，睡眠的最佳时段，是在晚上九十点钟到凌晨四五点钟之间。如果中午再能补个午觉，眯瞪二十分钟到个把小时，那叫完美！

反之，经常熬夜缺觉的人，"三更无眠，血不归经"，对身心损害尤为严重。谚云："一夜不宿，十夜不足。"又说："吃好穿好，不如睡好。"上古《击壤歌》讲得最透辟："日出而作，日入而息。凿井而饮，耕田而食。帝力何有于我哉！"所以嘛，"饥来吃饭困来眠"，即是至道。

睡觉乍看上去，似乎并没有多大的"技术含量"，但实际上却是颇有一番讲究的：

一、睡前先要开窗通风。谚云："傍晚开开窗，夜里睡得香。"

二、睡前要用热水泡脚。谚云："睡前烫烫脚，一夜睡得好。"又说："想要睡得美，先得打通腿。"

三、饭后不要马上睡觉，出门去踱踱步遛遛弯儿。谚云："饭后百步走，能活九十九。"但要谨记，是饭后百步走，至多两三千步，而不是动辄万步甚而几万步，那会走残的。俗话还说："吃了就躺，添肉四两。"又说："吃饱便睡，增病减岁。"坡翁所说的"软饱后"而"黑甜余"，在诗则美矣，在生活中则不足为训。

四、睡觉时要头朝东向。《礼记·玉藻》曰："君子居恒当户，寝恒东首。"

五、枕头的高度要适宜（荞麦皮枕头最佳妙）。谚云："三寸长寿，四寸无忧。"

六、不要蒙住头脸睡觉。谚云："吃饭少一口，睡觉不埋首，老婆（老公）长得丑，能活九十九。"

七、少仰睡，多侧睡，最好睡成"弯月形"。谚云："侧龙卧虎仰瘫尸。"

八、切忌开着灯睡觉。谚云："睡眠不点灯，洗澡不当风。"

九、要尽量早睡早起。谚云："搭黑不如起五更，添油不如早吹灯。"那种"白日悠悠走四方，黑夜熬油补裤裆"的工作方法和作息方式，颠倒"黑""白"，背道而行，不仅工作效率低下，而且长此以往，对健康危害殊深。

十、睡觉可以增加"幸福指数"。这是睡觉的第一等好处，平日里无事不生事，有事时大事化小事。谚云："一觉免三灾。"又说："塌天大事一睡休。"还说："人有隔宿之智。"这一条非常重要，故放在最后"压轴"。

有道是，"一世人生半世枕"。所以说，吃饭睡觉是最为紧要的事情。老话说得好："骑马坐轿，不如躺倒睡觉！"

（原载于 2008 年 3 月 21 日《新民晚报·夜光杯》）

说　福

从小到大，常听老人们说，这个人有福，那个人没福。因而，我打小就在心里犯嘀咕，到底啥是个福？福是个啥？

《说文》讲："福，祐也。"又说："祐，助也。"有点语焉不详。倒是《礼记·祭统》讲得比较到位："福者，备也；备者，百顺之名也，无所不顺者谓之备。"

噢！原来这福字的精要或曰核心价值，有两点至关重要。一是顺，即如《易经·系辞上》所说的"天之所助者顺也"，无论什么事儿，只要赶在有福人头上，就会顺心顺手百顺千顺万事通顺，就像傍着高墙大树生长的爬山虎一样，一生一世顺风顺水顺溜溜爬到顶儿！二是备，备是顺的结果，顺的集合，无所不顺谓之备。换言之，备就是福，福就是备。备说透了就是齐全周备，啥好事都能摊上。呵呵！

《尚书·洪范》把福细化为五个具体的考量指标，称之为"五福"——

"一曰寿。" 寿排在"五福"之首，有寿才有福。人这一生，前半辈子上学求职，奋斗打拼，生儿育女，奉养双亲，勤事耕耘，少问收获，主要以付出为主；后半生则种瓜得瓜，种豆得豆，可以尽情分享自己青壮年时期付出青春、汗水、心血所浇灌出的劳动成果，可以展展腰身，享享清福。譬如，享受天伦之乐是清福吧，可没寿怎么个享法儿？俗话说得好："不怕得儿晚，就怕寿数短。"也许有人会反问，"寿则多辱"怎么讲？参照下条。

"二曰富。"改革开放初期有句名言：贫穷不是社会主义。同样，贫穷不入有福之门。谚云："最丑是穷，最香是银。"人一旦贫穷，处于滚滚红尘之中，不仅语言无味面目可憎，而且贫穷永远连着贫弱与贫贱。俗话说。"穷人饭，拿命换。"又说："家有千贯，人值万贯；身无一文，人不值半文。"可见贫富世界两重天。别的不说，光是这一日三餐，富贵人家吃啥有啥，平常人家有啥吃啥，贫穷人家吃啥没啥，你说这穷跟福哪跟哪呀！谚云："有了钱，万事圆。"又说："有钱路路通。"越有钱越知道钱好使，有钱人即便老了也享福，富翁富婆总是跟富贵富泰联系在一起，怎么会"寿则多辱"呢？除非病痛老死，那是无可奈何。

"三曰康宁。"一切与健康安宁相反的——诸如劳碌、颠沛、挫折、流离、坎坷、蹭蹬、双规、留置、劳改、发配……以及残障、抑郁、卧床、病痛，等等，都跟福不沾边儿。孟子所谓"天将降大任于是人也，必先苦其心志，劳其筋骨，饿其体肤，空乏其身，行拂乱其所为，所以动心忍性，曾益其所不能"，那是打熬英雄筋骨，淬炼豪杰精神，但并不是享福。文天祥的"惶恐滩头说惶恐""留取丹心照汗青"，谭嗣同的"我自横刀向天笑，去留肝胆两昆仑"，慷慨赴死，千秋凛然，固然令人景仰崇敬，但那同样不是享福。福的重要标志是顺，是身体康健，内心安宁。杜工部诗云："宁为太平犬，不做乱离人。"

"四曰攸好德。" "攸"是一个会意字，像水一样平稳地流动，有所、处所、长久等意思。"好"是喜好的好。"攸好德"直译为"所好者德也"。好德积德，惜福积福，积德是积福的充分必要条件。作为社会人，即便缺口德也会折福，常言"一语折尽平生福"，更别说缺德之行了。在工作和生活中，与同事友善，向邻人微笑，亦是善行，也是积德，更别说帮助他人，成全他人了。孔子曰："君子成人之美，不成人之恶；小人反是。"在家庭中，作为人子人媳人女人婿，孝顺父母就是积福。孝顺孝顺，不孝咋顺？既然"福者，备也；备者，百顺之名也"，不孝不顺，福自何来？福来之于好德，厚德载物，厚德载福。攸好德，是指真诚而恒久地喜好美德，是发自内心的自然流露与本能需求，绝不是作科表演，煞有介事。

"五曰考终命。" 《说文》讲："考，老也。"《释名》曰："父死曰考。考，成也。亦言槁也，槁于义为成。"《礼记·曲礼》云："生曰父，死曰考。"考同槁，槁是树木生长多年而自然枯死。考是会意字，在甲骨文、金文里，考字颇似挂杖老人佝偻而行之状。"考终命"，就是老人享尽天年，长寿而善终。释家讲，生老病死乃人生四大悲苦。人活到耄耋之年，瓜熟蒂落，自然老死，寿终正寝，是一种莫大的福分。在我的故乡，老辈人高寿而善终，子女对亲戚和村人们磕头告白："我大（或我妈）老了。"村人们也会感叹，又一个老汉（或老人——特指女性）老倒了。哦！老汉或老人，一生善良而高寿，最终修得一场好死——"老了"，那是一种荣光和幸福。《孟子·尽心上》称君子"正其道而死，正命也"，讲的也是这个道理。

唐代大诗人白居易将"五福"各自提炼出一个字来："积为寿，

蓄为富，舒为康宁，敷为攸好德，益为考终命。"前三个字，望文即可生义；后俩字需要略加说明。"敷"是给予、传布之意。"敷为攸好德"，就是身体力行传播美德。"益"为裨益、好处。"益为考终命"，亦即好处是长寿善终。什么好处？哪来的好处？那就是享受"敷"——嘉言懿行传布美德——所收获的果实，也就是长寿而善终。"积""蓄""舒""敷""益"，只有"五福"齐备，方可称之为有福。譬如清代的钮钴禄氏和珅，富可敌国，位极人臣，有"积"有"蓄"也"舒（服）"，享尽人间荣华富贵，然而，贪婪聚敛，大德亏缺，无"敷"而不可得"益"，年仅四十九岁被嘉庆皇帝赐死，未享天年，不得善终，不能算有福之人。

人们常把福与禄相提并论，其实二者还是有区别的。《诗经·小雅·瞻彼洛矣》有句："君子至止，福禄茹茨。"郑玄笺："爵命为福，赏赐为禄。""爵命"指官爵，是福；"赏赐"指俸禄，是禄。孔颖达疏："凡言福者，大庆之辞；禄者，吉祉之辞。"可见，在所有吉庆美好的词汇中，福是"最高级"的。然而，只有惜福，才能积福，也才会享福。《易经·系辞》云："善，不积不足以成名；恶，不积不足以灭身。"像今天的某些贪官污吏们，一旦"爵命为福"，大权在握，便急吼吼地圈地捞钱包二奶瞎折腾，结局不言而喻——必然是福无双至，祸不单行，既无善德，更无善终。故俗谚云："福是积的，祸是作的。"

（原载于 2019 年 1 月 1 日《谚云》公众号）

说长寿

在《尚书·洪范》所载"有福"的五个具体指标中,"寿"为"五福"之首。而人的长寿标志,能够直观看去一目了然的,又有四个可供观察稽考的项目——眉毫,耳毫,项绦,老饕。谚云:"眉毫不如耳毫,耳毫不如老饕。"也说:"眉毫不如耳毫,耳毫不如项绦,项绦不如老饕。"

1. 美眉必享高寿

谚云:"美眉必享高寿。"古之"美眉",不是今天所谓的妹妹之谐音,或美女之昵称。《黄帝内经·灵枢·阴阳二十五人》讲:"足太阳之上,血气盛,则美眉,眉有毫毛;血多气少,则恶眉,面多少理;血少气多,则面多肉,血气和,则美色。"又曰:"手少阳之上,血气盛,则眉美以长,耳色美;血气皆少,则耳焦恶色。"还说:"美眉者,足太阳之脉,气血多;恶眉者,血气少。"清代大医家张志聪集注:"足太阳之脉,起于目内眦,循两眉而上额交巅,是以皮肤之血气盛,则眉美而有毫毛也。眉乃先天所生,故美眉者,眉得血气之润泽而美也。毫毛者,眉中之长毛,因血气盛而生长,亦后天之所生也。恶眉者,无华彩而枯瘁也。"可见,眉中有毫毛者,血气盛,多长寿,故称寿眉或眉寿。《诗经》中多有"眉寿"之记述。如《诗经·豳风·七月》:"为此春酒,以介眉寿。"毛传:"眉寿,豪眉也。"孔颖达疏："人年老必有豪眉秀出者。"还有《诗经·小雅·南山有台》"乐只君子，遐不眉寿"，以及《诗经·鲁颂·閟宫》"俾尔昌而大，俾尔耆而艾，万有千岁，眉寿无有害"，等等，"眉寿"都是长寿的标志。

2. 眉毫不如耳毫

古代相书《太乙照神经·寿相格》讲："耳、眉长毫者寿。"据宋彭乘《墨客挥犀》，宋代名相范仲淹之画像有"耳毫数茎"。而事实上，范仲淹寿数并不高，享年仅 64 岁。这大概与他的平日勤政操劳和经受三次贬谪的折磨不无关系吧。再者，在画像上加毫毛，并不能说明什么问题。东晋大画家顾恺之，给人写真绘像之后，在颊上凭空添加三根毫毛，纯粹为了提神而已。不过，中医认为"肾气通于耳""耳者，肾之官也"。《神相全编·耳相》讲："耳厚而坚，耸而长，皆寿相也。耳肉生毛者寿。耳有毫毛，长寿富贵。"《太乙照神经·论耳》亦云："耳中生毫，长寿吉昌。"这一般是指男人耳朵里长出长毫，是肾气充足、生命力旺盛的表现，乃长寿之征。清梁章钜《浪迹丛谈》有"眉寿"词条："云台师尝与余对坐良久，熟视而言曰：'君眉间有二长毫，此寿征也。经典中屡言眉寿，如"绥我眉寿""以介眉寿""眉寿万年"。钟鼎文字中言眉寿尤多。眉寿古多而今少，岂今人固不如古人哉？'按：吾师今年八十有三，眉却无毫。或曰：'有寿而不必长眉者，未有长眉而不寿者。'然细察吾师耳间有长毫数茎，而余耳际亦微有毫。记得相书中云：'眉毫不如耳毫，耳毫不如项下绦。'今'眉毫''耳毫'皆有征，惟'项下绦'则尚未详辨耳。"

3. 耳毫不如项绦

其实，"项绦"在梁章钜先生所说之相书中亦屡有出现。如《麻衣相》即有"小儿项下绦纹者，富而寿"。《神相十观》也讲到眉毫和耳毫，如"眉为保寿官，喜清高疏秀弯长，此保寿官成也""耳为采听官，轮厚廓坚，红润姿色，内有长毫，孔小不大，此采听官成也"；并同时提到"项下双绦，心窝不陷，腹宜有囊如葫芦"，皆为上相。至于何为"项绦"？东汉许慎《说文》讲："项，头后也。从页工声。"人的脖子如果仔细分别，则"前为颈，后为项"，"项"为后脖颈部分。古代使刀剑的战将，临阵对战，每每豪言"取尔项上人头"者是也。"绦"是个象形字，《广韵》释之为"编丝绳也"，就是一根细长的绸布条儿，或是用丝编织的带子。我们小时候，女孩子扎辫子的丝带就叫"辫绦"。最形象的比拟实物，则是春天抽芽吐叶丝丝垂落的柳条，即唐诗所谓"万条垂下绿丝绦"者是也。综合起来，"项绦"即脑后发际下方的环项肉纹（与胖者的"双下巴"不同），它就像在后脖颈上系了一条细而长的丝绦。倘有"项下双绦"者，则更是长寿的象征。

4. 项绦不如老饕

《左传·文公十八年》记载："缙云氏有不才子，贪于饮食，冒于货贿，侵欲崇侈，不可盈厌；聚敛积实，不知纪极；不分孤寡，不恤穷匮。天下之民以比三凶，谓之饕餮。"于是有人便将"贪于饮食"和"冒于货贿"，分别安在饕餮二字头上，称"贪财曰饕，贪食曰餮"。窃以为，饕餮一词分明是个"连体儿"（古语联绵词），为什么非要把它生生地分开呢？好在人们后来根本不去理会"贪财好贿"

233

那套说辞，专以饕餮指贪吃。据宋袁文《瓮牖闲评》载："谚云：'眉毫不如耳毫，耳毫不如老饕。'故东坡作《老饕赋》。"宋代大文豪苏东坡以能吃、会吃、贪吃而著称，自称"老饕"，并作了一篇脍炙人口的《老饕赋》流传于世。至于俗谚"眉豪不如耳豪，耳豪不如老饕"，则是对长寿者的特征所作的比较。这条俗谚亦见于宋吴曾《能改斋漫录》引北齐·颜之推语："眉豪不如耳豪，耳豪不如项绦，项绦不如老饕。"并有吴自注云："此言老人虽有寿相，不如善饮食也。"《晋书》和《三国演义》都有记述：司马懿问诸葛亮特使，孔明寝食及事之繁简若何？使者说，丞相夙兴夜寐，所啖之食日不过数升。司马懿顾谓诸将曰："孔明食少事烦，其能久乎？"的确，诸葛武侯"出师未捷身先死"，享年仅53岁。老人们常说："老饭量，老饭量。"老年人必须有饭量，会吃就是补，能吃才有寿。俗话说得好："能吃能睡，长命百岁。"还说："三饱一倒，长生不老。"

（原载于 2018 年 12 月 10 日《谚云》公众号）

为自己定个计划

——新年试笔

新年伊始，给自己定个计划。

我拟定计划，注重三个要素——时间的长短，数量的多少，选题的大小，并将三者结合起来协调考虑。计划太短，东一榔头西一棒，缺乏可持续性；计划太长，"置的冬衣杨柳青，置的夏衣水结冰"，又在考验人的耐受力。计划太少，吊在一棵树上，单调不说，还常常赶不上变化；计划太多，眉毛胡子一把抓，又几乎等于没计划。计划太小，鸡毛蒜皮，绿豆芝麻，会将人生变得琐屑微末；计划太大，虽然开篇叙事宏大，但结局往往虎头蛇尾，或望洋兴叹，或望梅止渴，或望山跑死马，最终撂下一个烂尾工程，不了了之。

制定计划要切合实际，注重实在，讲求实效。由于"取法乎上，仅得其中"，因而拟订计划时可以打出一点盈余，略有拔高，但不能没边没沿，超越极限。计划不仅是行动的指南，也是想象力对心灵的诺言。所以制定计划，既要规定时间表，也要规划路线图，同时还要尽量把大中小和长中短计划糅合在一起，统筹设计。

大计划是一个相对长远的目标，时间往往在十年以上。这样的目标不宜多，一定时期内有一两个足矣，否则便会形成干扰。中计划一般是大计划的组成部分（也可以是一个完整的独立计划），时间一般在三到五年内。我国的国民经济发展以五年为一个计划时段，近三十年来发展飞速，取得了举世瞩目的成就。也许五年正好是一个中计划的黄金分割律吧？具体到个人所制定的中计划，一个时段内应以两三个为宜，以防止贪多嚼不烂。小计划则可以多一些，时间大致在一两年以内，长的年把两年天气，短的半年或一个季度，速战速决，立有斩获。一方面，小计划是大计划和中计划的细化方案和实施步骤；另一方面，小计划又具有灵活机动性，随机出现，随时调整，有了灵感，即可干一把。

然而，理论总是灰色的，计划永远赶不上变化。就以我为例吧，我的本职工作是新闻，文学创作纯属业余，而且本人还有个惯于夜间写作的积习，这就更需要拟订合理的写作计划。我在1993年制定过一个中计划，想以"母亲的话"写一部书，于是便开始搜集整理这方面的资料。当初计划五年足够了吧？但前前后后做了十几年，中计划演变成大计划。到2002年开始写作《母亲词典》，但写出四五万字以后，连自己都不能满意，也就未敢拿出来示人。直到2007年初，报社领导动议，在我主持的《社会周末》开一个《风俗》专版，并希望我写一些有关风土人情方面的文章。我突然一下子找到了《母亲词典》的表现形式和叙述方式。原本打算每周写一篇，一季度至少写十篇，总共写一年，算是一个小计划吧。不料，计划还是没有赶上现实的变化，一写就跨越了三个年头，生生地拉长为一个中计划。正因如此，扬弃、修正、改进、补充和完善老计划，是制定新计划的题中应有之义。

岁月永是奔逝，计划总在变化。这是我多年来制定各种各样计划所得到的最深切的感受。不过，变化归变化，计划还是要继续制定下去的。因为有蓝图才有方向和目标。

有道是，长计划，短安排。那么，我的新年度计划，就从今天开始制定实施吧。

（写于 2010 年 1 月 1 日。

原载于 2010 年 2 月 1 日《人民日报·大地》）

有笔的人

早年有一个相声段子，说一个人在前胸口袋里插一支笔是小学生，插两支笔是中学生，插三支笔是大学生，而插四支笔就是修笔的了。逗人一乐。

其实，不管在胸前插几支笔，并不能代表一个人的真实水平；就像有的人天天舞文弄墨耍笔杆子，却称不上一个有笔的人。我知道一类文人，文章写得蛮多，名头也颇不小，但他们所谓的"创作"，就是今天为张三立传，明天为李四捉刀，"著书皆为稻粱谋"。有一位"大家"还自我标榜，他的顶头上司出版文集，其中有3/4的文章出自他的手笔，他因此而获得了"令多少人艳羡"的房子、车子和位子，他也因此有了"常峙节得钞傲妻儿"的资本，并每每在文章中显山露水，字里行间流露出一种沾沾自喜。然而，这不能算是有笔的人，他充其量不过一枪手耳。

有笔的人不仅是有水平有文采的人，他更是有自由之思想、独立之人格的人。有笔的人一定是真诚的、勇敢的、"我手写我口"的、有良知的人。有笔的人当然还是"穷年忧黎元，叹息肠内热"的富有正义感和使命感的人。有笔的人最重要的不在于他写了什么，而在于他不写什么。对于一切趋炎附势溜须拍马人身依附帮闲抬轿的文人枪手来说，笔，何有于他！

伏尔泰说：我没有权杖，但我有笔。

鲁迅说：我有一支笔，叫"金不换"。

我想说：生为文人，当以有笔为荣。

（原载于 2006 年 6 月 24 日《新民晚报·夜光杯》）

红墨水·蓝墨水

　　如今的写作者多是"敲键码字"者，直接动"笔"的人少而又少。回想当年，无论是搞文学创作的，还是搞新闻写作和编辑工作的，抑或在机关熬夜写材料的，统统称之为"笔杆子"。所区分者，写文章、写材料用的是蓝墨水或黑墨水，搞编辑改稿子用的是红墨水。久而久之，便用红墨水指代编辑工作，用蓝墨水指代新闻或文学写作。这曾经成为一个时代的话语。

　　我的本职工作，多年来一直在做杂志和报纸的编辑和记者，后来做编辑部主任兼周刊主编，再后来还做过几年子报的副总编辑。一位朋友曾打趣说，所谓主编，就是主要的工作是编辑；所谓总编，就是总的来说是个编辑。仔细想来，这话讲得颇有理趣——编辑、主编、总编辑，无非都是用红墨水的。在做编辑的同时，我也是报纸的记者和评论员；业余时间，还喜欢写点杂文散文，以及有关民俗民谚的研究性文章。因而，我是左手红墨水，右手蓝墨水，既编辑剪裁他人的稿子，也经常为本报撰写稿件，时不时还会向其他报刊投稿。这样三十多年迤逦走来，我对红墨水与蓝墨水，感受殊深，感慨良多。

　　首先，谈谈怎样用好红墨水。

　　编辑是一份工作，但又是一份操着"朱笔"的特殊性工作。表面上看来，做编辑无非是约稿子、改稿子、编稿子、退稿子，但是这当中还有一个怎样"约改编退"的问题。严格来讲，作为编辑，没有谁的稿子绝对不能改、不能退，但"君子成人之美，不成人之恶"，改要改得更精彩，退要退得有理据，不能自以为编辑天然具有改稿和退稿的权力或"权威"，一拍脑瓜随意地涂抹添改，为改而改，想退便退，那未免有点任性儿戏，有点不负责任。所以说，编辑能否用好红墨水，不仅是一个水平问题，还是一个品格问题。

对于编辑——特别是年轻编辑来说，也许处理普通的自然来稿还是可以应对的，但是能够组约到名家的"出彩"稿件则殊为不易。更为难的是，费尽周章约来的名家稿件不对路、不能用怎么办？这就面临一个改或退的问题。多数名家是能够理解改稿或退稿的，有的名家来稿时还特地附言"可用则用，不可用掷还便是，请勿为难"；但也有个别名人不接受改和退，于是便成了"黄鹤一退不复返"的一锤子买卖。每当遇到这种情形，我便与年轻的编辑同人坐下来开个小会，告诉他们不必沮丧失落。诚然，我们要想把报纸、杂志或出版社办得出色，必须坚持依靠两头，一头靠作者，一头靠读者。可以说，作者和读者是编者的"衣食父母"。所以作为编辑，不仅要尊重每一位赐稿的作家和作者，更要秉持一种公正平等的编辑理念。既不能有"店大欺客"居高临下的编辑心理作怪（何况我们的"店"本来就不大），也不能委曲求全地惯着哪个名角"客大欺店"。普通作者的高质量稿件可以作头条，名家大腕的信笔小品亦可作配稿，不对路的名人稿件同样可以退回去。编辑工作的核心理念，就是对稿件"唯质是取""内容为王"；所以作为编辑，最关键的就是要慎用并用好手中的红墨水。

当然，身为编辑，还要真诚地感谢并团结每一个为我们撰稿、投稿的作家和作者。记得某年年根儿，我跟人民日报《大地》副刊的两位退休编辑一起吃饭，我对一位女编辑说，感谢您二十多年来编了我的那么多稿子。另一位男编辑立马说，应该感谢的是你——为我们副刊写了那么多好文章。那位女编辑也笑着说，那是那是！这个"镜头"永远镌刻在我心里。因为多年来我见惯了诸多相反的情形，所以这件事对我的"编辑思想"影响甚巨。因而，我衷心地希望我们的编辑同人，能够拥有他们那样的境界和情怀。

其次，谈谈怎样用好蓝墨水。

俗话说："熟读王叔和，不如临症多。"编辑看稿子、改稿子，并不能代替写稿子；写好稿子，是做好看稿、改稿工作的前提。在具体工作中，编辑和记者虽然岗位不同，但却往往都是多面手，使红墨水的编辑也要勤动蓝墨水，用蓝墨水的记者同样离不开红墨水。我经常跟年轻的编辑同仁说，要想用好红墨水，先得多动蓝墨水。但也有人说，当编辑嘛，能认得好文章，有眼力就行，意思是"眼高手低"也不错。其实，眼高的人，手也低不到哪里去；手低的人，眼也高不到哪里去。要想手眼齐高明，就得勤动笔头写文章。当编辑选文章，先得了解写文章，不仅要明白"立片言而居要，乃一篇之警策""言寡情而鲜爱，辞浮漂而不归"之优劣得失，更要体悟"精骛八极，心游万仞""笼天地于形内，挫万物于笔端"之创作境界。文学创作当如是，新闻写作大抵亦如是。

宋代苏轼《东坡志林》记述其好友孙莘老向欧阳修请教作文之

秘诀，欧阳修答曰："无他术，唯勤读书而多为之，自工。世人患作文字少，又懒读书，每出一篇，即求过人，如此少有至者。疵病不必待人指摘，多作自能见之。"短短数语，把读书、写作与裁量文章之关系，讲得再清楚不过。勤读书，多作文，是写出好文章的不二法门；长此以往，自然就能看出文章之高下优劣所在。那些懒于读书，又疏于作文者，见识浅陋，又不肯谦虚，偶尔写出一篇文章，就想成为旷世佳作，艳压群芳，独占鳌头，怎么可能呢？如果让这样的人做编辑——换言之，把文章交给这类手眼俱低者定夺，命运可想而知。

《文心雕龙》讲过："操千曲而后晓声，观千剑而后识器。"作为编辑，最理想的状态是，成为一个见多识广的杂家和博物学家。这可能有点勉为其难。最起码来讲，要想做一个合格的好编辑，先须勤于读书，方可逸于作文；只有平时多动蓝墨水，亲身体验写作者"吟安一个字，捻断数茎须"的个中甘苦，才可以设身处地换位思考、理解写作之诸多不易，才知道编辑手中"朱笔"的责任与分量，才能够用好予取予夺的红墨水，才可能做一个金针度人的好编辑。

从这个意义上讲，红墨水的功夫在"蓝"内，"红"出于"蓝"而胜于"蓝"。

纵观新闻出版史，但凡优秀的报纸、杂志、出版社及其名栏目、名品牌，都是几代报人、出版人合力营造、接力打拼出来的。有一句广告词说得好："大家好才是真的好。"俗话也说："有了千里马，何愁千里路？"什么是"千里马"？用蓝墨水的记者能够写出好消息、好评论、好通讯、好典型，使红墨水的编辑能够编出好报纸、好书刊、好版面、好栏目，同时还能团结优秀作者，吸引广大读者，把新闻出版事业干得风生水起、风景独好，这不就是"千里马"？一花独放不是春，百花齐放春满园。让那些"千里马"左手红墨水，右手蓝墨水，左右开弓，"红""蓝"合璧，抒写出日新又新的最美画卷。正谓是，日出江花"红"胜火，春来江水绿如"蓝"，能不更灿烂!

（原载于 2020 年 10 月 26 日《中国社会报·孺子牛》）

零　读

　　零读，不是没读，更非不读。零读是零星地读，零碎地读，零零散散地读，零敲碎打地读。

　　走出学校大门，步入社会阶段，大多时间处于工作状态，大家都叫喊忙，说工作都忙不过来，哪有闲工夫读书？似乎读书尽是那些个"金堂玉马三学士，清风明月两闲人"，只是闲人的事体。

　　请听听这两则对话吧。"曰：'学《诗》乎？'对曰：'未也。''不学《诗》，无以言。'鲤退而学《诗》。""曰：'学礼乎？'对曰：'未也。''不学礼，无以立。'鲤退而学礼。"这是《论语·季氏》记载孔子和儿子孔鲤的对话。谚云，熟读《诗经》会说话，熟读《内经》成医家。不读《诗经》，在社交场合开口说话都没个好词儿，尤其在春秋时代的重大外交场合更是接不上话。《诗》云："人而无礼，胡不遄死！"不习礼仪，不守规矩，走遍天下都没法儿生存，没法儿立身。

　　没法儿说话，没法儿立身，还怎么去工作，还忙乎个啥呀？

　　文以化人，古今一理。读书，是工作和生活的必需。书中不仅仅只有影响生存的饭碗，也不仅只有宋真宗所谓幸福标志的"黄金屋"和"颜如玉"；更为重要的是，书中还蕴涵着积极健康的人生不可须臾或缺的"世界观"和"方法论"。有人讲过，做官为俗，读书为雅，因而从政者更应该多读点书，陶冶情操，澡雪精神。所以说，读书也是高尚而美好人生之必需。

至于工作忙，并不构成不读书的理由。《墨子·贵义》记载："昔者周公旦，朝读书百篇，夕见七十士。"这位被孔子一生顶礼膜拜的大圣人周公旦，贵为周文王之子、周武王之弟、周成王之叔，且身为摄政王，全权处理周王朝政务，你说他忙不忙？但他每天早晨"零读"百篇，晚上接见七十名提意见和建议的学者和官员，被曹操誉为"周公吐哺，天下归心"。常言道，圣人学众人，众人学圣人。正是因为圣人广泛地吸纳众人的智慧——自然也包括先圣们写进书里的知识与观念、经验和教训，圣人的思想和学说，才值得众人去学习。

人生确乎很忙，时间亦不等人。谚云，一晃过三冬，三晃一世人。在时光飞逝、工作繁忙的节奏中，要想增强本领充电读书，只能从碎片化的时间夹缝里，抽时间，挤时间，抢时间，鸡零狗碎地读，化整为零地读，不失时机地读。世无纯白之狐，却有纯白之裘，无非集腋成裘、积少成多而已。零读的集中，可以汇成知识的海洋。

老子曰："少则得，多则惑。"切莫轻视零星、零散的知识点，小块的时间，零碎的知识，学之轻松，记之牢固，取之不尽，用之不竭。古代先贤利用"三上"（马上、枕上、厕上）的零散时间作文读书，直到暮年仍孜孜以求，本着"秉烛之明，孰与昧行"之精神苦读。假如今人能发挥其在车上、枕上、厕上、沙发乃至于一切之上，像玩手机、打游戏、刷微信那样，怀揣"昼短苦夜长，何不秉烛游"之情怀零读，那么，"手不释卷"者就会成为一道道壮观而亮丽的风景！

　　当然，提倡读书，并非强求人人都要成为周公或孔子那样的圣人；强调零读，也不是把读书和娱乐绝对化对立起来。玩，也是人生快乐的本能需求。

　　然而，玩物丧志，老大伤悲；暇日多者，出人不远。书籍是人类进步的阶梯，读书本身就具有价值和意义。谚云，耕读传家久，诗书继世长。读书，关乎个人与家庭的兴旺向上，乃至整个民族的兴盛发展。

　　让零读成为我们的一种生活常态吧。

　　　　　　　　　　（原载于 2020 年 8 月 31 日《中国社会报·孺子牛》）

吊　读

　　我一直以为，"三水西红"四大名著，应当成为中国人的必读书。

　　我接触四大名著比较早，特别是前三种"三水西"。童年时期，村子里有几个仅有中小学文化程度的说书人，每年冬闲时节为村民们说书，说得最多的就是《三国演义》《水浒传》《西游记》以及"三侠五义"和各种"公案小说"等。那时我只有五六岁，还没有听书的"资格"，但那些古老的故事实在是太诱人，所以每天晚饭后偷偷溜进某光棍老汉屋里的书场听书……突然被哪个大人发现，也只惊讶地说一声"这娃子"，并没有撵走的意思。

　　从那时起，书场，像磁场一样吸引着我。

　　上小学后，我便千方百计向家里有书的小伙伴们借书。因为我有听书的底子，故连猜带蒙夹生读完《水浒传》《三国演义》《西游记》等，然后再给小伙伴们说书。这些书，同样也吊起了他们的胃口，大家伙读书的兴致空前高涨。有一个小伙伴不知从哪里搞到一本竖排版繁体字《红楼梦》，我左看右看看不明白，只好恋恋不舍地"完璧归赵"。只是至今都回想不起来，当初我是从什么时候开读的《红楼梦》？

　　但督促女儿读四大名著，却是从《红楼梦》开始的。女儿刚上初中时，我对她说，你们中学生不是有"三怕"吗——"一怕文言文，二怕写作文，三怕周树人"。如果你读了四大名著，"三怕"立马就根治了。女儿惊喜地问，真的吗？我说，那还有假，四大名著都是经过时间淘洗留下来的好书，有历史，有知识，有跌宕起伏的故事情节，有翻空出奇的写作技巧。最关键的是，四大名著都是从文言文到白话文过渡期的产物，相对传统文化经典而言，"三水西红"都是"文白夹杂"的典范文本，读起来要比纯粹的文言文，简明而容易得多。正是这种"易""简"的特性，决定了"三水西红"的读者，不仅便于亲近文本，而且易于跟进学习，易于获取成果。正如《易经·系辞》所说的那样："易则易知，简则易从；易知则有亲，易从则有功。"如此这般，读了四大名著，还怕什么文言文和写作文吗？鲁迅先生的文章难就难在"文白夹杂"，读了四大名著，还怕什么周树人吗？

女儿欣然接受我的观点。但由于《红楼梦》开篇头绪繁杂，迂回曲折不易进入故事，我就带着她一起读。可女儿一点都不感兴趣，勉强读完前四回，便戛然而止。倒是由于从小学到初中，老师们总说，女生是不适于搞事业的，尽管现在学习成绩很好，可是到了一定年龄阶段，就会走下坡路，云云。这让女儿既不忿气，又很好奇男生喜欢读些什么书。打听到男孩子爱读打打杀杀的《三国演义》，旋即开读，两三周后，一扫而光。

读另一部打打杀杀的《水浒传》，女儿已是高中二年级。某日放学回家进门便说，今天语文课讲《林教头风雪山神庙》，真有意思！我说，当然了，《水浒传》最精彩部分就是"林十回""武十回""宋十回"。她赶忙问啥啥啥"十回"？我说先吃饭吧。那天正好周末，用过晚餐，我从《水浒传》第一页《引首》读起，一直读到第十回，已是深夜。可是女儿两眼炯炯，全无睡意。我说睡吧，明天接着读。就这样，每晚女儿做完作业，利用一点时间，为她读完了"林十回""武十回""宋十回"。女儿还想往下听，我故意"卖个破绽"，说这两天报社要赶写几篇文章（手头也真有稿子要写），过几天再读吧。胃口已然吊起，哪里等得"且听下回分解"？于是女儿便叼早搭黑，很快把《水浒传》全部、彻底、干净地"消灭"之。

俗话说，后上船的先下船，先上船的后下船。尽管最早给女儿读《红楼梦》前四回，还在她上初中阶段，可是直到八九年后女儿大学毕业，收到美英两国五个 offer 准备出国留学之际，才又将《红楼梦》提上"议事日程"。我半开玩笑半认真地说，作为中国人，连四大名著都没读完，哪好意思走出国门。其时，学理科的女儿已然读过《论语》《孟子》《老子》《易经》《国语》《韩诗外传》等诸多古籍和一大长串外国文学名著，眼界颇高。为了吊足她的胃口，我说，知道明末清初著名文学批评家金圣叹吗？他点评的中国历史上"六大才子书"（《庄子》《离骚》《史记》《杜诗》《西厢》《水浒》），都给《水浒传》留有一席之地；那他还是没有看到清人曹雪芹的《红楼梦》呢——不是有人说嘛，"开谈不说《红楼梦》，读尽诗书是枉然"！

然而，女儿曾被《红楼梦》"伤到"过，虽然理论上也知道《红楼梦》多么多么伟大，胃口也被吊得老高老高，但还是跳过《红楼》读《西游》。据她后来回忆说，再不读完四大名著，觉得对不起爸爸多年来的倡导与鞭策。于是便利用出国之前"刀枪入库，马放南山"

的五个月间隙，首先快速读完《西游记》。她说，《西游记》幽默，好玩，好读，好就好在看上去是浪漫主义或曰魔幻现实主义，实则浪漫与魔幻只是个皮儿，而瓤儿却都是现实主义的。继而，又认认真真读完《红楼梦》前八十回，被彻底"惊到了"！她对我说，世界上居然有如此伟大的小说——不仅中国现当代最好的小说，都无法跟它同日而语；就连世界上最顶尖的文学名著，也被它甩出二百条街!

我对于四大名著，每隔几年就会购一套新的，重读一遍，勾画一番。有时候写文章涉及其中哪一部书，还会单独抽出来读一读。有一句话在"三水西红"四大名著中有多处写到过，那就是"饥餐渴饮，夜住晓行"（有时也说"晓行夜住，渴饮饥餐"）。因为"饥餐渴饮，夜住晓行"，不仅是小说行文中的一个跨越时空、高度缩略的过渡句，同时也是自然人的生存必需、社会人的生活必要，是人的生命之规定性和公理性。其实，读书也应该像"饥餐渴饮，夜住晓行"那样，成为人们的生活必需。所以我一直觉得，用"如饥似渴"来形容读书求知，是一种最佳妙的状态和境界。

近年来，偶有同事或朋友问我，如何调动孩子学习的积极性？我说，人与人不同，花有百样红。每个孩子都是一个独特自我，不可一概而论。不过，有两点似乎不妨一试，即启发其好奇心，培养其好习惯。孩子是最具有好奇心和想象力的，而好奇心和想象力，又会助益孩子的求知欲与探索力。抓住孩子的好奇心和求知欲，巧妙地运用故事悬念，撬动并吊起孩子读书的胃口，形成一种良好的习惯——我给它取名为吊读。

吊读，不失为一种启发式读书的好方法。我国古代伟大的思想家、教育家孔子，常常用吊读的诱导方式，启发调动学生学习的积极性，即如其高足颜回在《论语·子罕》中所述："夫子循循然善诱人也，博我以文，约我以礼，欲罢不能。"学生也好，孩子也罢，大都喜欢听故事，不喜欢听大道理。其实，故事即道理。有育儿经历的人，大多给孩子念过童话，读过寓言，讲过故事，而童话、寓言和故事，无不包含着美好的理念和道理。世上没有没道理的故事，即使庄子的那些充满"虚无"的故事，也都包含着玄妙而深刻的哲理。

我之所以长期不懈地督促女儿和家中晚辈阅读四大名著，不仅仅因为它们史诗性地呈现出波澜壮阔的历史故事、瑰丽神奇的玄幻故事和"假作真时真亦假"的"太虚幻境"，也不仅仅因为它们全能性地展现出现实主义、浪漫主义和魔幻现实主义等诸多高超圆熟的创作手法；更为重要的是，四大名著对晚清以来中国社会文化之影响太广泛、太深刻、太持久，它们是今天人们——特别是青少年，了解和认识中国古代以及近代社会历史文化的一个重要"窗口"，同时也是学习传统文化经典的一座便捷"渡桥"。试想，以"欲知后事如何，且听下回分解"的吊读方式，引导人们由浅入深、由易到难、沿波讨源、虽幽必显，由"小说"渐进式地步入"小学"乃至"经学"领域，抑或可以渐次进入博大精深的传统文化经典之堂奥。诚如《诗经·国风·蒹葭》所言："溯洄从之，道阻且长；溯游从之，宛在水中央。"

（原载于 2020 年 11 月 23 日《中国社会报·孺子牛》）

读书养气

人究竟为什么读书？或者换一个角度设问，读书对人到底有什么作用？

一

童年时的读书，说不出个什么"为"来，无来由地爱书，喜欢读书。

那时候虽然穷苦，连肚子也填不饱，可是自由自在呀！每天早晨起床（实际上是土炕），两手一揉眼睛，吸溜几口稀饭，吞咽几口窝头，一撂碗筷，就吆喝上左邻右舍的十几个小伙伴，脱缰野马似的奔向田野、森林之中，上树掏鸟，下树打枣，尽情地玩耍胡闹。玩够了，疯够了，淘够了，野够了，大家排起长队撒一泡尿，齐唰唰地画完十几条银色的弧线，然后大叫一声"各回各家，各寻各妈"——肚子不饿得干瘪，是想不起回家的。

回到家跟妈妈要吃的，妈妈总是没好气地说，半前不晌的，受苦人都没的吃，哪有你的！无奈，舀一瓢井拔凉水灌满肚子，仰头望一望太阳明晃晃的，离午饭尚远。几个与我有着同样遭遇的小伙伴，没精打采地聚拢在街头的墙根下，听我说书，讲故事。"我要读书"的强烈念头，大约就是在这个时候萌生的吧。

生在穷乡僻壤，没有多少书可读，就愈觉得书之宝贵了。用"如饥似渴"来形容此时的读书，真是再确切不过了。半拉子的"小人书"，没头没尾的古今小说和话本，见着就读，反复地读。饥不择食，什么"三六九日王登殿，文武大臣摆两边，一旁闪出个白虎官。这白虎官，开了言：十八投唐二十三，保你唐主整五年……"之类的破旧书，在今天的小朋友们看来，是些什么东西！然而在当时，它之于我，简直就是奇书美文、精神大餐了！

读书，使我贫穷的童年生活变得色彩斑斓。

书给了我闯荡世界的动力和勇气。

二

转眼年届不惑。日月逝于上，体貌衰于下，但是"野孩子"的脾性未改，喜欢读书的"积习"亦未改——恐怕今生今世也改不掉了。只是在读书之余，脑子里时不时地冒出"读书究竟有什么作用"之类的问题。

说读书是为了升学，为了获取知识，为了提高修养，为了改变命运，为了做官，为了就业，为了成名成家，为了报效祖国，等等，均无不可。但我觉得，最根本的一条是，读书可以养气。

人有三宝精气神，腹有诗书气自华。读不同的书，可以养不同的气。豪气，灵气，平和之气，浩然正气，可以养也；邪气，戾气，酸腐之气，阴阳怪气，亦可养也。读书于人，就像吃饭喝水一样不可或缺，我们可以从书中汲取无尽的精神力量——不，汲取气，汲取一种激荡在我们的血管、充盈于我们的周身，又从我们的每一个毛孔里散发出来的气。同时，读书也要像吃饭那样，吃各种蔬果和五谷杂粮，摄取多种营养——阅读各式各样的书，汲取各种各样的气，以避免先天不足，后天失调。不过，血气方刚的少男少女，不仅要杂学旁收，大量读书，还要有目标、有选择地读书，吸取精华，剔除糟粕，读天下好书，养人间正气。就像孟夫子说的那样：我善养吾浩然之气也！

三

如果说读书是养气，是输入，那么写作则是释放，是输出。作者把气注入文章，读者又通过读书，感受到文章的气，吸收了文章的气。你我常说的"回肠荡气"，不正是说一种读书的经验，不就是说文气在我们的胸腹之间流转激荡吗？是什么样的人，读了什么样的书，便会写出什么样的文章来。气不同，文章的味道就不同，形成的风格也就大不相同。所谓韩如潮、苏如海、柳如泉、欧如澜，便是韩柳欧苏四大文豪的禀赋、气质、学养之差异，贯透于文章中的具体表现。

曹丕说"文以气为主"。韩愈也强调"气盛言宜"——就是说，写文章的人，只要气足了，想怎么写就怎么写。所谓"气"者，分为两个层面，先天为禀赋（本气），后天为学养（养气）。自身气弱的人，器小力薄，容易被书拿住，故世上多有食书不化的"两脚书橱"。而自身气足的人，不仅读书可以养气，而且善于融会，善于吐纳，作文时自然就会"天机云锦用在我，剪裁妙处非刀尺"也。正因如此，"野孩子"们的身上虽有侠气、野气和不驯之气，可是经过书卷气的浸染，其笔下之文，便多有杀气、霸气和蓬勃之气，别有手眼，异光灿烂，爽！

人虽有先天的禀赋、气质上的差异，然而读书可以养气，则是共同的，也是共通的。庄子在《逍遥游》中说过，"水之积也不厚，则其负大舟也无力；风之积也不厚，则其负大翼也无力"。读书不足，养气不够，写起文章来只有出的气，没有入的气，就像游泳的人不会换气，用不了半个时辰，便三魂荡荡，七魄悠悠，蹬小腿儿翻白眼儿，简直像个垂死挣扎的瘪三。真正的文章好手，必然读书多，养气厚，厚积而薄发。那手笔，真叫个：

斯须九重真龙出，一洗万古凡马空！

（原载于 2001 年 7 月 29 日《北京日报·北京杂文专刊》）

文化在哪里

　　广义地讲，文化是物质财富与精神财富的总和，侧重于精神财富；狭义地讲，文化就是文治与教化。本文重在讨论后者。虽然文化不是"文"与"化"的简单相加，但却是"文"和"化"的有机结合。"文"的本义是彩色交错，花纹斑斓，《易·系辞下》："物相杂，故曰文。"引申为有文采，有品质，有思想，有内涵，包括文艺典章、礼乐制度等。"文"与"野"是相对而言的，"文"乃美和善之载体。美好的东西，很容易吸引人、感染人、影响人、迁化人。"化"的本义即教化、感化、迁化。《说文解字》云："化，教行也。"文化正是通过"文"这种宝贵的正能量对人的迁染与潜化，"化"其言谈举止，正心诚意，黄中通理，畅美事业，直至改善和优化社会风气乃至风俗习惯。

　　那么，文化在哪里？

　　文化是一条源远流长的文明之河。它从远古浩荡而来，并向未来奔泻而去。我们沐浴在浩瀚的民族文化长河的某一流段之中，背对历史，面向未来，最重要的是抓住当下，回答好文化的"去今来"问题。

　　文化在哪里？在生活中，细节里。

　　我们所谓当下文化的全部意义，就体现在人们日常的生活、工作和活动中，以及大大小小的事情里。举手投足是文化，待人接物是文化，企业形象是文化，机关作风是文化，社会改革是文化，制度创新是文化。有一段时间，我的女儿非常迷恋国外一个著名的电子品牌，但我却对之大泼凉水，并断言其不久便会衰微。原因很简单——以它的手机产品为例，在没有什么重大技术创新的情况下，每添加或者修改一个小小的细节，都要批量生产并加价销售。如今这个品牌真的开始衰落了。不是我在恶意唱衰它，它的衰落就蕴含在其营销策略和企业文化中。《吕氏春秋·义赏》说得好："竭泽而渔，岂不获得？而明年无鱼。焚薮而田，岂不获得？而明年无兽。诈伪之道，虽今偷可，后将无复，非长术也。"同样，一切以偷奸取巧、以邻为壑、杀鸡取卵、饮鸩止渴为经营理念的公司、企业或者其他什么机构，都是不可能持续发展下去的。尽管文化可以产生财富，然而负面文化亦可以产生负资产、负效应以及负能量。《诗》云："匪今斯今，振古如兹。"这类反面教材，古今中外，比比皆是。

文化在哪里？在历史中，典籍里。

历史越是古老悠久，文化便越是深邃悠长。文化是一条激荡在人类历史中湍流不息的长河。《论语·八佾》："子曰：'夏礼，吾能言之，杞不足征也；殷礼，吾能言之，宋不足征也。文献不足故也。'""文献"之"献"古作"贤"讲，所谓无贤不成礼；现在则不妨把它当成文献典籍来解。只有历史留存下来的文献典籍，才能作为文化曾经存在的凭证和依据。我们说起郡县制，即有《史记·秦始皇本纪》述其原委；我们谈到科举制，亦有《隋书·高祖纪》叙其肇始。我国传统文化历来讲究"修齐治平"，诸如我们今天常说的

"以人为本""以民为本"乃至"以仁为本"，最早分别见于《管子·霸言》《晏子春秋》《司马法·仁本》，属于政治文化的"治平"范畴；稍微生僻的"以身为本"（孔子语），则出自《大戴礼记·子张问入官》，属于修身文化之"修齐"范围。《汉书·艺文志》记载："古之王者，世有史官，左史记言，右史记事，事为《春秋》，言为《尚书》，帝王靡不同之。"即使是凝固的历史（遗迹），亦需要文献典籍来佐证，更遑论其他！此谓之其来有自、良有以也。

文化在哪里？在传承中，发展里。

文化具有多向性与多面性，既有物质性，也有精神性；既是固态的，也是动态的；既有过去时，亦有现在、未来时；既要传承它，更要创新发展它。然而，任何一种文化（或曰文明）都不可能割断母体的脐带凭空发展，故学习、研究和继承传统文化，是开拓创新未来文化的重要一途。没有读过《易》的人，很难想象那些现在看来仍富于生命力的词语——文明、革命、消息、事业等，均来自古老的《易》。正是由于有《易》的"穷则变，变则通，通则久"和"凡益之道，与时偕行"，后哲才会创造出"穷则思变"和"与时俱进"这两个颇具时代色彩的新词。尽管《汉书·河间献王刘德传》中的"修学好古，实事求是"，与当代哲学意义上的"实事求是"，无论内涵还是外延都有较大的差异；但是你得承认，《汉书》的"实事求是"乃基础性工程，是今日之"实事求是"的原始根据。俗话说，往来成今古，无古不成今。庄子亦云，"水之积也不厚，则其负大舟也无力；风之积也不厚，则其负大翼也无力"。未来文化要想创新和发展，必须把根深深扎进传统文化营养丰厚的土壤中，只有根深才能叶茂，没有博大何来精深！

当然，文化的健康发展，不应拘执于弘扬传统文化一端，要敞开胸襟，面向世界，汲取一切给精神以力量的东西。泰山不却微尘，故能成其大也。

文化是人类前行的灯塔。探询文化在哪里，是为了追寻文化的意义何在，探求文化的作用所在。文化的本体和本质在于"文"，它的作用和意义却在于"化"。教化可以美风俗。有道是，化当世，莫若口；传来世，莫若书。还说，十步之内，必有芳草；十室之邑，必有忠信。不仅好书可以迁化人，好人更能影响人。古代尝用"仁义"化人。"仁者，人也"，做人就要有个人样；"义者，宜也"，做事必须做"应该"做的。所谓文雅与文明，就是文化"化"的结果。一个人的文雅与文明程度的提升固然重要，然而更重要的却是全民素质和觉悟的整体提高。白乐天诗云："乡人化其风，薰如兰在林。"这便是文化的功能和使命所在。

（原载于 2013 年 3 月 12 日《人民日报·大地》）

阅读经典的问题

一个民族能够流传下来的经典著作，是该民族物质与精神文明的辉煌结晶。诸如中华民族传统文化中的诸子百家、四书五经和二十五史（尤其是前四史）等等。然而，经典存在的价值和意义，不是为了炫耀与宣扬，而在于学与用，在于有益于世道人心。可是如今谁还读经典？读它又有何用？这倒真是个问题。

问题一：**快与慢**。而今是信息时代，是云计算时代，一言以蔽之，一切都要"神速麻利快"。不过，人生就像开车，车速越快，车手就越需要镇定，车子的油耗也就越大。同理，生活节奏越快，就越要打起精神，安妥灵魂，就越需要汲取大智慧与正能量。先贤有训：停留长智。停留是慢，长智是快，不长智，如何快？孔子有言：过犹不及。过是太快，不及太慢，二者皆不合度，然而不及却胜于过。这就好比烧菜，与其烧煳了，还不如夹生的好。攻读经典，比之于吞咽文化快餐，无疑是繁难的，缓慢的，但却是长智的，必需的。

问题二：**虚与实**。就虚实论，经济、政治、社会、军事、文化，经济最实，文化至虚。然而，"利者义之和"，乃经济之纲；"政者正也"，属政治之本；"民惟邦本，本固邦宁"，是社会之基；"好战必亡，忘战必危"，乃军事之要——文化又成为经济、政治、军事和社会等不可须臾或缺的灵魂。文化乍看一无所用，实则无时不在，无处不用；无用正是其大用所在，即所谓无为而无不为。不要轻言实则有用，虚则无用。人生就是一个虚实相间有无相生的过程。俗话说，日子如流水，人生似赶路。可是你能拎得清哪一步是虚的，哪一步是实的，哪个时辰是有用的，哪个时辰是无用的吗？俗话还说，走路不用问，大路好走小路近。小路小道，大路大道；小道小目标，大道大方向；形而下者谓之器，形而上者谓之道。经典传大道，岂可不读乎？

问题三：**远与近**。历史、现实和未来，是就时间而言的。有不少人误以为，时间越近的东西便越当"浓墨重彩"，时间越远则越是"云淡风轻"。事实上，观点和学说价值的大小，与时序远近并不构成比例关系。经典之所以成为经典，就在于它能够穿越时空，并作为历史的实例哲学，观照着现实乃至未来。《易经》是从普遍到一般，通过本质指向现象的；《春秋》则是从一般到普遍，透过现象直抵本质的——它们都是中华民族传统文化的核心经典。经典永远具有现代性，因而永远值得现代以及将来的人们去潜心研读，汲取菁华，砥砺精神。

现在所面临的重要问题是，我们越来越疏离传统文化经典，包括有些时髦的国学大师以及传统文化学者所大肆宣讲的。我曾看到一位名头唬人的大师，给高校学生开列必读书目中有《礼记》，但他自己却似乎根本没有通读过或者至少没有读明白该书，否则就不会闹出匪夷所思的笑话来。大师尚如此，何况常人乎？所以我总担心，中华民族博大精深的传统文化经典，在不远的将来，恐怕只剩下教科书里令人自豪的名言警句，以及望文生义的片言只语；而它们"本身"却离我们愈来愈辽远，在我们心中愈来愈飘浮，愈来愈缥缈，最终必然飘呀飘呀飘得不见了……

（原载于 2013 年 1 月 23 日《人民日报·作品》）

雷霆走精锐

　　已故作家冰心酷爱集杜甫和龚自珍的诗句，并经常以之题赠友好。其中，"冰雪净聪明，雷霆走精锐"一联，似正好分别概括了散文和杂文的各自特点。关于散文，姑置不论。我以为，用"雷霆走精锐"来定义杂文，真是再恰切、生动不过了。"北斗七星高，哥舒夜带刀。"杂文是利器，富于刚性。杂文气血充盈，精满神旺，是走脑子的文章。血走心，气走肺，精走肾，雷霆走精锐。一个"走"字，最见精神。纵观目前的杂文创作，大致有如下几种"走向"。

一

　　时下的杂文，以新闻时评数量最大，也最为走红。时评高手关注社会生活，紧扣时代脉搏，针对当下发生的焦点、热点问题，做出迅即的反应，及时解析，当即批评，在依托新闻事实的基础上，进一步深开掘、精加工，发现那些具有普遍意义的新颖而有价值的东西，洞烛幽微，言人未言，引领大众视听。时评之优长，在于"一招鲜，吃遍天"；而且讲求速度与时效，须是"神速麻利快"兼"刺激麻辣烫"。这样的杂文，当然会受到目前最广大的读者青睐。

　　但问题也出在这里。人常说，太阳底下无新事。一大帮"快枪"们每天从报纸、电视或网络上全天候地搜寻批判的"靶子"，一旦发现目标，草枯鹰眼疾，一哄而上，抢着发言，你写我写他也写，萝卜快了不洗泥；打开未来几天的报纸和网络看吧，针对某一问题的同类时评，"求大同而存小异"，观点雷同，口径一致，所发文章差不多都是一个面孔。如果有人问，眼下时评有无精品？有，但少。由于"书被催成墨未浓"，大多是些浮皮潦草、无病呻吟、强说滋味、不走脑子的应景之作。

时评界还有一个有趣的现象，我给它总结了一句话，叫作"千里眼与万金油"。所谓"千里眼"，是站得不高看得"远"，对自己周边的人和事往往视而不见，听而不闻，即使身边一个小科长坏透了，也不敢开罪，但外省的某长、外国的元首，咱都敢横挑鼻子竖挑眼。所谓"万金油"，是咱什么都懂，三坟五典八索九丘无不通晓，对于每一个新出现的问题，不管有无研究，都敢踊跃表态——至于"态"之高下优劣倒在其次，关键是"表"，为了混个脸儿熟，即使失"态"了也在所不惜。像这类抄一通书报、扯两句淡话的表态杂文，多个三篇五篇，少个三五十篇，又有什么影响呢？对于杂文家来说，"敢说"固然需要，然而，"说得好"尤为重要。

我这么说，全无半点鄙薄时评的意思。恰恰相反，我知道时评十分不好写，写好尤难。别的不说，仅仅是"在单位时间内赶写出来"这一条，就需要曹子建之捷才。心浮气躁，急于求成，是写不出好的时评来的。写好时评，需要博观而约取、厚积而薄发。毛泽东的《友谊，还是侵略？》《别了，司徒雷登》是时评，大气磅礴，气吞万里如虎。鲁迅的《"友邦惊诧"论》《记念刘和珍君》也是时评，是真正意义上的"感时花溅泪""伤麟怨道穷"的时评。也许有人会说，你举的这些例子，太高不可企及了。然而，取法乎上，仅得其中。起码可以证明——套用一句"美的"空调的电视广告词——"原来时评可以更美的"。

二

眼下杂文创作的另一个重要分支，是对某一个或某一方面具体而鲜活生动的社会问题剖析研究之后，以杂文的形式表达出来，颇有些学者杂文的味道——我把它称为"田野杂文"。由于作者已作了具体而细致的田野考察和资料研究，加之对问题的切入角度比较特别，写起来持之有据，言之成理，故而这类杂文往往显得独特、厚重、深刻又不乏书卷气，因为新鲜有味，所以十分好读。

其实，不少"田野杂文"作家，最初也是写时评的，但久而久之，陷入了一种模式化操作，每写一篇杂文，往往只是置换几个例子，并无什么新的观点，甚至连几句新鲜的话都没有，杂文创作变成了流水作业，自己也觉得无聊没劲儿。为了不因袭他人，也不简单地重复自己，于是便走向了埋头读书、研究问题，走向了"田野杂文"创作一途。但问题研究是"田野杂文"的出发点，并不一定非要解决什么问题。不错，杂文家是社会的良心，"穷年忧黎元，叹息肠内热"，有一种悲天悯人的情怀，诚可贵也。常听有的杂文家说，他的某篇杂文受到了某高官的重视，解决了某一个什么什么问题。这当然很好了。但是，这还只停留在封建时代的文士们"上折子"的水平上。杂文是立论的文体，它只做价值判断，不做（也做不了）法律裁定，批判的武器永远替代不了武器的批判。鲁迅的杂文够狠、够辣、够忧愤、够深刻、够寸铁杀人一剑封喉的了吧，至今解决了什么"问题"？但这并不影响他的杂文的巨大的存在价值。

忘记了是谁说的，杂文家是一种命定。的确，杂文是杂文家性格和气质的赤裸裸的表现。有的人可以写诗歌、小说、散文，但不一定能写杂文；反之亦然。"迥与众流异，发源高更孤。"杂文家往往是孤标傲世的，有其独特的风骨，他那不足二尺长的一截脊梁骨，绝不会软化延伸作为尾巴卷起来，因谄媚、乞怜而摇动——或暧昧地摇动。我们常常可以听到人们对杂文家这样一种评价：为人尖刻。这没有什么不好。尖为尖酸、尖锐，刻为刻薄、深刻，读者在领略其尖锐、深刻的文字的同时，也应该接受其或多或少的尖酸和刻薄。要知道，好好先生与杂文，永远是风马牛不相及的。

三

鲁迅常用杂感或随感来称自己的杂文。而我从前总觉得杂感没有杂文"文"，似乎低了个档次似的；但咂摸了十几年之后，现在觉得杂感二字用得非常精准、到位，杂文本来就是以"感"为主、"有感而发，反感而作"的文体嘛。然而，正如"人与人不同，花有几样红"——"感"也有"感"的不同。有的杂文家写了十几甚而几十年的杂文，声名远播，著作等身，但当你仔细回想：这个人到底有哪一篇文章或者哪一句话给我们留下深刻印象、让我们记住了？似乎模糊得很。所以说，"感"不仅要"有感"而发，还要发"自己的感"，无病呻吟是"有病"，那些哼哼唧唧的所谓勤奋与高产，还真不如"有话则短，无话闭嘴"的好。

正因如此，我非常喜欢目前并不多见的第三类杂文，即有思想、有深度、有趣味、耐回味的富于逻辑力量、思想锋芒和阅读美感的杂文。这类杂文的一个最大特点是具有原创性。它高度地抽象、概括了某个具有普遍性的问题，然后再以高超的艺术手法把它具象地表现出来，使之成为一件艺术品。

谈到这类杂文，不禁想发点"思古之幽情"。由于中国古代的文体仅以韵文和散文来划分，因而散文所包罗的东西实在是太庞杂、太宽泛了。倘以今天的标准来划分，杂文既然是立论的文体，那么古代的不少名文，堪称经典杂文。仅以处于"百家争鸣"的战国时代的庄周和孟轲之文为例——

先说庄子和他的杂文《庖丁解牛》吧。按常理说，无论怎样的大手笔，写一个屠夫宰牛，还能做出什么花儿来？可是在庄子笔下，为文惠君解牛的庖丁，手、足、肩、膝加屠刀，不仅"恢恢乎游刃有余"，而且动作起来合节奏、有韵律，"合于桑林之舞，乃中经首之会"，使解牛成为一种享受和艺术，成为一种"道"，真正达到了孔子所谓"游于艺"的境界。也难怪文惠君看完庖丁的表演，听完庖丁的讲演，由衷地赞叹："技盍至此哉！""善哉！吾闻庖丁之言，得养生焉。"古云"书不尽言，言不尽意"，又云"道不可言"。人生观本来是一种抽象的形而上的东西，但是庄子借庖丁解牛之譬喻，不着一字，尽得风流，把"利害不涉于身，生死无变于己"的"养生之道"，解析得那么具体、生动、形象而且优美；同时，也把读者的情思引向了神妙而辽远的地方！

再看孟子的《生于忧患，死于安乐》《天时不如地利》《鱼我所欲也》《民为贵》诸篇，长的不足 400 字，短的只有 70 来字，每篇都有"新观念"的发明和创造，正是它那崭新的思想光芒，使之历数千年而传唱不衰。明人李贽评价《鱼我所欲也》一文时说："全是元气磅礴。此等文字都从浩然气中流出，文人哪得有此！"

学习和借鉴前人的优秀成果，正是今天杂文创作的源头活水之一。

"新松恨不高千尺，恶竹应须斩万竿！"我之所以用"雷霆走精锐"来概括杂文的特点，是因为"雷霆"代表力度，"精锐"代表美感，力度是思想的力度、批判的力度，美感是精金之美、阳刚之美，不管是思想也好、批判也罢，都需要借助美的形式来实现，否则便成了无源之水、无本之木；最关键的是一个"走"字，它是从"雷霆"抵达"精锐"的必由之路，既融汇了作者的思想、激情、胆识和才学，也包含着选材、立论、开掘、创新以及"天机云锦用在我""艺匠惨淡经营中"的整个创作过程。的确，美是力量，批判是力量，思想也是力量；好杂文是批判的武器，是思想的雕塑，是立论的美文。像胡适的《差不多先生传》、鲁迅的《拿来主义》、聂绀弩的《我若为王》、萧乾的《上人回家》、艾青的《画鸟的猎人》，等等等等，这类杂文哪怕一年只收获一二篇，对于杂坛来说，也是丰年。而目前的杂文创作，用一句古诗来概括，叫作"乱花渐欲迷人眼，浅草才能没马蹄"。倘问今后杂文创作的路怎么走？叫我说，十个字：陈言务去，出精品，走精锐！

（原载于 2003 年 4 月 21 日人民网《观点》）

《100 年 11 人：20 世纪中国杂文读本》序言

站在世纪的田埂上回望。

回望百年的文学田野，金黄的田野，一片丰收景象……

杂文在这百年里的成长与丰收，决不亚于其他任何文学种类。然而，当你凝眸谛视的时候，才发现不是所有的土地都能打下颗粒饱满的粮食。

《诗》云：荓厥丰草，种之黄茂。实发实秀，实坚实好。

一个健康的社会，必须有哲学的牵引，历史的反思，文化的批判。

杂文，是社会"感应的神经，攻守的手足"（鲁迅语）。

杂文是批判的武器。

好的杂文，必然蕴涵着深刻而独到的思想和见解。

而且，好的杂文，辛辣，幽默，形象，概括，精练，耐读，有张力，有血性，令人常读常新，永不餍足。好杂文不仅今天可以读，今年可以读，而且十年二十年甚至数百年以后，仍然可以读出"味道"以及"成色"来。

好杂文是一件艺术品。

区区一直想从百年的文学长河里，选出一本杂文集子，给自己看，给同好看。

选文的数和量如何统一？选得太少，不具有代表性；选得太多，又失去了选的意义。历史地看，能够流传下来的好的选本，诗，以三百首为度，如《诗经》《唐诗三百首》；文，以二百篇为宜，如《古文观止》。

比照这个标准，再略微收缩一点，于是，从 1900 年至 2000 年这一百年里，选出 100 人的 165 篇杂文，既不搞排排坐、吃果果，也不搞哥儿们义气"圈子文选"，更不企求为文学史提供什么范文蓝本；纯属个人口味，个人爱好。

我的选文标准是：有思想含量的，选；文体创新的，选；传神写照的，选；韵味深长的，选；鞭辟入里的，选；嬉笑怒骂的，选；短小精悍的，优先选；好玩儿好读的，侧重选……

但有一个前提，就是必须置于 100 年这个时间的长河里参照来选。

由于"百年百人"之限，在一个世纪里的优秀杂文家和他们的优秀作品之中，来回掂量，反复遴选，取舍之间，颇费踌躇。

遗珠之恨肯定是有的，我压根儿就没想搞什么"高大全"，貌似淹博，同时也会淹没。如果入选的篇目中绝少混珠之鱼目，我就非常之满足了。

虽说是"弱水三千，只取一瓢饮"吧，然而，从全部入选杂文之写作年代所构成的时断时续、此起彼伏的"波谱"中，仍依稀可见百年中国历史的沉沉背影……

好杂文"自将磨洗认前朝"。

漫画和杂文是姊妹艺术。

本选本选配了现当代漫画家的 50 多幅漫画精品。这不仅仅是为了活跃版面，更重要的是，让杂文和漫画联袂，联想品读，会心，解颐，谐趣，有味，相得益彰，曼妙无比。

杂文与漫画，是优秀头脑里绽放出来的思想花朵。

感谢为我们贡献了快乐的思想和优美的艺术品的杂文家和漫画家——你们的佳作，在某种程度上减轻了人们精神的荒凉。

把《20 世纪中国杂文读本》定为书名，是颇冒被大方之家哂笑的危险的。不过，参照清人编定的《古文观止》，在二千多年的历史长河中，也不过打捞起 222 篇文章。虽然现代作家从数量上远远多于古代，但从短短 100 年中，仅杂文一项就选出 165 篇，选文标准还是够宽泛的吧？

其实，任何一个选本，不管如何标榜全面、公正、权威，也不过是选家的"一家之眼"——以蠡测海罢了。

回望百年，莽莽苍苍，浪淘尽多少风流人物……
去吧，杂文，让时间去淘洗，让读者去评说吧！

（本文系《100 年 100 人：20 世纪中国杂文读本》序言，
该书于 2009 年由华文出版社出版）

谚语是一个民族的回想与记忆

人字一撇一捺。

人生上下求索。

什么是传统?

什么是传统文化?

也许有人会说:

传统就是一代一代传下来的"统"。

那么,究竟什么是"统"?

什么是中华文明血脉承传割不断的"脐带"?

一个现代国家的宏观分类,往往划分为政治、经济、社会、文化"四大板块"。

然而"四大板块"不是平行的。它就像地球的构成。地壳是政治,虽然无所不包,但却是表层的。地幔是经济,虽说比地壳要深入一些,但经济手段解决不了所有的社会、伦理等问题。地核是社会,尽管已经深入到"核"的部分,但它仍然不属于心脏地带。地心是文化,只有文化才称得上一个国家(或曰民族)的心脏与灵魂。

因为,所有的问题,追根溯源、归根到底都是文化(或曰文明)

的问题。

传统文化传什么？

传精华，也传糟粕。

尤其在人欲横流的时代，扬弃美好，却传下诸多不堪。

故历代不乏"风流俗败""礼崩乐坏"之叹！

如何重新发现丢失了的传统价值？

怎样才能唤回扭曲了的伦理力量？

《诗·大雅·板》："先民有言：询于刍荛。"

《汉书·艺文志》："仲尼有言：礼失而求诸野。"

求诸野，求诸谚。

俗话是实话，众人是圣人。

谚语是散落在野的珍珠，庶几可以完成"传统文化"的拼图。

在每一条谚语的内核之中，都包含着中华文明真善美的因子。

谚语是一部口口相传的文明史。

谚语是一个民族的回想与记忆。

（原载于 2010 年 11 月 1 日《人民日报·大地》。本文系拙著
《母亲词典》自序，2010 年，中央编译出版社）

中国古典文学名著中的杂文笔法

乍一看去，中国的古典文学名著——尤其是古典小说"三水西红"四大名著——与杂文笔法风马牛。而实质上，经典之所以称之为经典，名著之所以称其为名著，除其他诸多因素而外，一定有其不拘一格的多流派多风格多样化的笔墨。谨从这些古典文学名著文本中，撷取一束具有"杂文特色"的片断，标题立目，简单扼要地剖析、阐述一下杂文笔法的主要特点与功能。

一、没有讽刺就没有杂文

"怨刺"起源于《诗经》，可谓"出身高贵"。"怨刺"是《诗经》以来数千年一以贯之的主要文学创作手法。杂文的讽刺，就是继承了"诗可以怨"的传统法则。可以说，讽刺是杂文创作最主要的笔法，没有讽刺，也就无所谓杂文。

讽刺与赞美，笼统地看，似乎都是个"修辞"的问题；然而，赞美容易使人发晕，讽刺却能使人清醒。就像赞美离骄傲不远，讽刺与美德也很近。讽刺是一面明镜，人们可以照见自己有缺憾的颜容。尽管面对讽刺，有人面露微笑，有人羞怒跳脚——然而无论喜怒，都达到了预期效果——"讽"已"刺"中其负面与缺陷。《三国演义》第六十回"张永年反难杨修，庞士元议取西蜀"有一则文字，描述了蜀人张松（字永年）与曹操的一番对话：

> 操谓松曰："吾视天下鼠辈犹草芥耳。大军到处，战无不胜，攻无不取，顺吾者生，逆吾者死。汝知之乎？"松曰："丞相驱兵到处，战必胜，攻必取，松亦素知。昔日濮阳攻吕布之时，宛城战张绣之日；赤壁遇周郎，华容逢关羽；割须弃袍于潼关，夺船避箭于渭水：此皆无敌于天下也！"操大怒曰："竖儒怎敢揭吾短处！"喝令左右推出斩之。……操方免其死，令乱棒打出。

曹孟德何许人也？苏东坡称之为"横槊赋诗，固一世之雄也"！诚如他自己所言，老曹戎马一生，纵横驰骋，"战无不胜，攻无不取，顺吾者生，逆吾者死""视天下鼠辈（实乃英雄）犹草芥耳"！而张松舌战老曹的精妙之处就在于，顺水行舟，借力打力，沿着曹操的"话路"说下去——攻吕布、战张绣、遇周郎、逢关羽、割须弃袍、夺船避箭，六个活生生的"现实战例"，恰恰都是老曹丢盔弃甲狼坝逃窜之"典型范例"！张松仅寥寥数语，出其不意，击其惰归，扼其咽喉，攻其软肋，冷嘲兼热讽，辛辣而犀利，把战斗力发挥到了巅峰极致，使"论敌"曹操张口结舌，无言以对，活活地气了个"发昏章第十一"！

在所有的文体中，只有杂文是必须具有针对性与战斗性的，故杂文家在操笔为文之始，就得面对"论敌"乃至"敌人"抑或"假想敌"。杂文不怕有"杀气"和"杀伤力"——就怕没有，而杂文家更无须吞吐嗫嚅忸怩支吾活像一个三孙子！杂文是锐利文字，所以鲁迅先生才把它比作投枪和匕首。正因如此，杂文笔法，多与兵法相同。兵法讲，伤其十指，不如断其一指。俗话也说，话不毒，人不服。又说，恨病吃苦药。讽刺，是"林中的响箭"，是带刺的玫瑰。讽刺有各种各样的"讽"法，其中，像张松式"揭疤撒盐"反讽战法，一语伤敌，如刀搅腹，是讽刺中最狠辣也是最有效的招数。张永年可谓是三国时代的"犀利哥"。

二、夹枪带棒的议论

杂文是立论的文体，而且所有的杂文创作都是"主题先行"。所以在确立议题（论点）之后，议论当始终贯穿于整篇文章之中。"杂三股"之所以令人不齿，就是试图以"报载""典故""不是吗"来代替叙述和议论。"据报载"只是眼下发生的具体事例，"典故"亦是历史上曾经发生过的类似事件，二者都是论据；而"不是吗"云云固然是议论，但却未免太过吝辞惜墨一字千金了吧？人们通常评价一篇杂文写得是否出彩，是否够味儿够劲儿，关键就看它的议论是否精辟透彻，批评是否酣畅淋漓。

《红楼梦》是以叙述与刻画见长的，文中虽有议论，但少；即使有，也多是借书中人物之口来完成的；而作者直接站出来抒发议论，那就更加稀缺了。然而，在《红楼梦》第七十七回"俏丫鬟抱屈夭风流，美优伶斩情归水月"中，作者曹雪芹十分罕见地公开站出来，发表了一番傥论：

赖家的见晴雯虽到贾母跟前，千伶百俐，嘴尖性大，却倒还不忘旧，故又将他姑舅哥哥收买进来，把家里一个女孩子配了他。成了房后，谁知他姑舅哥哥一朝身安泰，就忘却当年流落时，任意吃死酒，家小也不顾。偏又娶了个多情美色之妻，见他不顾身命，不知风月，一味死吃酒，便不免有蒹葭倚玉之叹，红颜寂寞之悲。又见他器量宽宏，并无嫉妒忌妒炉枕之意，这媳妇遂恣情纵欲，满宅内便延揽英雄，收纳材俊，上上下下竟有一半是他考试过的。若问他夫妻姓甚名谁，便是上回贾琏所接见的多浑虫灯姑娘儿的便是了。

杂文的议论就是敢于"说三道四"，就是杂文家勇于对世相人生"横挑鼻子竖挑眼"所发表的独到见解。议论有正议、反议和夹叙夹议等诸多"议"法。曹雪芹对晴雯的表哥以正议为主兼有反议（如"器量宽宏"），对晴雯的表嫂——多浑虫灯姑娘儿则完全采用反议；而整篇行文又是叙中有议议中有叙叙议交融浑然一体——这才是最典型最上乘的"杂文式议论"。尤其在评价灯姑娘儿的时候，曹雪芹采用了夹枪带棒的议论——"这媳妇""延揽英雄""收纳材俊""考试过的"，云云，刀刀见血，鞭鞭留痕，嬉笑怒骂，入骨三分，令人解颐更加解恨！就连介绍"这媳妇"姓名之时，也用了"贾琏所接见"之类的嘲讽，而且还连用了"便是……便是了"这种貌似重复拖沓，实则匠心独运，充满了调侃、戏谑、恶狠狠的"杂文式议论"。曹雪芹无愧于语言大师的光荣称号。

三、辩论·驳论·战斗性

选择了杂文这种特殊的文体，同时也就选择了"好辩""好斗"

与"攻击性",亦即杂文的战斗性。然而,杂文家在论战中的辩论与驳论,不是为了"吵架"和"骂人",而是为了"瞄得准,打得狠",为了"揭出病苦,引起疗救",为了探求事物的真理性。诚如孟子所言:予岂好辩哉?予不得已也!

如果说议论是"单口相声"——只有杂文家单方面对所写的人和事做出评论;那么,辩论和驳论则是"对口相声"或曰"群口相声"——在杂文家的对面,时刻站着一个或者一群论敌。故杂文家必须具有雄辩的特质。东汉末年的孔融(字文举),自幼就表现出了一种优秀杂文家的潜质。《世说新语·言语》有一则短文:

孔文举年十岁,随父到洛。时李元礼有盛名,为司隶校尉。诣门者,皆隽才清称及中表亲戚乃通。文举至门,谓吏曰:"我是李府君亲。"既通,前坐。元礼问曰:"君与仆有何亲?"对曰:"昔先君仲尼与君先人伯阳有师资之尊,是仆与君奕世为通好也。"元礼及宾客莫不奇之。太中大夫陈韪后至,人以其语语之,韪曰:"小时了了,大未必佳。"文举曰:"想君小时,必当了了。"韪大踧踖。

孔融夙慧,不仅懂得"让梨",而且颇具战斗精神。他听说李膺(字元礼)家的门槛高,除名士和亲戚而外,一般人概不接见,于是便主动打上门来。列位别小瞧"司隶校尉"这个官,在当时是具有掌管监察京师和所属各郡百官之职权的,炙手可热得很哪!孔融既已出牌,也得会接招。你说咱们是亲戚,啥亲戚啊?您的先人老子(姓李名耳,字伯阳)和我的先人孔子是师生关系,那咱们不就是"世交"吗？这叫辩论——虽说有点诡辩。但孔融与太中大夫陈韪的交锋，切中肯綮，直捣黄龙，则是名副其实的驳论。

当然，驳论未必时时处处"火药味儿"特浓，有时也可以"点到即止"，或者"循循然善诱人也"。《世说新语·言语》还有一则短文：

王右军与谢太傅共登冶城。谢悠然远想，有高世之志。王谓谢曰："夏禹勤王，手足胼胝；文王旰食，日不暇给。今四郊多垒，宜人人自效。而虚谈废务，浮文妨要，恐非当今所宜。"谢答曰："秦任商鞅，二世而亡，岂清言致患邪？"

在历史上著名的"旧时王谢"两大家族中，王羲之与谢安（字安石）是东晋时期的两大名流要角。他们二人"谈玄说理"，可谓"高开高走"，门当户对。只是这一次辩论，羲之引了一通史实，发了一通宏论，无非要阐明"勤政兴邦，清谈误国"的道理。客观地讲，羲之的论点并没有太大的问题，只是把"兴邦"太简单化，把"清谈"太严重化了。然而，安石只轻轻地"驳"一句——"秦任商鞅，二世而亡，岂清言致患邪"，找准穴位，点到即止，优雅从容，一招制"敌"。

不过，文无定法，各随心意。尽管像谢安那样的举重若轻四两拨千斤，也能让论敌俯首称臣签订城下之盟；然而，更多的读者却喜欢阅读那些锐利激越痛快淋漓有血性的文字。鲁迅先生的大量杂文，最好看最过瘾最有力道最富激情最具战斗力的，正是那些与论敌短兵相接所"激发"出来的论战雄文。

四、幽默感与想象力

虽然杂文是用来说理的，但"面麻"式的说理，"杂三股"式的说理，好为人师居高临下式的说理，甲乙丙丁死搬教条式的说理，统统都是催眠剂，只能使人昏昏欲睡。

好杂文必具理趣。理趣，就是把理说得风趣有味儿；如果再加上一点会心的笑，加上一点意味深长，这就构成了幽默。幽默感是人的一种智慧优越感。而杂文家尤其需要这种"自我良好"的感觉。因为幽默的精髓是悟性，是超乎寻常的想象力。可以说，没有想象力就没有创造力，没有创造力何谈艺术？在四大古典名著中，《西游记》无疑是一部浪漫主义杰作。整部书不仅充满奇诡瑰丽的想象力，而且诙谐幽默俯拾皆是。如第二十一回"护法设庄留大圣，须弥灵吉定风魔"：

> 那老者道："善哉，善哉！你这个长老，小小的年纪，怎么说谎？那黄风大圣风最利害。他那风，比不得什么春秋风、松竹风与那东西南北风。"八戒道："想必是夹脑风、羊耳风、大麻风、偏正头风。"

从"妖风"到自然风，再从自然之风突然跳跃到"夹脑风、羊耳风、大麻风、偏正头风"，不仅联想丰富，而且颇为幽默。纵观整部《西游记》，孙悟空往往扮演"搞笑大师"的角色，而猪八戒则每每被当作搞笑的对象——"好笑大师"。如第四十八回"魔弄寒风飘

大雪，僧思拜佛履层冰":

> 正说间，只听得呼呼风响。八戒道："不好了！风响是那话儿来了！"行者只叫："莫言语，等我答应。"那怪物拦住庙门问道："今年祭祀的是那家？"行者笑吟吟的答道："承下问，庄头是陈澄、陈清家。"那怪闻答，心中疑似道："这童男胆大，言谈伶俐——常来供养受用的，问一声不言语，再问声，唬了魂，用手去捉，已是死人——怎么今日这童男善能应对？"怪物不敢来拿，又问："童男女叫甚名字？"行者笑道："童男陈关保，童女一秤金。"怪物道："这祭赛乃上年旧规，如今供献我，当吃你。"行者道："不敢抗拒，请自在受用。"怪物听说，又不敢动手，拦住门喝道："你莫顶嘴！我常年先吃童男，今年倒要先吃童女！"八戒慌了道："大王还照旧罢，不要吃坏例子。"

　　呵呵！"淡定哥"孙悟空艺高胆大，胸有成竹，故冷幽默迭出；那妖怪不敢"自在受用"，放弃"陈关保"，选择"一秤金"，也是个欺软怕硬令人哂笑的主儿；而最好玩最搞笑则是八戒，心慌胆战，异想天开，居然规劝大王"不要吃坏例子"。三个角色，三种心理，寥寥数笔，勾画淋漓，读来令人忍俊不禁，拍案称奇。

　　当然，并非所有的笑都可以叫幽默。噱头、滑稽、无厘头、出洋相、插科打诨、恶俗玩笑，等等，有时也能让人发笑，但那不能叫幽默。幽默是一种高级形式的使人折服的含蓄微笑。幽默也是一种感人殊深令人愉悦的由衷朗笑。同时，幽默更是一种从悲剧到喜剧的自然而然却又猝不及防的过渡。杂文的本质属性是偏重于悲剧色彩的，但却常常以喜剧的方式表现出来。所以，杂文创作需要幽默的点染，需要含泪的微笑。

五、渲染、夸张的叙述

也许有人会说，什么年代啦，如今已是"读图时代"，文字性的东西终将被淘汰，谁还耐烦什么叙述之类的劳什子？这是悲观者的滥调，浅薄者的梦呓。你让他用图片来替代短小精悍的"手机段子"，可以吗？你让他用画面来表现"前不见古人，后不见来者；念天地之悠悠，独怆然而涕下"的悠远意境和深邃意蕴，能行吗？号称集所有前沿科学技术于一身的电影（以及电视），每一次对四大名著"三水西红"的重拍，都是一次程度不同的肢解、割裂、歪曲乃至浅薄化、庸俗化的糟蹋和破坏。文学是语言文字的艺术，任谁都取代不了。当下文学的不景气，那是文学自身的问题。

对于杂文家来说，可能最不耐烦的就是叙述。其实，叙述是所有文体的根基。叙述能力如何，最能见出一个作家的基本功底。那些以"据报载"和引用典故来充当叙述的杂文，除了给人留下"藏拙"的印象而外，"报载"和"典故"之间文笔与风格的"两层皮"和"不搭调"，还会给读者造成行文"夹生"与阅读"隔膜"的感觉。如果一篇杂文叙述不够精当，那么议论就没有底气，更遑论精辟！有道是，文似看山不喜平。叙述最忌讳的就是平铺直叙。譬如记述一个打人的场景和过程吧，倘只说甲把乙打了一通，那就寡淡无味；若把甲如何打乙琐细地记录下来，亦属平淡无奇；但如果像《水浒传》

第三回"史大郎夜走华阴县 鲁提辖拳打镇关西"那样，把一场"好打"叙写得紧锣密鼓高潮迭起，那才叫艺术：

扑的只一拳，正打在鼻子上，打得鲜血迸流，鼻子歪在半边，却便似开了个油酱铺，咸的、酸的、辣的一发都滚出来。郑屠挣不起来，那把尖刀也丢在一边，口里只叫："打得好！"鲁达骂道："直娘贼！还敢应口！"提起拳头来就眼眶际眉梢只一拳，打得眼棱缝裂，乌珠迸出，也似开了个彩帛铺的，红的、黑的、绛的，都滚将出来。两边看的人惧怕鲁提辖，谁敢向前来劝？郑屠当不过讨饶。鲁达喝道："咄！你是个破落户，若只和俺硬到底，洒家倒饶了你。你如何叫俺讨饶，洒家却不饶你！"又只一拳，太阳上正着，却似做了一个全堂水陆的道场，磬儿、钹儿、铙儿一齐响。鲁达看时，只见郑屠挺在地上，口里只有出的气，没了入的气，动掸不得。

鲁智深这三拳头，直将郑屠那厮打了个色彩斑斓五味杂陈万方乐奏不亦乐乎！这三拳，不仅打得有"声"（磬儿、钹儿、铙儿）有"色"（红的、黑的、绛的），而且还有"味"呢（咸的、酸的、辣的）。古谚云，并州剪子扬州绦，苏州鞋子云南刀——打得好！

"鲁提辖拳打镇关西"之所以成为"打人"的经典名篇，就因为它成功地运用了渲染和夸张的修辞手法来叙述。渲染和夸张，是艺术的灵魂所在。而艺术性的渲染和夸张，多少都有点虚构的成分。然而离开虚构，谁还能进行文学和艺术的创作呢？虚构不是虚假，而是更高层面的真实。以叙述为主调的经典杂文，大多都采用了渲染和夸张的手法。萧乾的《上人回家》、艾青的《画鸟的猎人》、胡适的《差不多先生传》——这些叙述性杂文名篇，有哪个离开了渲染和夸张呢？

六、隐语、隐喻与曲笔

上世纪末期以来，常能读到一些杂文，把不便说不敢说不许说的观点或话语，以"由于众所周知的原因"来反讽和自嘲。这可以看作是杂文创作隐语应运之一种。《文心雕龙·谐隐》："隐语之用……遁词以隐意，谲譬以指事。"即指隐语是隐去本事而假以他辞来暗示，故隐语有时也叫暗语，甚至还有点类似"谜语"。由于隐语是作者与读者用"心"来会意和交流的，所以这种不直接捅透的笔法，可以给读者更大的想象空间。《聊斋志异》有一篇短文《三朝元老》：

某中堂，故明相也。曾降流寇，世论非之。老归林下，享堂落成，数人直宿其中。天明见堂上一匾云：三朝元老。一联云：一二三四五六七，孝弟忠信礼义廉。不知何时所悬。怪之，不解其义。或测之云：首句隐亡八，次句隐无耻也。

即使是"故明相"，也是宰相啊，岂容"诽谤"？然而，投降流寇，亏了大节，又令人如鲠在喉，不吐不快！所以"有人"在中堂大人宝邸落成的大喜日子里，悄悄奉赠一副用隐语组成的对联——"一二三四五六七，孝弟忠信礼义廉"——"亡八"兼"无耻"！

正如隐语也叫暗语，隐喻亦称暗喻。隐喻是一种与明喻（表达方式：甲像乙）恰好相反的比喻。隐喻可以是一个修辞句式（表达方式：甲是乙），或者一段文字表述，也可以是整篇文章的形式。具体到隐喻式杂文，就是在作品明确书写出来的甲种事物的暗示和映射下，给读者联想、启发并使之感悟到乙种事物或理念。《阅微草堂笔记·滦阳续录》"记录"了清代名医殷赞庵和一个奉命送他回家的恶仆杨横虎，在旅店中遇到"鬼"的故事：

　　……人定后，果有声呜呜自外入，乃一丽妇也。渐逼近榻，杨突起拥抱之，即与接唇狎戏。妇忽现缢鬼形，恶状可畏。赞庵战栗，齿相击。杨徐笑曰："汝貌虽可憎，下体当不异人，且一行乐耳。"左手揽其背，右手遽褪其裤，将按置榻上。鬼大号逃去，杨追呼之，竟不返矣。遂安寝至晓。

　　《阅微》与《聊斋》，多涉笔"鬼趣"。它们貌似谈论鬼怪故事，实际上讲的是现实人生。假如从杨横虎的行状中，仅看到俗世间的恶棍"逼奸缢鬼"，那不过是一桩"下流逸事"而已；但如果看到令人闻之丧胆的"吊死鬼"犹惧恶人，而况人间之好人乎！这则故事暗喻一个道理：人不要脸鬼都怕。

　　隐语和隐喻都是曲笔。虽然杂文创作有时难免"由于众所周知的原因"，不得不采用曲笔；然而在更多情况下却是一种自觉运用。谚云，人贵直，文贵曲。文章越是曲折有致，越能引人入胜；越是直白浅露，就越淡乎寡味，也就距离审美趣味越远。所以在杂文创作中使用曲笔，不仅使杂文的语言和内容富有弹性与张力，还能给读者以审美的愉悦和遐想的空间。而且，曲笔的委婉含蓄绵里藏针，往往比直眉瞪眼青筋露暴，更加具有感染力和战斗力。

七、"审丑"也要写出美来

由于杂文是"批判的武器"，故杂文多写丑角。但是，如何写好丑角？或者说，怎样来"审丑"？这是一个很有意思也很值得探讨的问题。《金瓶梅》第九回"西门庆偷娶潘金莲 武都头误打李皂隶"，写西门庆的大娘子吴月娘，面对刚娶进门的潘金莲，好生地打量了一番：

吴月娘从头看到脚，风流往下跑；从脚看到头，风流往上流。论风流，如水晶盘内走明珠；语态度，似红杏枝头笼晓日。看了一回，口中不言，心内想道：小厮每来家，都说武大怎样一个老婆，不曾看见，不想果然生的标致，怪不得俺那强人爱他。

不管后来有多少人为潘氏作"翻案"文章，但在《金瓶梅》（以及《水浒传》）中，潘金莲却是一个集阴毒、奸狡、贪婪、淫荡于一身的丑恶反角。写这类丑角，很容易脸谱化和漫画化。然而，这段文字却将一个心灵丑恶的"风流娘儿们"，写得很美很美——"论风流，如水晶盘内走明珠；语态度，似红杏枝头笼晓日"，语言多美好啊！由此可见，像杂文一类"审丑"的文字，也完全可以写成美文。其实，"审丑"本来就是审美不可分割的一部分。

还有一例。《金瓶梅》第七十一回"李瓶儿何家托梦 提刑官引奏朝仪"，叙述西门庆通过大奸相蔡京的引荐，上金殿拜见道君皇帝宋徽宗赵佶时亦写道：

这皇帝生得尧眉舜目，禹背汤肩，才俊过人，口工诗韵，善写墨君竹，能挥薛稷书，通三教之书，晓九流之典。朝歌暮乐，依稀似剑阁孟商王；爱色贪花，仿佛如金陵陈后主。

噫！怎么听着听着就不对味儿啦？如何说着说着就拐了弯儿啦？清人张竹坡对这几句话做过精辟的点评："尧眉舜目，忽接孟商王、陈后主，又似赞又似贬。"把这种"又似赞又似贬"的写法运用到杂文创作中，就是相声声口的杂文笔法。

杂文是激浊扬清的文体，文学是语言文字的艺术。语言，是思想的华裳，是文学的材料；故语言问题是所有文体创作的最根本也是最重要的问题。就杂文创作而言，再精辟的观点，再深邃的意蕴，也得凭借精彩的语言来表达；所以杂文家不仅仅在于"敢说话"，关键更在于"说得好"。就杂文的语言来说，尽管"审丑"的语言可以是美好的，但它还需要糅进"别一种说法"——正话反说，反话正说，寓庄于谐，嬉笑怒骂，皮里阳秋，峥嵘老辣，才算地道够味儿的杂文笔法。

八、杂取种种集于杂文

古人尝言，大文章源出于"五经"。杂文，虽然看上去块头小了点，但却是浓缩了的精华，完全可以配得上"大文章"这三个字。

不然的话，杂文大师鲁迅，也就不成其为鲁迅了。

那么，追根溯源，杂文出自哪里？西汉扬雄《法言·寡见》主张"五经为辩"："说天者莫辩乎《易》，说事者莫辩乎《书》，说体者莫辩乎《礼》，说志者莫辩乎《诗》，说理者莫辩乎《春秋》。"故侧重"说理"的杂文当源自《春秋》。在"五经"中，《易》与《春秋》颇有些"形而上"的味道。西汉司马迁讲过："《易》本隐以之显，《春秋》推见以至隐。"这里的"隐"，有点类似于"隐喻"的抽象性。南宋朱熹对此阐释道："《易》以形而上者，说出在那形而下者上；《春秋》以形而下者，说上那形而上者去。"这话有点拗口。说得直白一点，《易》是从抽象到具体的，即从本质联系到现象；而《春秋》则是从具体到抽象的，即从现象联系到本质。很多经典的杂文，不正是"从具体到抽象""从现象联系到本质"的吗？

孟子讲过："孔子作《春秋》，而乱臣贼子惧。"因为，"《春秋》之中，弑君三十六，亡国五十二，诸侯奔走不得保其社稷者不可胜数。察其所以，皆失其本已"（《史记·太史公自序》）。故孔子著《春秋》，本着寓说理于叙事之中的理性主义，字里行间体现着鞭恶扬善的批判精神，以"春秋大义"震慑"乱臣贼子"，以"微言大义"刺痛"昏君""小人"，以历史经验来启迪和警示后人。这就是为后世所称道的"春秋笔法"。人们常说，"春秋笔法，微言大义""行之无愧天地，褒贬自有春秋""一言之褒，荣于华衮；一字之贬，严于斧钺"，等等。"褒贬"二字，正是"春秋笔法"的精髓所在，也是杂文笔法的全部精义所在。所以说，杂文作为"批判的武器"，其使命与"春秋精神"是一脉相承的。

正如"春秋笔法"源于《春秋》，但却并不局限于《春秋》；杂文笔法，亦不必拘泥于《春秋》或者其他什么新旧典籍。"三水西红"和《金瓶梅》尽管是古典小说，但其中不乏杂文创作的有益"因子"；《世说》虽然属于纪实性文学笔记，《阅微》与《聊斋》又介于笔记与小说之间，品类不同，风格迥异，但它们对于杂文创作亦多有裨益。语曰，世无纯白之狐，却有纯白之裘。诗云，别裁伪体亲风雅，转益多师是汝师。杂文既然名之为"杂"，就应当海纳百川，有容乃"杂"。只有博采众长，汲取营养，不断地增强自身的原创力，杂文这株文苑里抽发新枝的老树，才能更加深入地扎下根去，历经时间之河的浇灌，然后枝繁叶茂，硕果累累！

（原载于 2011 年第 10 期《语文建设》，发表时有删节）

我从大地走来

却顾所来径，苍苍横翠微。盘点我 30 年走过的文学路，简而言之，有三个特点：杂文起家，业余写作，副刊作家。综括起来，只有一条主线，始终贯穿于"大地"。

那会儿，我们正年轻。那会儿，文学高雅而神圣，青年人精神高扬。那会儿几乎所有年轻人，都是真诚的文学爱好者，大家手里拿着《山西青年》《辽宁青年》《福建青年》等杂志，一篇千字文即可传遍天涯。那会儿，不爱好文学者，谈对象都困难。最难忘怀，30 年前的 1988 年，我 26 岁，刚从某中学调入阳泉市文联做编辑，憋足劲儿要写点什么。那时我正谈恋爱，女朋友说，《人民日报》"大地"副刊搞杂文征文，要不要试一下？就试了一下。我有生以来第一篇正儿八经写下的杂文《撒娇的流派》，发表在 1988 年 9 月 12 日《人民日报》"大地"副刊头条位置。此次《人民日报》"风华杯杂文征文"，被称为中国当代杂文史上的一个高峰。征文本着"不薄名人爱凡人"的精神，作者中既有名家大腕，亦不乏"草莽野花"。作为"野花"的在下，躬逢其盛，与有荣焉。

《撒娇的流派》发表后，"大地"编辑李辉写来一封鼓励的信，从此我们书信往来。两年后我到北大中文系进修，专程来人民日报拜访李辉。当我走进文艺部小灰楼跟李辉接头后，他突然在楼道里喊一嗓子："大家快来看，'撒娇的'来啦！"召唤文艺部多位年轻编辑笑呵呵前来参观。长得黑乎乎的我，站在楼道中间不知所措。李辉带我认识了文艺部当时的各位编辑，还领着我拜访了文艺部的老主任袁鹰、蓝翎、舒展、姜德明等著名作家。不久，我把第二篇杂文《李白之死因新论》拿给李辉看。他说篇幅稍长，由他转《随笔》杂志，很快便发表出来。最初的这两篇杂文，是我创作的起点，也是我文学之路的出发点。迄今为止，一些杂文选本如《中华杂文百年精华》《新文学大系1979—2000·杂文卷》《100年100人：20世纪中国杂文读本》等，入选的都是这两篇杂文或其中之一。它们已然成为我的代表作，我也由此被定位为杂文家。

1996年春天，我挈妇将雏来北京文化打工，再次到人民日报拜访李辉。他对同办公室的蒋元明说，李建永像当年沈从文一样，"乡下人"闯北京啦！这既是一句朋友间的玩笑话，更是一句寄予厚望的激励之语。李辉像园丁关爱树苗一样，一直精心呵护帮助着我，希望我这棵从"大地"生长出来的苗子，能够挺拔而苗壮地成长。早在1993年春天，李辉就来到我的故乡雁门关附近的山阴县高庄村，坐在我家的土炕上，为我编起第一本集子《女人是水》，并收入他主编的"金蔷薇随笔文丛"第一辑。他想像当年巴金主编"文学丛刊"那样，以名家带新人的方式培养文学新苗。名家有吴冠中、汪曾祺、林斤澜、邵燕祥、刘心武、冯骥才等，新人中则有我这株"草莽野花"。

然而，我的"北漂"生活，决定了我只能业余写作。正式调入北京之后，有段时间，我的文章很难发表。只有《人民日报·大地》

和《新民晚报·夜光杯》等少数几家副刊，一仍其旧，刊用拙文。这段特殊经历的意外收获，就是迫使我躺在家里饱饱读了两年"闲书"。我把这段经历写入《仰读》一文，发表在"大地"副刊。此后我的文章几乎只在"大地"刊发。仅经常莉编辑一人之手，编发散文杂文即达五十余篇。她退休前夕，郑重其事把我"交代"给"大地"的年轻编辑。其中，她和舒艺先后编发的《文化在哪里》《阅读经典的问题》《说追求》《说"正"》等文章，已成为全国各省市中学语文考试的经典试题。

多年来我一直认为，报纸虽然是"新闻纸"，但新闻与副刊的关系，就像当年的粮店与副食品商店之间的关系，二者是相得益彰相辅相成的，缺一便会缺少营养与滋味。纵观全国的报纸副刊，各具特色，南方有"花地""芳草地"，北方有"黄河""黑土地"，北京则有象征社稷(坛)的"五色土"，只有《人民日报》副刊堪称"大地"。"大地"，就像《易经》中代表高天和大地的《乾》《坤》二卦之《坤》卦的大象辞"地势坤，君子以厚德载物"。"大地"是中国文学的厚土、热土和沃土。"大地人"拥有"厚德载物"的襟怀与风范。

我感恩"大地"的培植，感谢"大地"编辑的持续关注与跟踪培养。我曾利用多年的业余时间写出一部40万字的《母亲词典》，其中不少篇章以《年的意义》《年节二题》《新年说"礼"》《清明与寒食》《"秋包伏"与"伏包秋"》《秋风响，蟹脚痒》《雁来燕去换春秋》等为题，在"大地"副刊率先刊出。《母亲词典》结集出版后，李辉第一个为我喝彩鼓劲！他撰写长文《雁来燕去，二十春秋》(发表于2010年12月号《书城》，选入2011年第4期《新华文摘》)，开头写道:"四十几年的人生阅历,十几年的记忆追寻和旁征博引,晋人李建永——相貌彪悍,看似颇有契丹人的塞外风采,实则心细如发,且忍耐力惊人——终于完成了《母亲词典》。他以发表杂文而步入文坛,迄今已达二十二年。如今,这本写了十几年的厚重作品,为其写作生涯竖起了一块里程碑。"结尾写下:"雁来燕去,二十春秋。来自塞外的李建永,携一本《母亲词典》,如此这般,向我们走来。"此文写于8年之前,而今已然"雁来燕去,三十春秋"矣。我也许是全国极少数三十年如一日专门为"大地"写作的副刊作家——怎能忘记,我是从"大地"一步一个脚印走出来的!

（本文写于 2018 年仲秋，系拙著《我从〈大地〉走来》代序。

该书出版于 2020 年，大象出版社）

我们最喜欢的书

国庆中秋长假回老家旅途中，随身带了两本书，一本唐人笔记，还有一本《温儒敏谈读书》。回京后，一家人吃过晚饭在客厅里走来走去，我对夫人和女儿说，温儒敏老师谈读书的两篇文章——《为青年朋友介绍我喜欢的书》和《大学生经典阅读建议书目》，是两份很好的书单。我突然有一个想法，让夫人和女儿各自列出自己最喜欢的书单，并用一两句话说明原因。

读化学专业的女儿，率先列出 17 本书，按照她喜欢的程度标出次序，并作简要阐述：

1.《**老子**》。世界观、价值观与我特像。是一本囊括了世界智慧的大书。

2.《**易经**》。日常生活随时用。随身必带的一本书。

3.《**论语**》。在日常生活和学习中遇到事情的时候，我想瞅瞅孔子是咋说的、咋做的。

4.《**红楼梦**》。"世事洞明皆学问，人情练达即文章。"它是帮助我认识世界的一扇窗户。美和精致登峰造极。

5.《**西游记**》。基于想象力，充满幽默感。其实是一本很现实主义——魔幻现实主义的杰作。有背景的妖怪都被收到天上做神仙或当摆件，没背景的妖怪都被打死了。在四大名著中，其他三部结尾皆草率，只有《西游记》开头好，结尾好，堪称完美。

6.《莎士比亚全集》。我爱看剧。莎剧几乎囊括世界上所有剧本的套路，堪称套路鼻祖。它是英语文化的瑰宝。

7.《荷马史诗》。古希腊文化之源。美学和史学水乳交融。与《罗马帝国的衰亡》相比较，美学重于史学。

8.《罗马帝国的衰亡》。承载了相当于《春秋》的功能。记载了一个如日中天强大帝国的坍塌史。我很想知道，一个国家的国运，是否国内国外的发展规律都是一致的？我的人生不可能活过几个世纪，但是我想通过过往的历史看清其发展规律，是否真的是"得道多助，失道寡助"？古今中外的"道"是否一样？这部大书与《荷马史诗》相比，史学重于美学。

9.《唐诗三百首》。不会作诗也会吟。

10.《物种起源》。现代生物学的奠基之作。把"神学"从"神坛"上拽下来。看上去是科学著作，但普通人读它毫无困难。

11.《论宽容》。伏尔泰是我的偶像。他主张打破宗教蒙昧，包容异见。信仰自由是什么？它是人类的特权。

12.《谈谈方法》。用数学逻辑来阐释哲学。笛卡尔认为，只有科学才能给人类带来幸福。我崇尚这种理性精神。

13.《理想国》。是哲学家的宣言书，是哲人政治家所写的治国计划纲要。

14.《傲慢与偏见》。从10岁起一直陪伴我至今的书。是我婚恋观的启蒙教科书。

15.《牛虻》。让我坚强。让我觉得革命精神和英雄主义非常酷。

16.《巨人三传》。这是塑造我人生观价值观的一部书。我14岁读它的时候，感到贝多芬、米开朗琪罗和列夫·托尔斯泰，无论经历多少苦难与折磨，都坚韧不拔地对人类的艺术与文明做出巨大贡献。我要像他们一样，摒弃"猪群的理想"（爱因斯坦语），不在意物质条件和生活状况如何，做一个名垂青史的人物。

17.《魔戒》。首先作者托尔金是我的校友，我曾与好友多次去托尔金写作《魔戒》的"The Eagle and Child"酒吧小酌。《魔戒》是一部史诗级的科幻文学巨著。它也是一部反战的书，无论天选之子还是人之子，终将战胜邪恶，正义必胜。

我请夫人列举最喜欢的书。她说，我没有你俩读书多，再说我读的一些书，有不少是听你讲过的，我就不说了吧。我说，喜欢哪本说哪本，只说自己喜欢的，与他人无涉。夫人便谨慎地扳着指头慢慢数念着，也列出17本书，说明很简约：

1.《诗经》。礼失求诸野，多从《诗》里来。

2.《论语》。像口口相传的俗语一样，生活中离不开。

3.《易经》。参透天道人生过去未来，不能不了解它。

4.《尚书》。传统文化精华，在《书》中留存许多。

5.《泰戈尔抒情诗选》。我觉得它是人间最美的诗篇。

6.《红楼梦》。世相人生的镜子。

7.《水浒传》。让人有胆气。最好的写作教科书，别说是搞创作的人，就是机关写材料的，都不能不读它。

8.《古文观止》。带领我渐次步入中华传统文化之门。

9.《唐诗三百首》。繁花似锦，争奇斗艳。诗到唐人写绝了。

10.《鲁迅全集》（《野草》《朝花夕拾》《呐喊》《彷徨》以及多种杂文集）。清醒，深刻，不是一般人能写出来的。文体多样性，杂文必须读。

11.《飘》。小说和电影都很美。美的人和美的故事。

12.《百年孤独》。开始很难进入，进入欲罢不能。读它有"神"的感觉。

13.《战争与和平》。宏阔，厚重，苦难，幸福，让人追着读。

14.《夜航船》。百宝箱。知识广博的工具书。

15.《辛弃疾词选》。豪放，有劲儿，老愤青，接地气。

16.《李清照词选》。凄婉，细腻，哀感顽艳，悲剧美。

17. 褚遂良《阴符经》（字帖）。文意深，字飘逸，美之极致。

最后，她俩撺掇我也开列最喜欢的书单。我说，涉猎大半生，喜欢的范围比较宽泛，列得少了说明不了问题，列得多了又嫌烦琐。那么，就简要地说说对我此生影响最大的几种书吧。

第一种是《鲁迅全集》。我在二三十岁之间沉迷于它。《鲁迅全集》通读过几次，鲁迅的有些集子和篇目读过几十次之多。我的性格受鲁迅影响最大，我的文风受鲁迅影响最深，我二三十岁的时候留着鲁迅先生的"一字胡"，我所写的文章句式都是鲁迅式的"然而体"。我崇敬的是先生不妥协的硬骨头，我仰慕的是先生文章之冷峻、犀利、深邃与幽默。《鲁迅全集》是我人生的启蒙之书。

第二种是《论语》。早年翻阅《论语》，仅止于寻章摘句。真正入迷已在三四十岁之间，读过几百次不止，常读常新。孔夫子循循然善诱人也，不仅教导我做人的方向与方法，还启迪我人生的价值和意义。孔子教我修身做人，"己所不欲，勿施于人""知者不惑，仁者不忧，勇者不惧"；孔子教我处世从政，"政者，正也。子帅以正，孰敢不正""邦有道则仕，邦无道，则可卷而怀之"；孔子教我清醒认识君子和小人，"君子喻于义，小人喻于利""君子和而不同，小人同而不和"；孔子教我正确看待贫穷与富贵，"君子固穷，小人穷斯滥矣""不义而富且贵，于我如浮云"；孔子教导我怎样对待自身之过失，"观过，斯知仁矣""君子求诸己，小人求诸人"；孔子警示我如何看透人性之痼疾，"吾未见好德如好色者也""唯上智与下愚不移"……《论语》既是世界观，也有方法论。《论语》是我的人生指南，我是夫子的"私淑弟子"。

第三种是《易经》。三十多岁看《易经》，打开第一页"乾，元亨利贞"，如堕五里雾中，不知所云耳。四十岁的某一天，我走进北京西单图书大厦，顺手抽一本《易经》坐在地上翻看，一下子便读了进去！从此，闲坐小窗读《周易》，不知春去已多时。多少个日日夜夜春夏秋冬，究竟读了几千次上万次已记不清，但它再也没有离开过我。《荀子》有言："不闻先王之遗言，不知学问之大也。"《刘子》亦云："不游于六艺，不知智慧之深。""六艺"也好，"遗言"也罢，论"智慧之深""学问之大"，首要体现在《易经》之中。《史记·孔子世家》记载："孔子晚而喜《易》，序象、系、象、说卦、文言。读《易》，韦编三绝。"又长沙马王堆汉墓出土帛书《要》记载：

"夫子老而好《易》，居则在席，行则在囊。"孔子晚年喜欢研读《易经》，到了形影不离的地步。为什么？老子曰："人法地，地法天，天法道，道法自然。"孔子在《易传·系辞》中亦阐明："《易》与天地准，故能弥纶天地之道。"就是说，《易》是模拟天地万物发展运行的模型，故能准确地反映天地万物生长、发展乃至消亡的运行规律。所以古贤才讲："没有《易》之前，《易》在天地中；有了《易》之后，天地在《易》中。"如果说《论语》解答了人生的价值和意义，那么《易经》则揭示了世界的本源及其奥秘。《易经》乃"经中之经""万经之源"，它属于"生命之书""性命之书"。

对我影响巨大的还有一个方面——只能称作"一个方面"吧，那就是**中华谚语**。年轻的时候，正赶上西风劲吹的"文化热"，也确实埋头读了些西方译介名著，包括文学的、哲学的。但随着年龄增长，时间成本与学习成效，必然成为最重要的考量因素；对那些动辄"成系统"的名著乃至学说，愈来愈嫌其烦琐庞杂，故越来越喜欢朴素简约的东西，譬如谚语。十多年前我以谚语为词条，撰写过一部40万字的《母亲词典》；今而后仍将以谚语为题材和体裁，创作更多的作品。千钧霹雳开新宇。谚语已然为我打开一扇光明之窗，并将继续为我开创一个全新的世界。

噢！说着读书，怎么又扯到写书上啦？就此打住！

（原载于 2020 年 10 月 8 日《谚云》公众号）

后　记

　　《园有棘》作为杂文自选集书名，不免令人联想到"如观武库，但睹矛戟"。《太平御览》引晋人王隐《晋书》曰："裴楷尝目夏侯玄云：'肃肃如入宗庙中，但见礼乐器。钟会如观武库，森森迫见矛戟在前。'"如果排除军事家、哲学家等历史上实有之名衔，仅从三国名士夏侯玄和钟会的文学才能考量，那么夏侯太初之沉静渊默，宇量高雅，自然是散文家才调；而钟士季之智计殊绝，锋芒毕露，应当是做杂文家的料。鲁迅先生曾在《忆刘半农君》一文中谈到五四新文化运动旗手、《新青年》主将、杂文家陈独秀先生，亦说过类似的话："假如将韬略比作一间仓库罢，独秀先生的外面竖一面大旗，大书道：'内皆武器，来者小心！'但那门却开着的，里面有几枝枪，几把刀，一目了然，用不着提防。"

　　我的《园有棘》连"内皆武器，来者小心"这份豪迈气象亦不曾有，园中仅只绽放着几朵蔷薇，几只玫瑰，花梗上附带还有几根小刺罢了。从人类发展的历史长河中来看，一个文明社会的健康发展，需要哲学的牵引，历史的反思，文化的批判。英国现代著名诗人、批评家艾略特说过，批评和呼吸一样，是人类少不了的东西。从传统文化的根上讲，杂文笔法基本来自《诗经》"兴观群怨"之"怨刺"和《春秋》"微言大义"之"褒贬"。因而，编这本杂文自选集的时候，我便从《诗经》里挑选了几个三言短句，来作书名乃至一二三编体例之标题。"园有棘"选自《诗经·魏风·园有桃》第二章："园有棘，其实之食。心之忧矣，聊以行国。……心之忧矣，其谁知之？其谁知之，盖亦勿思"。可以看出，"诗人"满满的都是忧患意识。孟子曰："生于忧患，死于安乐。"《易经·系辞上》亦云："作易者，其有忧患乎？"其实，作杂文者，都不免有些深沉的忧患意识和深切的批判精神。

本集共分三个部分。第一编《遵大路》，选文 21 篇。"遵大路"选自《诗经·郑风·遵大路》："遵大路兮，掺执子之手兮。"俗话常说："走路不用问，大路好走小路近。"老子亦云："大道甚夷，而民好径。"所以"遵大路"这句诗，常常使我联想到故乡晋北民歌《走西口》那两句意思特别美好的歌词："走路要走大路，不要走小路。大路上人儿多，问路也好问个路。"第二编《殷其雷》，选文 20 篇。"殷其雷"选自《诗经·召南·殷其雷》："殷其雷，在南山之阳。"孔夫子对两位高足子夏和子贡，发出"起予者商也，始可与言《诗》已矣""赐也始可与言《诗》已矣，告诸往而知来者"之赞叹，是因为诗总能给人以联想和启迪。看到"殷其雷"这样的诗句，如闻春雷乍响，振聋发聩，催人惊醒；即如《易经·震卦》所谓"震惊百里""恐致福也"——人一旦懂得戒惧敬畏，那是一种不浅的福分。作为"诗的政论，政论的诗"之杂文，是林中的响箭，是批判的武器，其作用有如惊蛰之春雷——诚如鲁迅先生诗云："心事浩茫连广宇，于无声处听惊雷！"第三编《思无疆》，选文 25 篇。"思无疆"选自《诗经·鲁颂·驹》："思无疆，思马斯臧。"还有两句排比式的诗眼，

"思无期，思马斯才""思无邪，思马斯徂"。其中"思无邪"被孔夫子单拎出来发挥道："《诗》三百，一言以蔽之，曰'思无邪'。"作为诗中之"良马"，"斯臧""斯才""斯徂"，是向好、向上、向远方之意；作为诗之起兴，"思无疆"则譬喻思想不受任何拘羁，"精骛八极，心游万仞"，尽可以自由自在地翱翔遨游！

"家有敝帚，享之千金。"从1988年9月12日《人民日报》"大地"副刊发表第一篇杂文《撒娇的流派》，到今年10月25日在自己主持创办的《中国社会报》"孺子牛"副刊发表杂文《拿得起，放得下》，屈指算来已然走过33个春秋矣！"得失塞翁马，襟怀孺子牛"，杂文创作之艰辛，发表之艰难，此中甘苦，如人饮水，冷暖自知。好在近四五年来，写得比较顺畅，发表也相对容易，所以新杂文又有些可观积累。盘点检视这三十多年来发表的杂文，大大小小共有数百篇吧，本集从中遴选出66篇，算是对自己散漫的杂文写作生涯，做一次总结性回顾检阅。如今出书不易，出杂文集更难。感谢东方出版社孙涵总编辑毅然决定出版小书《园有棘》！感谢耀铭兄为小书结集出版所给予的诸多支持！感谢本书出版统筹与责任编辑李耀辉、邢远诸君为此付出的各种辛劳！由于作者水平所限，书中谬误之处在所难免，敬请方家多多赐教！

作　者

2021年12月8日匆草